Heike Fröhling

Das Leben ist nur ein Moment

W0343242

amazon publishing

Das Buch

Im Nachlass ihrer Großmutter findet Isabell Hinweise auf eine rätselhafte Vergangenheit. Sie reist nach Island, um Antworten zu finden. Dort lernt sie den jungen Isländer Gabríel kennen, der ihr bei ihrer Spurensuche hilft. Gemeinsam mit ihm findet sie immer mehr Hinweise, dass ihre Großmutter nie die Frau war, die sie vorgab zu sein, und dass das Schicksal der Verstorbenen bis heute sogar ihr eigenes Leben bestimmt …

Ein Roman über Island und die Liebe, die stärker ist als die Schatten der Vergangenheit.

Die Autorin

Mit ihrem Wunsch, Schriftstellerin zu werden, schaffte es Heike Fröhling immer wieder, sich das Leben selbst schwer zu machen. Warum nicht einfach nach dem abgeschlossenen Germanistikstudium etwas »Vernünftiges« arbeiten? Doch das Leben ist nicht dafür da, um das zu tun, was alle tun. Man kann die Sterne nicht vom Himmel holen. Aber wenn Heike Fröhling einmal 80 Jahre alt ist und über das Meer blickt, möchte sie sich sagen können, dass sie es wenigstens versucht hat.

Doch bei einem Versuch ist es nicht geblieben. Jahrelang war Heike Fröhling als Journalistin für Frauenzeitschriften tätig. Sie veröffentlicht als unabhängige Autorin und auch als Verlagsautorin.

Mehr über die Autorin erfahren Sie auf der Webseite: *www.auf-lose-blaetter.de*.

Heike Fröhling

Das Leben ist nur ein Moment

amazon publishing

Deutsche Erstveröffentlichung bei
Amazon Publishing, Amazon Media EU S.à r.l.
5 Rue Plaetis, L-2338, Luxembourg
Februar 2016

Umschlaggestaltung: semper smile, München, www.sempersmile.de
Umschlagmotiv: © Kathrin Ziegler / Getty;
© nikhom khotjan / Shutterstock; © chbaum / Shutterstock
Lektorat: Marketa Görgen
Satz: Monika Daimer, www.buch-macher.de
Printed in Germany
By Amazon Distribution GmbH
Amazonstraße 1
04347 Leipzig, Germany

ISBN: 978-1-503-93512-9

www.apub.com

1

In der Nacht, in der sie ahnte, dass sie sterben würde, war sie weg, ihre Angst, die jahrzehntelang an ihr gehangen hatte. Angst, er würde kommen, um … ja, um was? Was könnte er ihr antun? Welche Strafe war schlimmer als die Erkenntnis, dass es zu spät war, ihm zu sagen, wie leid es ihr tat?

Emma schaltete das Nachtlicht an, zog die Vorhänge auf und stellte sich vors Fenster, sodass sie von Weitem sichtbar war. Sollte er sie doch bemerken, endlich durch den Garten auf ihr Schlafzimmer zueilen, sie zur Rede stellen. Nicht einmal die Schatten der hohen Gräser zwischen den Holunderbüschen waren zu erkennen. Nichts als Schwärze.

Nach einer Weile, von der sie nicht wusste, ob sie Sekunden oder eine halbe Stunde gedauert hatte, löschte sie das Licht wieder. So konnte sie besser nach draußen sehen. Über der Dunkelheit des Horizonts bildete sich in der einsetzenden Morgendämmerung ein roter Strich – wie mit einem Messer in den Himmel geschnitten, wie ein an sie gerichteter Aufruf, nicht länger davonzulaufen, weder vor Aron noch vor sich selbst.

Emma nahm das Mobilteil vom Tisch, um die Auslandsauskunft anzurufen. Sie musste mit Aron sprechen.

Die Frau am anderen Ende der Leitung fragte nach der Adresse.

Emma nannte den Ort, den sie vor sechzig Jahren verlassen hatte.

Aron und auch Daníel waren dort nicht verzeichnet, nur ein Gästehaus. Gästehaus Bjarni. Der Name sagte ihr nichts.

Ob Aron überhaupt noch lebte? Und Daníel? Was, wenn er – wie so viele andere damals – in die Hauptstadt gezogen war?

Die automatische Ansage ertönte und Emma notierte die Nummer auf einem Zettel. Die Computerstimme fragte, ob sie verbunden werden wolle.

Sie bejahte. An diesem Tag spielten die Kosten keine Rolle.

Es kam ihr vor, als würde sich von einem Tuten zum nächsten der Abstand zwischen den Tönen vergrößern.

»Halló?«

Daníel? Es war unmöglich. Sie würde ihn niemals an seiner Stimme wiedererkennen, so sehr sie es in diesem Moment auch hoffte, glaubte! Es konnte gar nicht sein, nach nunmehr sechzig vergangenen Jahren.

Aus Emmas Erinnerung tauchten Bilder auf, die sie mit sich rissen wie einen flugunfähigen Vogel, der sich mit einem Mal mitten über dem Ozean befand.

Sie mit einem neugeborenen Lamm in den Händen, Daníel als kleiner Junge, der mit ausgebreiteten Armen auf sie zulief.

Die neue Pfanne, die über dem Herd hängend in der hereinstrahlenden Sonne leuchtete, als wäre sie aus Gold. Sie hatte sie gekauft, um damit Pfannkuchen zu backen. »Pönnukökur«, was sich bei Daníel immer wie »Fönnukaka« angehört hatte.

Arons Sohn. Ihr Sohn. Sie spürte seine Anwesenheit so stark, dass die Antwort auf die Frage, ob er es wirklich war, keine Bedeutung mehr hatte.

»Hver er þar?«

Sie versuchte, sich ihn als älteren Mann vorzustellen, der rund zweieinhalbtausend Kilometer entfernt von ihr den Telefonhörer in der Hand hielt. Gleichzeitig glaubte sie, wieder über sein mit Käseschmiere überzogenes Gesicht zu streicheln, das noch zwei Tage nach seiner Geburt ausgesehen hatte, als wäre es viel zu dick mit weißer Creme eingerieben, die sich mit ihrem süßlichen Geruch in den Furchen von Stirn und neben den Augen festgesetzt hatte.

Die Welt war kalt gewesen. Zu kalt für sie und erst recht zu kalt für ein Neugeborenes. Dann die Dunkelheit, obwohl Daníel an den ersten Tagen sogar von den Lichtresten, die durch das kleine Fenster in die Stube gedrungen waren, die Lider zusammengekniffen hatte.

»Who is there?« Die Frage fühlte sich an wie eine Umarmung.

Damals, 1952, war sie es gewesen, die ihm mit ihren Worten den Übergang vom Mutterleib in eine Welt erleichtern wollte, die nichts mit dem Paradies zu tun gehabt hatte, das sie sich nach Kriegsende – schwindelig vor Hunger – zurechtgeträumt hatte. Mit ihrer Stimme hatte sie ihn getröstet und gewärmt in diesem kalten Dasein, in das er da geraten war.

Nun war es seine Stimme – es war seine, sie musste es sein! –, die sie in eine andere Welt hinüberbegleitete. Wie würde es dort aussehen? Würden sie sich dort einmal wiedersehen? Sie wünschte, sie könnte an einen Gott glauben, der denjenigen vergab, die bereuten. Der den Verstorbenen ihre Liebsten zurückgab. Doch die Anwesenheit, die sie spürte, war allein die von Daníel. Wenn sie der flugunfähige Vogel über dem Ozean war, war er das Floß, das unerwartet auftauchte, sie an Bord ließ, um sich auszuruhen, den Kopf auf sonnenwarmen Planken, die Flügel von sich gestreckt. Die Erschöpfung, die sie all die Jahre begleitet hatte, fiel von ihr ab.

»Danke dir«, sagte sie. Als ihre Beine einknickten, war es wie ein Loslassen. Den Aufprall ihres Körpers auf dem Boden hörte sie als entfernten, dumpfen Knall. Da war kein Schmerz, keine Angst, sondern nur Erleichterung.

2

Isabell trat ins Freie. Sie ignorierte sein Rufen, das auch noch zu hören war, als die Haustür hinter ihr ins Schloss fiel. Wärme schlug ihr entgegen.

»So funktioniert das mit uns nicht«, hatte Marcel gesagt.

Immer ging es um dasselbe Thema. Sie hatte das Gefühl, dass er sie mit seiner Nähe erdrückte. Er warf ihr vor, einfach nicht locker sein zu können, sich nicht auf ihn einzulassen. Ja, dass ihr trotz ihrer sechsundzwanzig Jahre ihre Mutter wichtiger sei als er. Was für ein absurder Gedanke. Als ob sich die eine Beziehung mit der anderen vergleichen ließe!

Sie zwang sich, geradeaus auf den Bürgersteig zu sehen, dem Haus den Rücken zuzukehren und zügig in Richtung Hauptstraße zu gehen. Ob Marcel sie beobachtete? Ihre Augen brannten. Das war die plötzliche Helligkeit des Sonnenlichts. Gewiss keine Tränen, sagte sie sich. Vielleicht war es besser so, dass es endlich vorbei war, nicht mehr das ewige Hin und Her.

Isabell klappte ihr Handy auf. Sie drückte die Wahlwiederholungstaste.

»Hallo Mama? In einer halben Stunde kann ich bei dir sein. Du brauchst Omas Sachen nicht allein sortieren, ich helfe dir.«

»Warum hast du nicht früher angerufen? Wo bist du? Ich hole dich ab.«

»Bin in der Innenstadt. Gleich am Hauptbahnhof. Ich krieg bestimmt den Zug um zwanzig vor zwölf, das geht schneller.«

Sie ging am Busbahnhof vorbei, durch die Unterführung auf das Bahnhofsgebäude zu und weiter zum hinteren Gleis. Dort setzte sie sich auf eine der metallenen Gitterbänke, vergrub ihre Hände tief in den Hosentaschen und starrte vor sich hin. Die anderen Menschen registrierte sie kaum. Isabell spürte die Mittagsschwüle wie einen Druck, der ihr das Atmen erschwerte. Sie war müde, müde vom Streiten. Sie war eben nicht der Typ für Beziehungen. Hatte es nicht auch unübersehbare Vorteile, sich ohne Ablenkung auf das Mathestudium konzentrieren zu können?

Endlich fuhr der Zug ein, der nicht so voll werden würde wie die nachfolgenden Züge nach Schulschluss, in denen so viele Jugendliche auf der Heimfahrt waren, dass es oft nicht genügend Sitzplätze für alle gab. Nun hatte Isabell vier Sitze für sich.

Neben dem Rattern des Zuges surrte gleichmäßig die Klimaanlage. Ihr Handy vibrierte in ihrer Hosentasche, Marcels Nummer leuchtete auf dem Display. Isabell nahm nicht ab. Als das Läuten verstummte, stellte sie sich vor, wie er nun in sein Schlafzimmer ging, sich die E-Gitarre umhängte, um zu spielen, wie immer, wenn er frustriert war, so lange, bis die Nachbarn sich beschwerten. Sie hatte gehofft, dass sich nach der Trennung Erleichterung einstellen würde, stattdessen grummelte ihr Magen. Er zog sich zusammen, wenn sie an das Lied dachte, das er zum Geburtstag für sie komponiert hatte.

Sollte sie sich bei Marcel entschuldigen? Warum verstand er nicht, dass der Tag nach der Beerdigung ihrer Großmutter ein schlechter Zeitpunkt für eine Grundsatz-Beziehungsdiskussion war? Sie legte sich Sätze zurecht, die sie ihm sagen könnte, nur um sie gleich wieder zu verwerfen. Es war, als hätte sie alles bereits gesagt, in unzähligen Variationen. »Idiot«, flüsterte sie, »Idiot!«

Innerlich hörte sie die Töne seiner Komposition mit der tiefen Bassmelodie, die ihren gesamten Körper in Vibrationen versetzte.

Als der Zug über die Moselbrücke fuhr, sah Isabell den Kirchturm und die Häuser auf der anderen Seite des Flusses. Das Wasser war angeschwollen von den Unwettern der vergangenen Tage. Sie blickte die Weinhänge empor, die nach den Regentagen nun in der Sonne in sattem Grün leuchteten.

Sie vergaß fast, aufzustehen und zur Zugtür zu gehen. Als sie es bemerkte, war der Zug schon in den Bahnhof eingefahren. Das Pfeifen des Schaffners ertönte und es gelang ihr gerade noch, die sich schon schließende Tür aufzuhalten, um nach draußen zu springen.

»Die Schlafzimmerschränke habe ich schon sortiert.« Beim Treppensteigen hielt Isabells Mutter Rita das rechte Knie gestreckt und zog sich bei jedem zweiten Schritt mit beiden Armen am Geländer aufwärts. Ihre Hände hinterließen feuchte Abdrücke am Handlauf, ihr Atem ging von Stufe zu Stufe schneller. An ihrer bunten Seidentunika bildete sich am Rücken ein dunkler Fleck. All das erinnerte Isabell daran, dass ihre Mutter im nächsten Jahr sechzig Jahre alt wurde, auch wenn Rita ansonsten mit ihrer zierlichen, mädchenhaften Figur mindestens fünfzehn Jahre jünger wirkte.

»Du brauchst das wirklich nicht tun, Mama. Ruh dich aus.«

»Du warst ja bei Marcel. Aber es ist in Ordnung.«

»Wir haben Schluss gemacht.«

»Bald wirst du sehen, dass es besser so ist. Aus der Distanz sieht man die Dinge einfach klarer. Wenn ich da an deinen Vater und mich denke, wie verliebt ich anfangs in ihn war, und er mich …«

»Lassen wir das Thema!«

Sie folgte ihrer Mutter ins Obergeschoss und versuchte, nicht weiter hinzuhören. Sie wusste genau, was nun kommen würde. Beziehungen, die sowieso nicht funktionieren, nur Zwänge schaffen, Freiheit beschneiden. Bürgerliche, überkommene Werte. Befreiung daraus. Rita, eine Hippiefrau im Geiste. Doch Isabell spürte nichts von dem in sich. Wo war sie, die Freiheit? War Freiheit noch als solche zu bezeichnen, wenn man zur Freiheit und Unabhängigkeit gezwungen wurde?

»Komm und hilf mir!«, rief Rita. Isabell sah zu ihrer Mutter, die Kartons beschriftete. »Die meisten der Kleidungsstücke können wir später zum Secondhandladen fahren. Dafür bekommst du einiges an Geld. Diese verdammte Entzündung. Und dieses verdammte Wetter, dabei ist es gerade erst Juni und noch nicht einmal richtiger Hochsommer.« Rita biss sich auf die Lippe und massierte sich das Knie.

Die Kleiderkartons waren leichter als gedacht. Isabell strich sich die Haare aus der Stirn. »Ich trage die Kartons in die Garage. Du kannst dich hinlegen, etwas ausruhen.«

»Wir können ein Entrümpelungsunternehmen beauftragen, wenn es zu viel wird«, sagte Rita. »Ich habe nicht einmal zu Mittag gegessen.«

»Weißt du was? Geh du ruhig schon. Du fährst nach Hause, bestellst etwas Leckeres vom Lieferservice. Ich bin in einer Stunde bei dir und wir essen zusammen.« Ihr Blick fiel auf einen Schuhkarton, auf dem in der großen, geschwungenen Handschrift ihrer Großmutter stand: *Ungeöffnet zu verbrennen.* Sie zeigte darauf. »Was ist damit?«

»Wenn Oma es so wollte, machen wir das so. Kannst du das zuerst erledigen?«

»Bei der Wärme auch noch zusätzlich den Kamin anfeuern?« Isabell zuckte mit den Schultern. Was für ein absurder Gedanke! Aber gut. Dann würden die Kleiderkisten eben warten müssen. Sie winkte ihrer Mutter zum Abschied.

3

Unzählige Male hatte Isabell ihrer Großmutter dabei zugesehen, wie diese im Wohnzimmer das Papier der Werbezeitungen zerknüllt, anschließend ein paar Äste in den Kachelofen geschoben und beides übereinander geschichtet hatte. Es sah aus wie ein ausgestopftes Indianerzelt, das sofort zu brennen begann, wenn man ein Streichholz ins Innere des Aufbaus schob. Sie selbst probierte es nun zum ersten Mal. Das Papier fing Feuer und einige verbrannte Papierreste flogen aus der Öffnung. Sie blieben in ihren Locken hängen und zerfielen zu Staub, als Isabell sie mit den Fingern herausstreifen wollte. Die braunen Haare über ihrer rechten Schulter färbten sich grau. Da die Flammen nicht richtig aufloderten, wollte Isabell zuerst das Feuer weiter schüren. Staub wirbelte auf, als sie die oberste Zeitschrift aus dem Ständer zog. Sie hustete. Vor sich sah sie im einfallenden Sonnenlicht Staubflocken tanzen. Doch es war nicht nur staubig, sondern die Luft in dem kleinen Fachwerkhaus war abgestanden, als wäre jahrelang nicht gelüftet worden, obwohl Emma jeden Morgen für fünf Minuten die Fenster im ersten und zweiten Stock vollständig geöffnet hatte, sodass die Zugluft auch im Erdgeschoss zu spüren gewesen war. Isabell rüttelte am Wohnzimmerfenster.

Es war verschlossen. In der Küche und im kleinen Bad war es dasselbe. Nicht einmal kippen ließen sich die Fenster. Den Schlüssel dafür hatte Emma immer in ihrer Hosentasche aufbewahrt. Isabell riss die Haustür auf. Sie eilte ins Freie. Das Haus war ihr früher als sichere Festung erschienen, die Gedanken an misslungene Klassenarbeiten, Streit mit Freunden oder Liebeskummer abhielt. Nun, wo ihre Großmutter nicht mehr da war, kam es ihr vor wie ein Gefängnis. Die dunklen Holzbalken an den Wänden und mitten in den Räumen schienen die Enge noch zu verstärken.

Sie erinnerte sich an die Holzdose in der Küche, in der allerlei Krimskrams lagerte: Gummibänder, ein altes Vorhängeschloss, Ersatzbatterien – vielleicht auch der Ersatzschlüssel für die Fenstergriffe? Weil Isabells Großmutter Fremde im Haus – Handwerker eingeschlossen – gehasst hatte, waren die Heizkörper im Obergeschoss nie repariert worden. Wenn sich aber die Fenstergriffe nicht mehr richtig abschließen ließen, hatte sofort jemand kommen müssen.

Isabells Gespür hatte sie nicht getäuscht. Der Schlüssel befand sich obenauf. Wenige Minuten später hatte sie die Fenster im Erdgeschoss vollständig geöffnet. Die Zugluft ließ die Küchenlampe an der Decke schaukeln, wirbelte einen Stapel von Kochrezepten durcheinander. Dann gab es ein Knallen und Scheppern im Wohnzimmer. Sie blickte sich um. Das Wohnzimmerfenster war zugeschlagen, hatte dabei das kleine Rollregal zur Seite gedrückt, mit dem sie das Fenster abgestützt hatte. Die Kiste zum Verbrennen, die darauf gestanden hatte, war heruntergefallen, ihr Inhalt über den Boden verteilt. Die gelbe Vase mit den Trockenblumen war vom Tisch gekippt und zersprungen. Es sah aus, als hätte eine Riesenhand mit einer unkoordinierten Wischbewegung durch den Raum gefegt.

Isabell verriegelte die Fenster. Dabei fiel ihr Blick auf ein Schmuckstück am Wohnzimmerboden, das silbrig hell zwischen vergilbten Zetteln glänzte. Es war ein Anhänger an einem Lederband, wie ihn jemand aus der Gothic-Szene tragen würde. Aber ihre Großmutter? Sie bückte sich und betrachtete den Kopf aus Silber, der aussah wie eine Verschmelzung aus Mensch und Tier. Doch anstelle von Körper und Gliedmaßen schloss sich am Hals ein Kreuz an. Wie als Gravur war an der Stelle, wo sich die Kreuzbalken trafen, ein zweites Kreuz eingearbeitet. Das Amulett lag schwer und kühl in ihrer Hand. Ob es nur versehentlich in die Kiste hineingeraten war? Sie konnte sich nicht vorstellen, welchen Grund ihre Großmutter gehabt haben könnte, das Schmuckstück zu verbrennen – abgesehen davon würden Flammen es nicht zerstören. Um sie herum breitete sich die Wärme vom Kachelofen aus. Sie hörte auf das Knacken des Holzes im Feuer, hängte sich dabei das Amulett um den Hals.

Anschließend zog sie ihr Handy hervor. Unmöglich konnte sie das Chaos ignorieren, um gemeinsam mit ihrer Mutter zu essen. Zuerst würde sie Ordnung schaffen.

Als sie auf die grüne Taste drückte, leuchtete das Display mit dem Warnsymbol der Akkuladung auf, bevor die Anzeige vollständig erlosch. Isabell schob das Handy in ihre Hosentasche zurück und sah sich nach dem Mobilteil ihrer Großmutter um.

Beim Blick auf die Telefonnummer, die auf dem Notizblock neben dem Telefon notiert war, stockte sie kurz. Als sie Ritas Stimme hörte, beschrieb sie die Situation.

Rita klang gelassen. Sie sei müde, der Tag sowieso zu lang gewesen und der Hühnchenreis würde sich gut im Kühlschrank aufbewahren und wieder aufwärmen lassen. »Und das geplante Einkaufen, das verschieben wir einfach auf morgen«, sagte Rita zum Abschied.

Isabell verabschiedete sich. Ungläubig betrachtete sie den Zettel mit der Telefonnummer, die mit den Ziffern 00354 begann. Noch vor ein paar Stunden hätte sie ihre gesamten Ersparnisse darauf verwettet, dass ihre Großmutter in den vergangenen zehn Jahren zu niemand anderem Kontakt gesucht hatte als zu ihrer Tochter und ihrer Enkelin. Emma, die in ihrem Leben nie gereist war, sich nie mehr als hundert Kilometer von ihrem Geburtsort wegbewegt hatte? Die sich vor allem Unbekannten so gefürchtet hatte, dass sie sich nachts in ihrem Haus verbarrikadiert, Fenster und Türen abgeschlossen, nie ein Licht angeschaltet hatte, ohne vorher Rollläden und Vorhänge als Sichtschutz zu schließen – diese Frau führte Auslandsgespräche? Hatte sie all die Jahre doch den Aufenthaltsort von Jonathan Hill, dem aus den USA stammenden Vater ihrer Mutter, gekannt? War somit Isabells Großvater gar nicht spurlos verschwunden, wie Emma immer behauptet hatte? Als es ihr schwarz vor Augen wurde, merkte Isabell, dass sie die Luft angehalten hatte.

Sie putzte sich die Nase, dann wählte sie die Nummer, die auf dem Zettel stand.

Es dauerte etwas länger als gewöhnlich, bis das Freizeichen ertönte.

»Hallo?«, meldete sich ein Mann. Er klang seltsam, ohne dass sie es genau beschreiben konnte.

»Hier ist Isabell Schottstädt. Ich bin die Enkelin von Emma Liebold. Es tut mir leid, dass ich Sie störe, aber ich habe …«

Der Mann unterbrach sie. Er hörte sich wütend an.

»Ich verstehe nicht. Sorry, I don't understand«, probierte sie es.

Das Gespräch wurde unterbrochen. Er musste aufgelegt haben.

Sie setzte sich an den Esstisch, bis das Beben in ihren Knien nachließ. Um sich zu beruhigen, nahm sie einen Kugelschreiber aus der Dose und begann zu schreiben.

– Papiere aufsammeln, verbrennen
– Scherben zusammenkehren
– Rezepte Küche in Altpapier
– Kleiderkisten
– Abendessen
– Marcel?

Wie jedes Mal, wenn sie eine Liste schrieb, konnte sie spüren, wie sich von Punkt zu Punkt die Anspannung löste, wie sich ihre Schultern senkten, das Gefühl von Hitze nachließ. Bevor sie sich den Papieren zuwandte, strich sie den Punkt »Marcel« durch. Der Anruf gerade, das war mehr als genug für diesen Tag, sie wollte nicht noch einen Streit provozieren.

Der Tag war wie verhext. Ein an Emma adressierter Briefumschlag ging auf, als sie ihn aufheben und in die Kiste zurücklegen wollte.

»Lübeck, den 5.2.1946. Liebste Emma«, las sie laut. Der Brief war in Sütterlinschrift verfasst. Obwohl Isabell sich nicht bei jedem einzelnen Wort sicher war, ob sie es richtig erkannt hatte, begriff sie, worum es ging. Eine Ursula hatte Emma gefragt, wie es ihr seit dem Tod der Eltern ergangen sei, von ihrer eigenen Einsamkeit geschrieben und Emma angeboten, als Pause zwischen all den Vorspielen und Aufnahmeprüfungen – wirklich Vorspielen und Aufnahmeprüfungen? – zu ihr nach Lübeck zu kommen.

Isabell schüttelte den Kopf. Das ergab keinen Sinn. Auf dem Briefumschlag war der Straßenname nicht zu entziffern, ebenso wenig der Nachname der Absenderin. Isabell legte den Brief in eine Reihe mit den anderen Papieren, die aus der Kiste gefallen waren, und versuchte, die Geschichte zu begreifen, die die Dokumente erzählten.

Sortiert lagen vor ihr:

- ein Zeitungsausschnitt vom 3. Januar 1932 mit der Überschrift »Junge Musiker begeistern die Zuhörer mit ihrem Können«. Das abgedruckte Foto trug die Bildunterschrift »Emma Liebold (Klavier) und Hilde Wegener (Violine) spielten Georg Friedrich Händels Violinsonate in D (HWV 428)«,
- der Brief von Ursula vom Februar 1946 mit dem Angebot, nach Lübeck zu kommen,
- eine Quittung über den Verkauf eines Klaviers für 230 DM aus Koblenz vom 11. – oder 17.? – März 1949,
- ein Zeitungsausschnitt vom 26. April 1949 mit der Überschrift: *Island will Arbeitskräfte verpflichten, 230 Landhelferinnen gesucht*,
- ein zerknicktes Schwarz-Weiß-Foto einer Frau mit einem Baby auf dem Arm in einer verschneiten Stadt – es zeigte Emma, definitiv Emma mit Kind. Auf der Rückseite stand »Reykjavík 1952«.

Ohne ein zuordenbares Datum hatte sie:

- das Amulett,
- einen in Englisch verfassten Zettel: »Tuesday 8 o'clock. I love you so much. J.«,
- ein weiteres Foto von Emma, als Schulmädchen. Sie stand neben einem großen Flügel, hielt Noten in der Hand, verbeugte sich. Sie lächelte selig, wie Isabell sie nie hatte lächeln sehen.

Isabell rieb sich die Arme, um das innere Frieren zu mindern, an dem nicht einmal die Wärme des Feuers etwas ändern konnte. Das Knacken im Kachelofen wurde leiser, bis es verstummte. Dann wurde ihr bewusst, dass sie sich in ihrer Großmutter getäuscht hatte. Emma war nie die Frau gewesen, die sie vorgegeben hatte zu sein.

4

Isabell richtete sich ruckartig auf, als sie ein Geräusch im Flur hörte. Eine Tasse fiel um, zersprang auf dem Boden. Erst jetzt bemerkte sie, dass sie mit dem Kopf auf der Tischplatte geschlafen hatte.

»Hallo?«, rief sie. Tee tropfte auf ihre Jeans.

»Wie siehst du denn aus?«, fragte Rita.

Isabell wischte sich die langen, dunkelbraunen Locken aus dem Gesicht, die an den verschwitzten Wangen klebten, und ordnete die Frisur so gut es ging mit den Fingern.

»Es ist schon zehn Uhr und wir wollten zusammen einkaufen gehen. Was liegt da überhaupt alles herum? Und wo hast du diesen seltsamen Anhänger her?«

»Er war in dem Karton von Oma. In dem mit der Aufschrift. Ich wollte ihn verbrennen, wie abgesprochen. Es war ein blöder Zufall. Erst sind durch den Durchzug beim Lüften alle Rezepte von der Anrichte geweht. Dann ist im Wohnzimmer Omas Kiste heruntergefallen.« Isabell suchte ein Handtuch, um den verschütteten Tee aufzuwischen. »Als ich den Inhalt der Kiste wieder einsammeln wollte, habe ich das hier gefunden: den Anhänger, einen Brief, Zeitungsausschnitte, Fotos. Du wirst es nicht glauben. Oma hat anscheinend in Island gelebt.

Es ist möglich, dass es dort sogar ein Kind gibt. Und ich denke, sie hat den Kontakt aufrechterhalten. Die Nummer, die sie hier aufgeschrieben hat, lag neben dem Telefon. Als ich angerufen habe, konnte ich mich nicht verständigen. War auch klar, weil es die Nummer von einem Gästehaus in Island ist. Das habe ich gegoogelt.«

»Du setzt dich einfach über ihren Willen hinweg? Durchsuchst ihre privaten Aufzeichnungen?«

»So war es nicht. Hörst du gar nicht zu? Die Kiste war runtergefallen.«

»Schluss damit. Ich will nichts davon hören. Oma wollte, dass der Karton verbrannt wird. Das werden wir tun. Wir sollten nur zuerst zum Supermarkt aufbrechen, sonst schaffe ich das nicht mehr. Dieses Wetter mit der Feuchtigkeit bekommt meinem Knie nicht. Es ist schon geschwollen, und das so früh am Morgen.«

»Fahren wir.« Isabell packte die Papiere vom Tisch in den Karton zurück, klemmte ihn sich unter den Arm.

»Warum nimmst du das jetzt mit?«

»Ich möchte es mir genauer ansehen.«

»Du musst wissen, was du tust. Von mir lässt du dir ja sowieso nichts sagen.« Rita zog auf dem Weg zur Eingangstür ihr rechtes Bein nach, jeder Schritt ein unausgesprochener Vorwurf.

»Kennst du eigentlich eine Ursula, mit der Oma befreundet war?«, fragte Isabell.

»Ursula? Da gab es eine Cousine. Die ist bei uns aufgetaucht, als ich in der zweiten Klasse war. Aber ob sie jetzt noch lebt – warum fragst du?«

»Der Brief ist von Ursula.« Isabell hielt Rita die Haustür auf.

»Es ist kaum verwunderlich, wenn eine Cousine der anderen schreibt«, sagte Rita.

»Lass mich fahren.« Isabell legte zuerst den Karton in den Kofferraum und half ihrer Mutter anschließend beim Einsteigen. Als sie zurücksetzte, machte der Wagen einen Sprung. Der Motor ging aus.

»Interessiert es dich gar nicht, dass Oma anscheinend in Island war? Dass sie so wenig von früher erzählt hat?« Isabell startete erneut. »Warum sie es nicht gewagt hat, die Fenster im Erdgeschoss zu kippen?«

»Vorsicht! Von hinten kommt ein Lieferwagen.«

»Mama! Das sehe ich! Ich habe dich was gefragt!«

»Es hat noch nie irgendjemandem geholfen, in der Vergangenheit zu wühlen. Wirf den alten Kram weg.«

»Das kann ich nicht.«

Rita trommelte mit den Fingerkuppen an der Plastikverkleidung der Tür. »Wir sollten später einkaufen gehen. Mir wird heute alles zu viel.«

»Wenn es mit deinem Knie wegen der feuchten Schwüle so schlimm ist, kann ich dich auch zu einem Arzt bringen.«

»Hör mir damit auf! Es ist naiv, was du denkst. Du bist krank? Der Arzt rettet dich. Du willst wissen, was früher passiert ist? Dann schnüffle in Omas Unterlagen und alles wird gut. So funktioniert das Leben nicht.«

Isabell lenkte den Wagen an den Straßenrand und stieg aus. Sie starrte auf das Blau des wolkenlosen Himmels, als sie Ritas vorsichtige Berührung auf ihrer Schulter spürte.

»Es tut mir leid«, sagte Rita. »Das habe ich nicht so gemeint.«

»Fahren wir zu dir, ich mache uns eine Nudelpfanne. Oder magst du lieber Reis?«, fragte Isabell.

»Eine Nudelpfanne ist okay. Kochen wir gemeinsam.«

Isabell nahm die Hand ihrer Mutter.

»Du kannst dir gar nicht vorstellen, wie das früher war für Oma und für mich, als ich noch ein Kind war«, flüsterte Rita.

»Horror. Da ist es besser, einfach damit abzuschließen. Ein Ausländervater, der sich aus dem Staub gemacht hat. ›Schlampenmutter‹ haben sie sie genannt. Es ist nicht leicht gewesen damals, vor allem, als ich hier in der Grundschule war. Was ich mir jeden Tag habe anhören müssen! Es waren nicht nur die Kinder, die gehänselt haben. Auch die Erwachsenen. Sogar die Lehrer konnten sich ihre Kommentare nicht verkneifen. Aber jetzt ist es vorbei. Zum Glück haben sich die Zeiten geändert. Und nach der Schule habe ich genügend Leute kennengelernt, die anders denken. Wenn du diesen fürchterlichen Anhänger und den Rest aus der Kiste behalten willst – bitte«, sagte Rita, als sie vor der Haustür anhielten. »Aber tu mir den Gefallen und lass mich damit in Ruhe.«

5

Der Wecker zeigte 8:57 Uhr. Isabell wusste nicht, ob sie in den vergangenen zwei Stunden, die sie im Bett verbracht hatte, eingeschlafen war oder nicht. Sie war in Gedanken noch bei ihrer Großmutter. Obwohl sie erkennen musste, dass sie viel weniger von Emmas Leben wusste als gedacht, fühlte sie sich ihr näher als je zuvor. Ihr Puls ging schnell, als wäre sie eine Treppe hochgelaufen. Sie stand auf, wusch sich, band die Haare zu einem Knoten, zog sich frische Kleidung an und schob den Gedanken an Marcel beiseite. Auch wenn sie nie der Typ sein würde, der verliebt und händchenhaltend am Rhein entlangschlendert, Liebesgedichte schreibt oder die Erfüllung in einer Ehe mit Kindern sucht, so kam doch immer wieder die Sehnsucht nach Nähe, einer Beziehung auf – obwohl sie wusste, dass sie genau das niemals ertragen könnte.

Sie stellte die Kiste mit den Erinnerungsstücken ihrer Großmutter ins Regal, strich wie zur Verabschiedung über die raue Oberfläche.

Ritas Arzttermin war erst gegen Mittag, so blieb genug Muße zum Reden, wenn sie jetzt schon dorthin fuhr. Sie zählte das Geld im Portemonnaie. Es reichte, um ihre Mutter mit Brötchen, Croissants und Kuchen zu überraschen.

Eine Viertelstunde später läutete Isabell an Ritas Haustür. Als niemand öffnete, schloss sie auf und nahm den Aufzug in den dritten Stock. Die gesamte Wohnung war in beiden Etagen verdunkelt. Nur das Surren des Kühlschranks war zu hören. Die Luft war warm und abgestanden. Isabell zog die Rollläden in Küche und Wohnzimmer leise hoch und lüftete. Die noch kühle Morgenluft wehte herein. Der Durchzug ließ die Vorhänge flattern. Isabell begann, den Tisch zu decken. Bald zog Kaffeegeruch durch die Räume.

»Du hier?«

Isabell wandte sich um, umarmte Rita. »Ich mache uns Frühstück.«

»Das ist so lieb von dir! Dafür revanchiere ich mich morgen mit einem Mittagessen beim Italiener. Bist du schon in der Uni gewesen? War heute nicht diese Mathematik-Klausur, die – wie heißt dieses Gebiet noch einmal?«

Isabell verharrte regungslos. Die Klausur. Wie hatte sie die nur vergessen können?

»Stochastik meinst du.« Isabell zog ihr Handy aus der Hosentasche, um den Terminkalender zu öffnen. Es stimmte. Vor mehr als zwei Stunden, um Viertel nach acht, hatte die Klausur begonnen. Sie hatte es einfach vergessen.

»Und, war die nicht heute?«, fragte Rita.

»Nein. Erst nächste Woche.«

Isabell verteilte Croissants auf die Teller, wartete, bis Rita sich zu ihr gesetzt hatte, dann schob sie das Foto von Emma mit Baby über den Tisch.

Rita schüttelte den Kopf. »Isabell! Ich dachte, das hätten wir geklärt.«

»Guck es dir an!«

»Nicht jetzt.«

»Wann? Morgen? Übermorgen? Nächste Woche? Nächstes Jahr? Wo liegt denn dein Problem?« Isabell goss sich Kaffee ein, ließ Zuckerstücke in die Tasse fallen und rührte weiter, auch als sich der Zucker längst aufgelöst hatte.

Rita strich Marmelade auf ihr Brötchen. »Vielleicht kann ich heute Abend sogar zur Gymnastik gehen, auch wenn ich noch nicht alle Übungen mitmachen kann. Aber es wäre ein Anfang. Bewegung ist immer gut, vor allem für die Seele.«

»Hast du Oma mal gefragt, wo sie überall war? Was sie gemacht hat? Was sie sich gewünscht hat?«

Von Minute zu Minute schien die Luft im Raum stickiger und schwüler zu werden, trotz der geöffneten Fenster. Isabell wartete darauf, dass ihre Mutter irgendetwas antwortete.

Stattdessen stand Rita auf und räumte ihr Geschirr in die Küche.

Isabell hörte Tellerklappern und wie Besteck aneinanderschlug. Sie zwang sich, ihre Füße stillzuhalten und das Wippen der Beine zu unterbinden.

Zehn Minuten später blieb Rita mit verschränkten Armen im Türrahmen stehen.

»Ich kann dich nicht zwingen zu reden«, sagte Isabell.

»Es gibt nichts zu reden. Das haben wir doch gestern im Auto geklärt.«

»Dann kann ich ja gehen.« Isabell warf den Autoschlüssel mit einem Knall auf die Tischplatte. »Ich brauche heute deinen Wagen nicht. Ich nehme mir das Rad aus dem Keller.« Sonst hasste sie es, sich den Berg zu ihrer Wohnung zu Fuß oder mit dem Rad hochzuquälen, aber an diesem Tag war es genau das Richtige, so schnell zu laufen, bis die Lunge brannte und die Seiten stachen.

6

Das Läuten ihres Handys riss sie aus ihren Gedanken. Sie hatte alle Telefonnummern, die in Deutschland unter »Ursula Liebold« und »U. Liebold« aufgelistet waren, angerufen. Möglich, dass die Cousine ihrer Großmutter geheiratet hatte, nicht mehr ihren Mädchennamen führte. Dann hatte Isabell versucht, Ursula mithilfe einer Websuche im isländischen Telefonbuch zu finden. Vielleicht war Ursula ja auch in Island gewesen. Von dreißig Suchtreffern, bei denen der Name entweder »Ursula« oder »Úrsúla« geschrieben wurde, war sie bei ihren Telefonaten auf acht eingewanderte deutsche Frauen unterschiedlichen Alters gestoßen, hatte jedoch auch über diesen Weg keine weiteren Hinweise gefunden. Was, wenn Ursula längst gestorben war?

Ritas Nummer leuchtete auf dem Display. Isabell nahm das Gespräch an.

»Wenn du dich auf den Weg zur Uni machst, kannst du dann die Wäsche aus der Wäscherei abholen und bei mir vorbeibringen? Du hast zwar den Abholschein nicht, aber ich rufe dort vorher an und kläre es«, sagte Rita nach einer kurzen Begrüßung.

»Ich gehe heute nicht zur Uni.«

»Sondern?«

Isabell schluckte. Ihr Plan schien ihr plötzlich aussichtslos. Sollte sie sich lieber in Ruhe ausschlafen und noch einmal alles überdenken? Sie setzte sich an den Küchentisch und stützte den Kopf mit einer Hand ab. Er fühlte sich schwer an. Nie zuvor war ihr aufgefallen, wie still es im gesamten Haus am Tag war, wenn die Kinder in Schule und Kita waren und die Erwachsenen arbeiteten. Die Stille ließ sie frieren.

»Isabell? Bist du dran?«

»Ja.«

»Was ist mit dir?«

Isabell fragte sich, wie sie die Enge in der Wohnung nur all die Jahre ertragen hatte. »Mietskasernen. Wie kannst du nur in solch einen Klotz ziehen?«, hatte Rita gefragt, als sie das Haus zum ersten Mal gesehen hatte. Und es stimmte. Die Wohnlage war nicht mit dem alten Fachwerkhaus ihrer Großmutter an den Weinbergen und nicht mit der zweistöckigen Einliegerwohnung vergleichbar, in der ihre Mutter wohnte. Dafür waren die Räume hier unschlagbar günstig, sodass sogar sie die Miete problemlos von ihren Aushilfsjobs bezahlen konnte.

»Du willst nicht über Oma reden und ich kann dich wohl nicht umstimmen«, sagte Isabell. Der Tod ihrer Großmutter. Die Streitereien mit Marcel, an die sie so oft denken musste, obwohl ihre Beziehung im Grunde längst vorbei war. Die Weigerung ihrer Mutter, auch nur einen Blick auf ein Foto zu werfen. Es war zu viel. Alles zu viel. Sie wollte einfach nur weglaufen. Abschalten. Den Kopf freikriegen. Durchatmen. Raus. Und die Frage beantworten: Wo blieb sie selbst zwischen all dem Alltagskram, Studium und anderen Pflichten? »Deshalb fliege ich nach Island.« Isabell begriff erst, was sie gesagt hatte, als sie die Worte schon ausgesprochen hatte.

»Was tust du?«

Isabell presste eine Hand auf den Tisch, um sich abzustützen, in der anderen Hand hielt sie das Handy. Ihr war schwindlig. Sie überlegte, wie lange sie in der vergangenen Woche geschlafen hatte, wie viel sie gegessen hatte. Zu wenig. Sie schloss die Augen. »Was ist das denn für ein Leben? Lernen. Schlafen. Zwischendurch irgendwelche Erledigungen.« So war das nun mal, wenn man mitten in Prüfungen steckte. So ging es allen. Man musste funktionieren. Sich einfügen und nicht ausbrechen. Es war wie ein dauerndes Mit-dem-Kopf-gegen-eine-Wand-Rennen. Doch war das das Leben?

Isabell hörte den Atem ihrer Mutter, dann sagte sie: »Ich will zu der Adresse, die zu der Telefonnummer gehört, die Oma notiert hatte. Gucken, was ich rausfinden kann. Das ist mein einziger Anhaltspunkt.«

»Was soll das denn bringen? Wenn du rauskommen und mal was anderes erleben willst, fahr wenigstens in die USA, nach Australien. Wie wäre es mit Indien? Aber Island! Das ist ja am Ende der Welt! Und noch dazu, um in der Vergangenheit zu wühlen. Wenn du meinst, dass es dich glücklich macht –«

Isabell schüttelte den Kopf. »Du mit deinem ›Wenn du meinst, dass es dich glücklich macht‹! Sag doch gleich, dass du es für Blödsinn hältst. Stattdessen dieser Tonfall.«

Rita schnalzte mit der Zunge. »Weißt du, was so eine Reise kostet? Wo willst du das Geld hernehmen?«

»Mein Gespartes, von dem ich mir ein eigenes Auto kaufen wollte.«

»Wie gesagt, wenn du zur Uni gehst, denk bitte an die Wäscherei. Du kannst heute den Wagen den ganzen Tag haben.« Rita verabschiedete sich.

Isabell schüttelte den Kopf. Diesmal würde sie sich von ihrem Entschluss nicht abbringen lassen! Sie schaltete den Computer ein. Um noch für diesen Tag eine Fahrkarte zum Frankfurter Flughafen, ein Flugticket über Amsterdam nach Keflavík und ein Busticket weiter nach Reykjavík zu kaufen, brauchte sie weniger als eine Viertelstunde. Genauso schnell ging es, online ein Zimmer für eine Nacht in der Hauptstadt, ab dem folgenden Tag einen Mietwagen und dann ein Zimmer in dem Gästehaus in Nordisland zu reservieren, zu dem die Telefonnummer gehörte, die ihre Großmutter sich notiert hatte.

Sie zog den Rucksack vom Schrank und legte ihn geöffnet auf ihr Bett. Zehn Kilo durfte er wiegen, damit sie ihn mit beiden Airlines als Handgepäck transportieren konnte. Mehr als Waschzeug, Kleidung, ein zweites Paar Turnschuhe, Laptop, Fotoapparat, Handy und ihre Ausweispapiere würde sie auch nicht brauchen.

Jedes Kleidungsstück, das sie einpackte, war wie ein Aufatmen, das durch ihren Körper ging, wie nach einer langen Klausur in den engen, stickigen Seminarräumen, wenn sie wieder ins Freie trat, den Wind auf der Haut spürte, die Sonne im Gesicht, die im Vergleich zum Neonlicht überhell wirkte.

Erst stellte sie sich mit dem gepackten Rucksack, dann ohne ihn auf die Waage. Knapp neun Kilo war die Differenz. Isabell steckte sich noch eine Handvoll Zopfgummis in die Hosentasche.

Die Wäscherei. Sie würde dort vorbeifahren und die paar Euro zahlen, die es kostete, damit die Inhaberin die gewaschene Kleidung direkt bei ihrer Mutter in den Flur stellte, anschließend von der Wäscherei ohne Umweg zum Bahnhof weiterradeln, um von dort zum Flughafen zu kommen.

Sie sah auf die Uhr. Fünf Stunden blieben bis zum Abflug.

7

Koblenz
Samstag, 11. November 1944

An diesem Tag hatte Emma eigentlich all den Steinstaub beseitigen wollen, der sich nach den Fliegerangriffen der letzten Woche im Flur, in den Teppichen und in ihrer Kleidung abgesetzt hatte. So sehr sie darauf achtete, Mantel und Schuhe vor der Haustür auf der Fußmatte stehend auszuziehen – es half nur bedingt. Die Straßenzüge waren seit dem Angriff vom Montagabend eine Ansammlung von Schutt und Häusergerippen. Wie ein verletztes, keuchendes Tier lag die Stadt dort, um mit ihren Atemzügen alles und jeden, der nicht geflohen war, mit weißgrauem Staub zu überziehen.

Putzeimer mit Seifenlauge hatte sie am Vortag schon bereitgestellt, den Waschzuber mittig im Badezimmer platziert. Doch dann war ein zusätzlicher Arbeitstag für die Angestellten der Kanzlei angesetzt worden. Und das am Samstag! Die Aufforderung erschien Emma noch immer grotesk: Während der Ankündigung ihres Vorgesetzten Dr. Bärreiter war im Hintergrund die Funkansprache von Kreisleiter Cattepoel zu hören gewesen, der den nahenden Sieg verkündet und zum Durchhalten aufgerufen hatte.

Emma trat auf die Straße. Es war längst offensichtlich, was niemand aussprach: Der Krieg war verloren. Emma schwieg – wie alle anderen auch. Die Rückschläge der vergangenen Monate? Waren sie von Bedeutung oder nur notwendiges Übel auf dem Weg zum Endsieg? Es war wie eine Theateraufführung, bei der auch Emma mitspielte. Es ging darum, Optimismus zu verbreiten oder zumindest zu schweigen. Nie hätte sie gedacht, dass es ihr so leicht fallen würde, sich blind zu stellen. Doch es geschah, ohne dass sie darüber nachdachte. Alle taten es.

Bei dem Gedanken, was sie nun erwartete, schüttelte sie den Kopf: Akten sortieren. Ordnung schaffen. Listen ausfüllen. Dr. Bärreiters Protokoll aufnehmen, wie üblich mit zweifachem Durchschlag mit der Maschine abschreiben. Sie strich ihren Rock gerade. Immer wieder flackerten irgendwo Feuer auf. Würde sie sich bei ihrem Weg die Rheinpromenaden entlang je daran gewöhnen können, dass die Sicht nun von der Innenstadt bis in den nächsten Stadtteil frei war? Die Entfernungen schienen zusammengeschrumpft, gleichzeitig hatte sie den Eindruck, nicht voranzukommen, obwohl sie gleichmäßig einen Schritt vor den anderen setzte. Wann hatte es aufgehört, dass sie zu ihren Schritten innerlich eine Melodie hörte, die meistens wie eine Improvisation zu einem der Werke klang, die sie auf dem Klavier einübte? Inzwischen nahm sie nur das Aufschlagen ihrer Absätze auf dem Untergrund als Dreiertakt wahr. Einen Takt, drei Schläge, so lange brauchte sie zum Ausatmen. Möglicherweise war es auch umgekehrt und sie passte die Schritte an ihren Atem an. Und wie beim Ausatmen zählte sie auch beim Einatmen drei Schritte. Drei und drei, ein Atemzug. Es fühlte sich an, als gäbe das Zählen, das Festhalten an einem Takt, ihr Sicherheit. Sie hatte es aufgegeben, diese Angewohnheit des Zählens, die ihr zwischendurch selbst Furcht eingeflößt hatte, zu unterdrücken. Jedes Mal wurde der Vorsatz, an einem bestimmten Tag nicht zu zählen, zunichtegemacht von der Vorstellung, was in solch einem Fall alles passieren könnte. Möglich, dass das Abweichen von der Gewohnheit ein Unglück heraufbeschwörte, das sich nicht näher bestimmen ließ.

Emma bog vom Fluss in Richtung Innenstadt ab. Immer wieder verharrte sie, um sich zu vergewissern, dass sie die Orientierung nicht verloren hatte. Erst als zwischen verkohlten Baumresten die Mauern der Herz-Jesu-Kirche auftauchten, war sie sicher: Nur noch einmal abbiegen, dann wäre die Kanzlei in Sichtweite. Die Kirche war ausgebrannt, trotzdem ragte sie wie eine Trutzburg auf. Nur der hintere der drei Türme war beschädigt. Die Fenster waren zu schwarzen Löchern geworden.

Vor den Stufen zur Kanzlei parkte ein Wehrmachtslaster, als wollte er den Zugang dorthin versperren. Doch dann erkannte Emma den Grund dafür. Die Eingangstür öffnete sich. Ein Angestellter nach dem anderen trug Kisten mit Akten in den Laster.

»Evakuierung. Nach Thüringen«, rief ihr jemand zu.

Emma dachte an das Protokoll, das sie aufnehmen sollte, das am Vortag noch so wichtig gewesen war. Evakuierung. Sie presste die Zunge an den Oberkiefer, um nichts zu sagen. Und ihr Klavier, das unbeschadet im Keller des Elternhauses stand?

»Fräulein Liebold!«

Emma zuckte zusammen.

»Packen Sie schon mit an! Oder brauchen Sie eine Extraaufforderung?«, fragte Dr. Bärreiter.

Emma überlegte, wie sie ihm erklären könnte, dass es unmöglich war. »Aber ich kann nicht weg. Das Haus meiner Eltern. Mein Klavier.« Irgendwann, wenn der Krieg einmal zu Ende sein sollte, wollte sie etwas anderes tun, als ihre »flinken Finger«, wie Dr. Bärreiter sie manchmal lobte, zu nutzen, um Texte für das Gericht abzutippen.

»Begraben Sie Ihre lächerlichen Pianistenträume.« Er schob sie die Stufen aufwärts, vorbei an seinem eigenen Zimmer. »Ein Klavierstudium in diesen Zeiten?«

Sie ignorierte den Spott, der in seiner Stimme mitschwang.

»Von welcher Stelle kommt denn der Befehl zur Evakuierung?« Ihr Mund war trocken. Zwischen den Zähnen knirschte Steinstaub. Er hatte recht, es war ausgeschlossen. Aber ohne die Möglichkeit, wenigstens ein paar Minuten am Tag zu spielen?

»Von mir! Reicht Ihnen das nicht? Brauchen Sie eine Aufforderung vom Reichskanzler persönlich?«

»Wie kann ich am besten helfen?«, flüsterte Emma. Sie blickte sich um. Woher kam das Rumpeln, das so intensiv war, als würde die gesamte Erde in Schwingungen versetzt? Näherten sich Panzer? Herr Bärreiter schien nichts zu bemerken. Er setzte seinen Weg durch die Kanzlei fort. Langsam begriff Emma, dass das Rumpeln gar nicht von außen kam, sondern aus ihrem Inneren, von der Anspannung ihrer Kiefermuskulatur. Sie versuchte vergeblich, die Muskeln zu entspannen. Das Geräusch blieb unverändert.

»Verstauen Sie die Schreibmaschine in einen der Kartons, die bereitstehen, und bringen –« Der Rest seiner Anweisung ging im Fliegeralarm unter.

»Die Flugzeuge. Sie bewegen sich direkt auf Koblenz zu«, rief eine Frauenstimme.

Längst war die frühere Panik in solchen Situationen einer Routine gewichen. Emmas Körper bewegte sich, ohne dass sie nachdenken musste. Zur Straße. Den Weg zum Bunker nehmen, zu diesem Koloss aus Tausenden von Tonnen Stahlbeton. Eingepfercht sein mit Hunderten von Fremden.

Sie schloss sich der Reihe der Flüchtenden an. Doch als der Bunker in Sichtweite war, ließ sie sich zurückfallen, ohne sich eines Grundes bewusst zu sein. Sie bog nach rechts in eine Seitenstraße ein. Ihr Blick fiel auf den Kellereingang eines ausgebombten Einfamilienhauses. Jeden Moment rechnete sie damit, von irgendjemandem angesprochen und zurechtgewiesen zu werden. Was hatte sie an diesem Ort verloren?

Nichts passierte. Sie drückte sich an der Absperrung vorbei ins Innere des Kellers. Bald verstummten die Außengeräusche, bis sich die Flieger näherten. Emma lauschte. Sie bewegten sich anscheinend in Richtung Mosel, auf den Güterbahnhof zu. Die folgenden Detonationen waren weit genug entfernt. Emma schwitzte, obwohl ihr Atem in der Kälte kondensierte. Sie hockte sich auf den Boden, umklammerte ihre Knie. Das Rumpeln in ihren Ohren verschwand, doch es war auch an diesem Vormittag wie jedes Mal, wenn sie während eines Angriffs allein blieb: Die Enge im Bunker, wenn jemand weinte, der Blick in die ängstlichen, resignierten, panischen Gesichter – all das war schrecklich. Noch schrecklicher war das Gedankenkreisen, das einsetzte, wenn sie daran dachte, das es gleich vorbei sein konnte. Endgültig. Was tat sie? Was tat sie nur? So viel hatte sie in den letzten Jahren verloren. Zuerst die Träume. Wer kann in diesen Zeiten ernsthaft eine Klavierausbildung in Erwägung ziehen? Dann die Sicherheit und das Gottvertrauen. All die Toten, Mutter, Vater, für die es nicht einmal einen Ort zum Trauern gab.

Der Entschluss kam von einer Sekunde auf die nächste. Diesmal würde sie sich nicht fügen, nicht mitgehen. Da der Befehl zur Evakuierung nicht von einer der oberen Stellen kam, reichte es aus, für einige Tage unterzutauchen und sich anschließend eine andere Anstellung zu suchen. Sicher suchten die Krankenhäuser Personal, wenn nicht in der Krankenhausverwaltung, so zumindest als Hilfe bei der Pflege der unzähligen Verletzten. Der lange, gleichförmige Signalton kündigte Entwarnung an. Emma richtete sich auf, um zügig die Straße zu erreichen. Wenn sich die Türen der Bunker öffneten, wollte sie schon weit genug entfernt sein, damit niemand sie sah und aufhalten konnte. Noch auf der Treppe rechnete sie mit dem erneuten Aufheulen der Sirenen, doch es gab keinen weiteren Alarm.

Nach Hause zu gehen, schien Emma zu gefährlich, wenigstens vorerst, wenn sie davon ausgehen musste, dass nach ihr gesucht wurde. So klopfte sie an die Tür der bettlägerigen Nachbarin, der sie zweimal in der Woche half, die notwendigsten Dinge im Haushalt zu verrichten.

»Herein«, rief es mit dem für Frau Middelhoff so typischen langgezogenen R. Die alte Frau sah Emma an, als hätte sie auf ihr Kommen gewartet.

»Sie evakuieren«, flüsterte Emma.

»Ja«, sagte Frau Middelhoff. »Davon habe ich gehört.«

Emma nickte.

»Du willst bleiben?«

»Nur vorübergehend.« Emma versuchte, sich selbst von der Aussage zu überzeugen. »Nur so lange, bis niemand mehr nach mir sucht.«

»Ich freue mich, auch wenn es egoistisch ist.« Mit einem Keuchen richtete sich Frau Middelhoff auf. »Ein Krankenhaus, das wäre mein Tod. Aber allein in der Stadt zurückzubleiben, das würde auch nicht gehen. Wenn man kaum aus dem Bett kommt … Ohne dich wüsste ich gar nicht, was ich machen sollte.«

Emma setzte sich auf die Bettkante, nahm Frau Middelhoffs Hand, fühlte die Haut, die wie altes, fleckiges Pergamentpapier war.

»Vorerst werden keine Lebensmittelkarten für mich da sein.« Emma musste es ansprechen. Sie wusste, dass Frau Middelhoff Konserven gelagert hatte, die lange Zeit für zwei Personen reichen würden. »Nicht mal ein paar beiseitegelegte Vorräte kann ich bieten.«

»Wir verhungern nicht. Sieh nebenan nach. In der Abstellkammer der Küche ist genug, dass es für uns beide reicht. Es ist der Trotz, der überleben lässt. Das verbindet uns beide.«

Doch es war nicht Trotz, der Emma zu ihrem Entschluss trieb, sondern ein Überlebenswille, der auf mehr ausgerichtet war als auf die reine körperliche Unversehrtheit. Sie dachte an ihre Träume. Ihre Musik.

8

Koblenz
Montag, 19. März 1945

Jeder, dem Emma von den Neuigkeiten berichtete, wusste es bereits, auch zu Frau Middelhoff war die Nachricht schon vorgedrungen. Sie hatte es als Rufen von der Straße gehört: Die Amerikaner hissten das Sternenbanner auf dem Rathaus. Nach all den Straßenkämpfen würde nun endlich Frieden einkehren – wie lang hatte Emma schon darauf gehofft! Trotzdem spürte sie nicht die erwartete Erleichterung. Würde es Tage oder Wochen dauern, bis sie aus dem Haus gehen konnte, ohne innezuhalten, weil sie glaubte, das Aufheulen der Sirenen zu hören? Es war, als hätten sich die Fliegerwarnungen, all das Zischen und Krachen in ihrem Kopf festgesetzt, der die Geräusche nun wie ein defektes Aufnahmegerät zu von ihm selbst bestimmten Zeiten abspielte.

»Bring mich raus aus der Stadt«, sagte Frau Middelhoff. »Es muss einen Weg geben.«

Emma verschaffte sich zum vierten Mal einen Überblick über die Lebensmittel, die sie am Freitag abgeholt hatte, obwohl sie das Ergebnis längst kannte. Daran änderte auch die Schwerkrankenzulage nichts, die Frau Middelhoff wegen ihres abgemagerten Zustands vom Arzt verschrieben bekommen hatte.

Zu Kriegsanfang waren die Portionen doppelt so groß gewesen. Das Brot musste noch vier Tage reichen. Zwei Scheiben am Morgen, zwei Scheiben am Nachmittag, das hörte sich nicht übel an. Doch schon beim ersten Blick auf ihre Brote hatte Emma geahnt, dass es nicht nur mit Kartoffeln oder Gerstenmehl gestreckt war. Es fühlte sich härter an als gewöhnlich, gab kaum nach, wenn sie draufdrückte. Sie wollte gar nicht wissen, was alles darin verbacken war.

Der Kaffeeersatz war ungenießbar, aber vielleicht ließ er sich irgendwo gegen irgendetwas eintauschen.

Öl hatten sie genügend. Sie musste nur die Schlieren ignorieren, die es bildete. Mit dem Salz und den Gewürzen könnte sie es schaffen, aus dem Dörrfleisch in gebratenem Zustand etwas herzurichten, was an Schinken erinnerte.

»Wenn ich nicht aus der Stadt komme, werde ich verrückt«, sagte Frau Middelhoff. »Wir waren Gefangene. Monatelang. Jahrelang. Jetzt ist es genug!«

Emma schob einen der Küchenstühle neben Frau Middelhoffs Bett. Sie wusste, was in Frau Middelhoff vorging, sie fühlte sich nicht anders. Daran änderten auch die Stunden nichts, in denen sie aus der Enge des Wohnblocks herauskam, um im Krankenhaus in der Verwaltung zu helfen.

»Wir müssen bleiben. Es gibt keine Alternative.« Emma beschrieb die Wahrheit, die nicht auf der Straße gerufen wurde. »Die Rhein- und Moselbrücken existieren nicht mehr. Nur noch die eine Bahnbrücke, die nach Güls hinüberführt. Und wer dort alles rüberwill …«

»Sie spielen sich als große Befreier auf. Dann zerstören sie die Brücken, bauen so die Stadt zu einem Gefängnis um. Befreiung. Dass ich nicht lache!«

»Es waren unsere eigenen Truppen. Die Deutschen. Die haben die Brücken beim Rückzug gesprengt. Es waren nicht die Amerikaner.«

»Du lügst.« Frau Middelhoff begann zu weinen.

Emma schwieg. Es gab nichts Tröstliches, das sie sagen konnte. Sie würden die Stadt nicht verlassen können, jedenfalls vorerst nicht. Aber nun half kein Lamentieren.

»Ich gehe den Kaffeeersatz tauschen. Vielleicht gegen eine Konserve«, schlug Emma vor.

»Kohlen. Wir brauchen Kohlen.«

Auf dem Weg zur Treppe stieß Emma mit einem Mann zusammen, der die Wohnungstür genau in dem Moment aufdrückte, in dem Emma sie von innen öffnete. So wurde sie vom Schwung der Tür gegen die Wand geschleudert.

»Entschuldigung«, sagte er.

Emma wich einen Schritt zurück. Ihr Blick fiel auf den Schlagstock, den er unter seiner Jacke verbarg.

Er schob den Stock in seinen Rucksack, hob die Hände. »Keine Angst. Ich tue Ihnen nichts. Es ist nur – man weiß nie, wem man in den Häusern alles begegnet. Das hier ist meine Wohnung. Eigentlich.«

Er trug Zivil. Seiner fleckigen schwarzen Hose war der Umfärbungsversuch anzusehen, der ihre Herkunft aus den Beständen der Reichsarmee überdecken sollte.

»Das kann nicht sein.« Emma verschränkte die Arme vor der Brust.

Den Schrei aus dem Nachbarraum interpretierte Emma zuerst als Erschrecken. Doch dann stand Frau Middelhoff aus ihrem Bett auf, stolperte mit ausgebreiteten Armen auf den Fremden zu, umarmte ihn.

»Wer ist das?«, fragte er, nickte in Emmas Richtung.

»Du lebst. Du bist zurück. Nach all den Jahren.« Frau Middelhoff küsste ihn. Ihre Tränen färbten sein graues Hemd dunkel.

»Wir müssen los. Sofort«, sagte er. Die Antwort auf seine zuvor gestellte Frage schien ihn nicht mehr zu interessieren.

Zielstrebig ging er durch die Zimmer und hatte dabei keine Probleme, sich zurechtzufinden. Zuerst packte er Frau Middelhoffs Kleidung in zwei Koffer, dann verrückte er den Kleiderschrank, um einen Stein hervorzuziehen, hinter dem sich Schmuck, Geld und Papiere befanden.

Dann stützte er Frau Middelhoff unter den Armen, ging mit ihr in Richtung des Hausflurs. Im Türrahmen drehte er sich um.

»Wehe, Sie verlieren auch nur ein Wort darüber, dass wir uns begegnet sind, was Sie gerade gesehen haben«, sagte er. Die Drohung war nicht misszuverstehen. Seine Augen verengten sich. Er war desertiert, dachte Emma. Oder er hatte etwas gestohlen. Jemanden ermordet? Sie erschrak bei dem Gedanken und noch mehr bei der Erkenntnis, dass sie es ihm zutraute. Er war niemand, dem sie ein zweites Mal begegnen wollte.

»Mein Sohn.« Frau Middelhoff nickte Emma zu, war mit ihm verschwunden, bevor Emma all die Fragen stellen konnte, die ihr durch den Kopf gingen. Eins war unzweifelhaft: Frau Middelhoff würde nicht zurückkehren.

9

Lübeck
Dienstag, 26. April 1949

Wenn der Krieg erst aus wäre, dann würden sich nach und nach alle Schwierigkeiten von selbst auflösen, hatte Emma gedacht. Sie wollte Pianistin werden. Studieren. Das Leben genießen. Aufbrechen. Auch der Osterbesuch bei ihrer Cousine Ursula brachte bisher nicht die erhoffte Ablenkung, obwohl sich Ursula große Mühe gab. Für heute gab es zum Frühstück Marmeladenbrote. Mit Butter.

»Iss schon«, sagte Ursula. Beherzt biss sie ein so großes Stück ab, dass ihre Backen aussahen wie die eines Hamsters. »Es schmeckt fantastisch.«

Emma nahm ihr Brot hoch, ohne abzubeißen. Sie hatte keinen Appetit.

»Du bist hier. Genieß das Leben!« Ursula schenkte sich Kaffee nach. »Das ist Kaffee. Kein Kaffeeersatz.« Als Emma nicht antwortete, fügte sie hinzu: »Jetzt ist es genau so, wie du es dir gewünscht hast. Wer verlangt denn etwas von dir?«

Emma lachte bei dem Gedanken auf. Nicht einmal in irgendein Büro musste sie gehen, obwohl es Dienstag war, da hatte Ursula recht. Doch der Grund dafür war nicht der, dass es ihr gelungen war, ihre Träume auch nur ansatzweise zu verwirklichen, sondern dass sie ihre Stelle als Verkäuferin in der Bäckerei verloren hatte, weil sie gegen den Willen ihres Chefs zur Aufnahmeprüfung an das Städtische Konservatorium in Berlin gefahren – und durchgefallen war. Konnte sie es dem Besitzer der Bäckerei verübeln, dass er lieber einen Heimkehrer einstellte statt einem »Mädel«, wie sie trotz ihrer fünfundzwanzig Jahre so oft bezeichnet wurde – noch dazu eins mit Flausen im Kopf?

»Ich bin so froh, dass du mir geschrieben hast. Mich zu dir eingeladen hast. Aber ich kann dir nicht für immer auf der Tasche liegen.« Emma spürte einen Druck hinter den Augen, als wären sie übervoll mit Tränen. Das Klavier hatte sie verkauft nach dem Desaster in Berlin. Sie wusste: Es war der richtige Schritt, sie brauchte das Geld zum Überleben. Doch das hieß nicht, dass es weniger schmerzte.

»Jetzt hör schon auf! Wen habe ich denn sonst außer dir? Genieß dein Leben einfach.«

Emma nahm einen Bissen. Ursula hatte recht. Die Apfelmarmelade war fantastisch. Mochte die Süße sie ablenken von all der Bitterkeit, dass es nun die siebzehnte Aufnahmeprüfung gewesen war. Siebzehn Aufnahmeprüfungen! Emma hatte am Vortag die Orte der Konservatorien und Musikhochschulen, an denen sie vorgespielt hatte, auf einen Zettel geschrieben und nummeriert. Von Nordjysk, dem Musikkonservatorium in Aalborg, bis nach Budapest reichten ihre Bewerbungen. Berlin hatte wie all die anderen Vorspiele nur Ernüchterung gebracht. Ihre Interpretation der vierstimmigen Invention sei zu »eigenwillig«, zu wenig breit, zu wenig Portato. Zu nüchtern, zu wenig romantisch.

»Am liebsten würde ich gar nicht mehr zurück nach Hause gehen«, sagte Emma.

»Musst du doch nicht. Bleib einfach. Hier. Bei mir.«

Emma sah, wie auf dem Balkon eine Amsel in einer mit Wasser gefüllten Mulde im Boden badete. Die Sonne ließ ihre Federn glänzen. Das Marmeladenbrot, der einsetzende Frühling – es gab auch andere Dinge im Leben als Fehlschläge. Emma biss ein zweites Mal in das Brot. Diesmal schmeckte es noch besser. Kein Vergleich zu dem gestreckten Brot, mit dem sie im Krieg hatte zufrieden sein müssen.

»Das tue ich. Ich bleibe. Wird das Semester wieder einmal ohne mich beginnen. Dann soll es eben so sein«, sagte Emma. Die Fragen, die sie jahrelang nicht zu stellen gewagt hatte, tauchten nun umso deutlicher auf: Was nutzte ihr all die Leidenschaft für die Musik, wenn die Siebzehnjährigen vorgezogen wurden, die formbarer waren, die die eigene Meinung nicht unterdrücken mussten, weil sie sich noch gar keine gebildet hatten? Zu alt – diese Aussage stand nach Emmas Gespräch mit Hans Reichert und Fritz Thöne, die die Aufnahmekommission geleitet hatten, unausgesprochen im Raum. Beide hatten von einer weiteren Bewerbung abgeraten. Da half es auch nichts, dass die Kunden der Bäckerei sie »Mädel« nannten.

Sie spürte, wie ihr die Augen wieder zufielen, obwohl sie an diesem Tag ausgeschlafen hatte. Emma stützte den Kopf auf die Hand.

»Es tut mir leid. Ich bin so müde.« Emma stellte sich vor, sie müsste nur für einen Tag die Putzarbeiten von Ursula übernehmen. Würde sie das überhaupt bis zum Abend durchhalten? Als einzige Überlebende der Lübecker Verwandtschaft war Ursula auf sich gestellt, hatte niemanden, der ihren Unterhalt finanzieren konnte. Schule? Ausbildung? Daran war nicht zu denken. So blieb ihr keine andere Wahl, als schlecht bezahlte Betätigungen anzunehmen, bei Überstunden nicht aufzubegehren und am Ende einen Lohn zu erhalten, der mit Glück gerade reichte, um satt zu werden. Die große Wohnung war längst in drei kleinere Wohnungen aufgeteilt worden. Ursula blieben nur noch zwei Zimmer: die Wohnküche und das Schlafzimmer. Aber die Mieteinnahmen der beiden anderen Wohnungen, die sie vermieten konnte, reichten längst nicht zum Überleben. Mochte der Wohnraum noch so knapp sein und es unendlich viele Zugezogene und Flüchtlinge geben, die längst nicht mehr nur aus dem Osten kamen – viel Geld für Miete konnte niemand zahlen.

»Warum tust du dir das denn an?«, fragte Ursula. »Warum hängst du noch immer in Gedanken am Klavierspiel?«

Emma richtete sich auf. »Und warum heiratest du keinen von deinen vielen Verehrern?«

»Du bist zynisch.« Ursula stand auf. »Aber wenigstens den Tisch abräumen, das wirst du wohl können!« Sie zog ihren Mantel über und verließ die Wohnung, um zur Arbeit zu gehen.

»Es tut mir leid«, rief Emma. Doch Ursula schien sie nicht mehr zu hören.

Als Ursula um halb sieben, eine Stunde später als üblich, noch immer nicht zurückgekommen war, hielt es Emma nicht länger aus. Sie suchte ihre Schuhe, die sie zuvor ausgezogen hatte, um die Dielen besser wischen zu können. Ursula war bestimmt wütend und Emma konnte es ihr nicht einmal verdenken. Es stimmte. Dieses Lamentieren über die gescheiterten Aufnahmeprüfungen, es machte alles kaputt, genauso wie die Panik, die sie jedes Mal bei Dunkelheit hochschrecken ließ, wenn die Erinnerungen an die Bombennächte und den Bunker wach wurden. Bestimmt hatte Ursula ihr Angebot längst bereut, Emma für längere Zeit bei sich wohnen zu lassen. Ein Poltern im Flur ließ Emma innehalten. Es hörte sich an, als würde jemand die Treppe hinunterstürzen. Dann hämmerte es an der Tür.

Emma öffnete. Sie blickte in Ursulas Gesicht, dessen Ausdruck mit den aufgerissenen Augen und den geröteten Wangen nicht zu deuten war. War es Erschrecken? Panik? Freude?

»Wo ist dein Schlüssel?«, fragte Emma.

»Bis ich den erst rausgesucht habe!« Sie zog einen verknitterten Zeitungsausschnitt aus ihrer Rocktasche, den sie bereits unzählige Male gelesen haben musste.

»Island will Arbeitskräfte verpflichten, 230 Landhelferinnen gesucht«, las Ursula.

»Island?« Emma hatte irgendwo, irgendwann einmal von dem Land gehört, konnte sich aber nicht mehr genau erinnern. Bestimmt hatte Ursula sich verhört. »Irland heißt das. Dort leben die Iren.«

»Das Land der Wikinger. Und jetzt guck nicht so«, sagte Ursula. »Man fährt westlich an England mit dem Schiff vorbei. Anschließend weiter nach Norden. Viel weiter nach Norden.«

Emma schüttelte den Kopf. Was für ein Gedanke! Ja, sie wollte raus. Sie wollte vergessen. Sie wollte, dass irgendetwas passierte, das sie aus ihrer Melancholie riss, damit sie einschlafen konnte, ohne von den Träumen heimgesucht zu werden, wieder feiern, leben, unbeschwert sein. Endlich wieder Alltag leben, sich von der Begeisterung anderer anstecken lassen, raus aus dieser inneren Erstarrung, all den Ruinen und dem Verzicht. Aufbruch. Neuanfang. Das alles wünschte sie sich, würde alles dafür geben. Raus aus der Schwärze, nicht nur der, die die vom Krieg beschädigten Gebäude überzog, sondern auch der, die sich über ihrer aller Seelen gelegt hatte. Aber dafür solch einen extremen Schritt wagen? Emma fror bei der Vorstellung, was es bedeutete, dies wirklich zu tun.

»Das ist verrückter als alles, was ich je gehört habe!«

»Da gibt es für uns gute Arbeit. Nicht mehr die Sorge, dass man alle paar Wochen eine neue Stelle suchen muss. Nicht dieses Gefühl, nur hin und her gestoßen zu werden.«

»Du meinst gehen? Für immer?« Deutschland, so trostlos es mit all den Schuttbergen in den Gassen und seinen zerstörten Häusern auch war, Emma wollte es nicht auf Dauer missen.

»Bald stehen die hohen Handelshäuser wieder. Denk an die roten Ziegel, die in den Sommernächten die Wärme speichern, um sie spätabends abzugeben. Menschen, die feiern. Die ausgelassen sind. Wenn sich das Problem mit den Flüchtlingen geregelt hat, es neuen Wohnraum gibt und du die Wohnungen wieder zusammenlegen kannst und alle Zimmer für dich hast. Das dauert nicht lange und –«

»Nicht für immer«, unterbrach Ursula sie, »sondern nur vorübergehend.«

Schweigend tranken die beiden ihren Tee, der inzwischen kalt geworden war.

»Willst du nichts essen?«, fragte Emma. Nicht einmal das Licht hatte eine von ihnen angeschaltet. So saßen sie sich in der Dunkelheit am Küchentisch gegenüber. »Ich mache dir etwas.«

»Ich gehe, egal, wie du dich entscheidest«, sagte Ursula. »Weg aus der Stadt, weg von der Hilflosigkeit, der Einsamkeit. Irgendwann muss das doch alles mal vorbei sein.«

Emma wollte es nicht aussprechen, zu sehr machte ihr der eigene Entschluss Angst. Was hielt sie hier noch, wenn Ursula weg war?

Sie würde mitkommen.

10

Um halb elf am Abend hob die Maschine in Amsterdam ab. Isabell blickte durch das Fenster auf das nächtliche Rollfeld mit den grünen und roten Markierungslichtern und warf einen letzten Blick auf das bunte Strahlen der Stadt, dann tauchte das Flugzeug in die Dunkelheit ein. Durch die Mischung aus Nebel und Wolken erstreckte sich nichts als Schwärze hinter den Scheiben. Nur durch den Druck, der sich in ihren Ohren aufbaute, und an der Veränderung der Motorengeräusche konnte Isabell den Steigflug erahnen. Ihre Augen brannten. Nie hatte sie die Traurigkeit, die sich in ihr angesammelt hatte, deutlicher gespürt. Eine Traurigkeit, die sich im Alltag mit all seinen Notwendigkeiten so gut verdrängen ließ und die sie nun mit sich zu reißen drohte. Wenn es nur möglich wäre, auch die eigenen Gedanken und Probleme zu Hause zurückzulassen! Sie schloss die Augen bei der Erinnerung an Emmas Geruch, an den Duft ihres blumigen Parfüms, der aus dem Haus ihrer Großmutter inzwischen fast vollständig verflogen war. Wie gerne würde sie Emma noch einmal umarmen!

Schon nach wenigen Minuten stieg das Flugzeug über den Dunst hinaus, weiter aufwärts. Erst war nur ein rot schimmernder Streifen am Horizont sichtbar, der bald an Intensität gewann. Es schien, als bewegte sich das Flugzeug dem Sonnenaufgang entgegen, obwohl es mitten in der Nacht war. Der Himmel strahlte in immer hellerem Blau. Die Wolken sahen aus wie eine Watteschicht, über der der Flieger scheinbar bewegungslos ruhte, im Nirgendwo gelandet zwischen Wolken und Himmel, zwischen Tag und Nacht, aus Raum und Zeit katapultiert.

Mit der zunehmenden Helligkeit fiel alle Müdigkeit und Traurigkeit von Isabell ab. Als die Maschine zum Landeanflug auf Keflavík ansetzte und Isabell die Kräfte spürte, die ihren Oberkörper mit dem Abbremsen nach vorne drückten, war es wie ein Ruf aus einer Märchenwelt zurück in die Gegenwart.

»Auch auf Trekking-Tour?«, fragte Isabells Sitznachbar, der sich bisher so konzentriert über seine Reiseprospekte gebeugt hatte, als lerne er daraus für eine Klausur. »Ein ganz besonderes Abenteuer.«

»Wandern ist nicht mein Ding.« Warum sprachen Menschen miteinander, wenn sie ein so geringes Interesse an einem Thema hatten, dass sie es immer wieder nach ein paar Sekunden oder spätestens nach wenigen Minuten wechselten? Warum tauschte man sich über das Wetter aus, wenn jeder den Wetterbericht gesehen hatte und nur die Augen öffnen musste, um zu wissen, ob es regnete oder nicht? Und vor allem: Wie war es zu schaffen, diese Art von Gesprächen mühelos zu meistern, obwohl man sie eigentlich überhaupt nicht führen wollte?

Doch in dem Moment war sie erleichtert über die Ablenkung. So unwahrscheinlich es auch war, dass ein Flugzeug beim Landeanflug abstürzte, so raste trotzdem jedes Mal ihr Puls, sobald sie die Druckveränderung in der Kabine spürte und es in ihren Ohren rauschte, obwohl ihr der Start im Flieger nie Probleme bereitete.

»Ich suche meinen Großvater«, sagte sie. »Meine Oma hat hier einmal gelebt – glaube ich.«

»Sie reisen nach Reykjavík?«, fragte der junge Mann.

»Morgen nach Blönduós weiter.« Sie war nicht sicher, aber einen anderen Anhaltspunkt als die gewählte Telefonnummer hatte sie nicht.

Während ihr Sitznachbar ihr von den Sehenswürdigkeiten berichtete, die sie während ihres kurzen Aufenthalts in der Hauptstadt unbedingt sehen müsste, war Isabell durch das Gespräch so sehr von ihrer Panik abgelenkt, dass sie gar keine Zeit gehabt hatte, über die Landung nachzudenken. Erleichtert löste sie ihren Sicherheitsgurt, als der Flieger zum Stehen gekommen war. Sie beobachtete, wie die Mitreisenden nach und nach aufstanden, um ihr Gepäck aus den Ablageflächen über den Sitzen zu holen.

»Gute Reise. War eine nette Unterhaltung«, sagte Isabell. Sie reichte ihrem Sitznachbarn die Hand und ließ ihm den Vortritt, damit er zuerst sein Handgepäck aus dem Fach über dem Sitz ziehen konnte. Dann wartete sie, bis er im Gedränge der anderen Passagiere verschwunden war, bis sie sich in die Schlange der Aussteigenden einreihte.

Sobald sie den Flughafen verlassen hatte, hielt sie Ausschau nach dem Bus, der in die Hauptstadt fuhr. Weil sie kein Gepäck aufgegeben hatte, war sie die Erste, die einstieg, doch schon bald war der Transferbus bis auf den letzten Sitzplatz gefüllt und fuhr los.

Inzwischen war die Sonne hinter den Horizont getaucht, aber es war noch hell. Auch eine halbe Stunde später war es noch nicht dunkel geworden. Nur die Leere auf den Straßen, das Fehlen der Menschen und die geschlossenen Ladentüren erinnerten daran, dass es mitten in der Nacht war, kurz vor ein Uhr. Während der Bus nach und nach an den verschiedenen Hotels und Unterkünften hielt und sich langsam leerte, verfolgte Isabell die

Fahrtroute anhand des Straßenplans, den sie am Flughafen in einem Auslageständer entdeckt hatte. Es stimmte, was ihr Sitznachbar gesagt hatte: Es gab genug zu sehen, doch mehr als alle Museen und Galerien interessierten sie die Straßencafés und die Geschäfte.

11

Isabell rechnete mit knapp drei Stunden Fahrtzeit von Reykjavík nach Blönduós – vielleicht zwanzig Minuten mehr, wenn sie den Tipp ihrer Hotelwirtin miteinbezog und einen kleinen Umweg fuhr, um auf halber Strecke bei einem alten Handelshaus Rast zu machen, wo es nicht nur ein sehr gutes Café, sondern auch interessante Ausstellungen zum Alltag der Wikinger und der Isländer in den vergangenen Jahrhunderten geben sollte. Noch als sie den Mietwagen von der Station abholte, war sie unschlüssig. Sie war nicht als Touristin hier, sondern wollte zügig erfahren, welche Verbindung es zwischen Emma und diesem Land gab. Andererseits würde sie möglicherweise nur einmal im Leben die Chance bekommen, all diese Orte zu besuchen. Nach einem kurzen Zögern programmierte Isabell die Anschrift des Gästehauses Bjarni in das Navigationsgerät ein. Da der angegebene Straßenname nicht im Menü vorhanden war, wählte sie die Ortsmitte als Anhaltspunkt und startete den Motor.

Bald ließ Isabell die bunten Häuser von Reykjavík hinter sich, bei denen an diesem Tag nicht nur die Fassaden in allen Farbtönen strahlten, sondern auch die Dächer im Sonnenlicht abwechselnd rot, grün, weiß und blau leuchteten. Die Stadt wirkte wie ein einziges, großes Hundertwasserbild, eingebettet in ein Meer aus violetten Lupinen, das sich am Straßenrand ausbreitete. Auf der Nationalstraße 1 fuhr Isabell in Richtung Norden und schlängelte sich durch all die Kreisverkehre, die immer dann auftauchten, wenn sie gerade an Tempo gewonnen hatte, und die Fahrt wieder abbremsten.

Als die Häuser auseinanderrückten und sich die Landschaft mit ihren braun-grünen Hügeln rechts und links vor ihr erstreckte, schaltete Isabell das Radio ein. Obwohl sie noch nicht lange unterwegs war, sehnte sie sich nach Ablenkung. Die Straße führte in einem kilometerlangen Tunnel unter einer Bucht hindurch, wand sich weiter nordwärts am Meer entlang. Nun wurden auch die Gehöfte immer seltener. Der Boden bestand aus kargem Fels- und Lavagestein, nur spärlich mit Gras und Moos bedeckt. Die Berge im Hintergrund verschwanden im aufziehenden Nebel, sodass neben den gelben Straßenpfosten nur die Schafe in ihren Farben von Weiß über Braun bis Schwarz und gescheckt etwas Abwechslung boten.

Daher entschied sich Isabell, als die Route 60 von der Nationalstraße abging, doch nach links abzubiegen und den von der Wirtin vorgeschlagenen Abstecher über Búðardalur zu machen. Im Tunnel hatte sie wegen des schwindenden Empfangs das Radio ausgeschaltet. Als sie nun versuchte, einen neuen Sender zu finden, war nichts als Rauschen zu hören. Frustriert drückte sie den Ausschaltknopf. Auch ein erneuter Versuch einige Minuten später änderte nichts, obwohl sie alle Frequenzen durchprobierte: Auf das Radio musste sie verzichten. Ohne Uhr und Karte hätte sie gewettet, bereits eine dreimal so weite Strecke zurückgelegt zu haben. Nun wurde die Sicht durch den zunehmenden Nieselregen und den Nebel schlechter. Sie musste das Tempo immer weiter drosseln. Die mit Schnee bedeckten Bergkuppen waren gar nicht mehr zu sehen, stattdessen blickte sie nur auf schwarze Lava im Hintergrund, die teils schwefelgelb gesprenkelt war. Bald war kein Auto mehr vor ihr und auch hinter ihr war keines in Sicht. Sie befürchtete, vollständig im Nirgendwo gelandet zu sein, obwohl das Navigationsgerät etwas anderes anzeigte. Dies hier war eine offizielle Straße, sagte sie sich. Sie verlangsamte das Tempo noch weiter. Das erste Mal musste sie anhalten, als drei Schafe mitten auf der Fahrbahn standen, die sich von dem Auto kaum beeindruckt zeigten, aber sofort auseinanderstoben, als Isabell ausstieg, um sie zu fotografieren. Eigentlich konnte Isabell mit Tieren nichts anfangen. Sie war niemand, der an einer Weide anhielt, um ein Pferd zu streicheln oder zu füttern, sie hatte nicht das Bedürfnis, ein Haustier zu halten. Doch die Schafe, die lange Zeit die einzigen Lebewesen waren, die sie sah, ließen sie nicht unberührt. Sie waren kleiner gewachsen als die Schafe, die Isabell bisher gesehen hatte: die erwachsenen Tiere nur kniehoch. Die Jungen wirkten mit ihrer dichten Wolle eher wie Plüschtiere. Immer wieder tauchten Briefkästen an der Straße auf, von denen ein Stichweg abging, der zu einem entlegenen Hof führte.

Fast drei Stunden Fahrtzeit brauchte sie, um ihr geplantes Zwischenziel zu erreichen. Sie kehrte in dem Café des alten Handelshauses ein, das mit seinem Ausblick aufs Meer, dem frisch aufgebrühten Kaffee und dem Schokoladenkuchen eine Rast wert war, doch die Zeit reichte nicht mehr, um die Ausstellung zu besichtigten. Auch in den Sommermonaten schloss das Museum nachmittags um vier.

So fuhr Isabell weiter in Richtung Osten, um so zügig wie möglich zur Ringstraße zurückzukehren. Doch die Straße war nur noch ein unasphaltierter, schmaler Streusplittweg mit Schlaglöchern und der Wagen brach bei Windböen trotz des Vierradantriebs immer wieder aus. Nur mit Mühe gelang es ihr, ihn in der Spur zu halten. Sie hatte das Gefühl, gar nicht mehr voranzukommen. Um sich nicht nur auf das Navigationsgerät zu verlassen, hielt sie an und kontrollierte die Route anhand der Karte. Es stimmte. Das war die Strecke, die sie fahren musste.

Vor ihr lag nun eine Landschaft, die eher an den Mond als an die Erde erinnerte – zerklüftet, zerfurcht und voller Krater. Selbst Schafe waren keine mehr zu sehen. Sie wünschte, Marcel wäre da. Auch wenn er seine üblichen Beziehungsdiskussionen führen, wenn er Grundsatzgespräche beginnen würde, die sie so sehr hasste – wenn sie nur nicht allein wäre!

Ein entgegenkommendes Fahrzeug wirbelte Splitt auf, als es an ihr vorbeifuhr. Isabell versuchte, alle Grübeleien auszuschalten und weiter ihrem Plan zu folgen. Eine Alternative gab es nicht. Marcel war nicht da. Er würde nicht kommen. Nun war es zu spät, um Vergangenes zu bereuen. Sie kam sich innerlich genauso zerklüftet und verwundet vor wie die Landschaft, die sie umgab.

Bei der Weiterfahrt konzentrierte sie sich auf die gelben Straßenpfosten – jeder einzelne ein Zeichen, dass sie vorwärtskam. Erleichtert atmete sie auf, als sie endlich wieder die Nationalstraße 1 erreichte und sich in eine Reihe von Autos einfügen konnte. Auf dem Rückweg würde sie die Ringstraße garantiert nicht verlassen, schwor sie sich.

Sie wusste, dass es verrückt war, aber sie musste sich zwingen, den Sicherheitsabstand einzuhalten. Am liebsten hätte sie den Wagen vor sich gestoppt und gefragt, ob sie mitfahren könne. In dem Moment spielte es keine Rolle, dass sie es eigentlich hasste, mit Fremden in der Enge eines Autos oder Busses zu sitzen. Sie wollte spüren, dass dort außer ihr noch jemand in dieser kargen, lebensfeindlichen Landschaft war.

Statt der geplanten Fahrtzeit von drei Stunden brauchte sie ganze fünfeinhalb Stunden bis Blönduós. Vor sich sah sie die Häuser, die sich beidseitig des Gletscherflusses Blanda ausbreiteten, und die Brücke, die die Ortsteile verband. Sie stoppte an der Tankstelle und fragte einen Mann an der Zapfsäule nach dem Weg. Isabell hatte Mühe, ihn zu verstehen, reimte sich jedoch zusammen, was er meinte. An der zweiten Kreuzung musste sie rechts abbiegen.

Eine Dreiviertelstunde später tauchte wieder die Tankstelle vor ihr auf. Isabell stöhnte auf. Sie war hungrig, sie war müde und schon doppelt so lange unterwegs, wie sie ursprünglich geplant hatte. Noch einmal stoppte sie an der Tankstelle, zog ihr Handy heraus und wählte die Nummer des Gästehauses Bjarni. Eine Frau meldete sich. Während Isabell ihre Situation auf Englisch erklärte, hörte sie, wie am anderen Ende der Leitung jemand auf einer Computertastatur tippte.

Es sei kein Problem, meinte die Frau, die sich als Anna vorstellte. Sie würde mit dem Wagen kommen und Isabell den Weg zum Gästehaus zeigen.

Isabell atmete auf. »Wie erkennen wir uns?«

»So groß ist das Land nicht und erst recht nicht die Tankstelle«, sagte Anna mit einem Lächeln in der Stimme.

Nachdem Isabell Kartenmaterial und Fotoapparat in ihrem Gepäck verstaut, die leeren Saftflaschen aus dem Wagen entsorgt und ihre eingetroffenen SMS und Mails kontrolliert hatte, parkte eine junge Frau mit einer schwarzen Kappe über den kurzen, hellblonden Haaren neben ihr und stieg aus, ohne den Motor auszuschalten. Sie trug Wanderstiefel, eine bunte Leggins, einen kurzen Sommerrock und darüber einen weiten, gefütterten Parka. Ihre Augen waren dunkel von Kajal umrandet, was einen extremen Gegensatz zu den ungeschminkten Lippen bildete. Ihre Blicke trafen sich. Obwohl sie sich vorher nie begegnet waren, hatte Isabell keine Zweifel. Sie war es. Anna. Anna sprach zuerst aus, was Isabell dachte: »Schön, dich zu treffen.«

So sehr Isabell sich in den vergangenen Stunden gewünscht hatte, einfach umzudrehen, umso mehr spürte sie durch Annas Herzlichkeit, dass das, was sie tat, richtig war, dass sie dort, wohin sie gerade fuhr, hinwollte, in dieses Land, das in seiner Buntheit und auch Eintönigkeit so extrem schien, dass es keine Möglichkeit gab, im eigenen lauwarmen Alltag zu verharren.

12

Nachdem Isabell Anna knapp eine Viertelstunde über einen Feldweg voller Schlaglöcher hinterhergefahren war und der Gletscherfluss Blanda und das Meer im Rückspiegel hinter der Bergkuppe verschwunden waren, lenkte Anna den Wagen in eine Hofeinfahrt. Isabell tat es ihr nach. Das zweistöckige, weiß gestrichene Gebäude befand sich in einer Senke neben einem Birkenwäldchen. Es strahlte warm im Sonnenlicht. Neben dem Haupthaus lag eine alte Scheune – oder war es ein Gerätehaus? – mit einem Steinfundament und einer verwitterten, spitzen Frontseite aus Holz, deren Dach so von Gras überwachsen war, dass das kleine Gebäude mit der Umgebung zu verschmelzen schien.

Zusammen gingen beide zum Haupthaus, vorbei an einer Wiese voller Wildgänse, die teils aufflogen, teils wie Katzen fauchten, um ihre Jungen zu beschützen.

An der Rezeption stand eine Reisegruppe, deren Mitglieder sich in breitem Englisch unterhielten. Isabell legte die Hände unter die Gurte ihres Rucksacks, um den Druck von den Schultern zu nehmen. Anna zog einen Schlüssel vom Brett an der Wand, reichte ihn Isabell. »Geh schon vor, ich komme gleich und zeige dir alles.«

Der Schlüssel trug die Nummer zwölf und lag mit dem an ihm befestigten Holzpflock schwer in ihrer Hand. Rechts blickte Isabell in das offen stehende Speisezimmer. Durch eine Zwischentür ging es in der anderen Richtung zu den Gästezimmern. Am Ende des Gangs lag Isabells Zimmer. Sie öffnete die Tür. Die Einrichtung war karg: zwei Holzbetten mit Nachtschränken daneben, ein Tisch mit einem Stuhl davor, ein weiterer Stuhl in einer Ecke und ein Kleiderschrank. Doch durch die Obstschale auf dem Tisch und die bunt gemusterte Patchworkdecke als Überwurf strahlte der Raum Gemütlichkeit aus. Isabell stellte ihr Gepäck ab. Das Badezimmer befand sich auf dem Gang. Sie wusch sich die Hände und kehrte in ihr Zimmer zurück. Nachdem sie ihre Schuhe ausgezogen hatte, legte sie sich aufs Bett. Durch das gekippte Fenster hörte sie die Rufe der Gänse und das Rauschen eines Baches, den sie bei ihrer Ankunft gar nicht gesehen hatte. Von irgendwoher blökten Schafe. Kühle Luft wehte hinein und bauschte die Gardine und den Vorhang auf. Schritte bewegten sich über den Gang. Sie lauschte dem Gemurmel, das aus dem Nachbarraum zu ihr herüberdrang und irgendwann verstummte. Um Viertel vor zehn sah sie zum letzten Mal auf ihre Armbanduhr, dann spürte sie, wie ihre Lider schwer wurden, die Augen vor Müdigkeit brannten. In Deutschland war es schon Viertel vor zwölf, rechnete sie.

Als sie um halb elf wieder aufwachte, war Anna noch immer nicht gekommen. Oder war sie da gewesen und hatte nicht stören wollen? Zwei Männer auf dem Gang unterhielten sich auf Französisch, wo man in der Nähe am besten Party machen konnte.

Er hätte in Reykjavík bleiben sollen, sagte der eine Mann.

Außer der Pylsur-Bude und der Tankstelle gebe es hier gar nichts, meinte der andere, während die Stimmen der beiden leiser wurden, ihre Schritte sich entfernten. Isabell stand auf, um aus dem Fenster zu blicken. Das alte, grasüberwachsene Haus war nur einen Steinwurf weit entfernt, eine Handvoll Schafe grasten daneben, als würden sie es bewachen. Isabell blickte über grüne Hügelketten zu den Bergen im Hintergrund, auf denen Schneereste im Sonnenlicht so stark leuchteten, als hätte dort jemand Parabolspiegel angebracht. Es war nur ein einziger Hof in der Ferne zu entdecken. Auch wenn Isabell nie auf dem Land leben wollte und im Urlaub Städtereisen bevorzugte, faszinierte sie die Umgebung um das Gästehaus gerade wegen der Einsamkeit, die etwas Märchenhaftes hatte. Wie mochte sich ihre Großmutter gefühlt haben, als sie hier ankam, wenn sie denn überhaupt an diesem Ort gewesen war? Bevor sich die Zweifel in ihr ausbreiten konnten, ob es richtig gewesen war, hierherzukommen, zog sie die Vorhänge zu, ging ins Bad, um zu duschen und sich die Zähne zu putzen, und legte sich schlafen. Sie war so müde, dass sie es verschob, sich die WLAN-Zugangsdaten zu besorgen.

Am nächsten Tag erwachte Isabell von Stimmengewirr draußen vor ihrem Fenster. Sie richtete sich auf und beobachtete, wie eine Reisegruppe in einen kleinen Bus einstieg und aufbrach. Isabell zog sich an. Zuerst wollte sie das Gästehaus erkunden und dann die nähere Umgebung. Obwohl es erst kurz vor zehn war, saß niemand mehr an den Tischen, um zu frühstücken. Isabell folgte dem Geräusch von Tellerklappern, das sie in die Küche leitete.

»Hallo Isabell.« Anna stellte einen Haufen Teller in den Schrank. Sie erklärte Isabell, wo sie einkaufen gehen konnte, und gab ihr das Passwort für den Internetzugang.

»Gibt es kein Frühstück mehr?« Isabell ärgerte sich, dass sie nicht am Vortag nach den Essenszeiten gefragt hatte.

»Bis halb zehn, aber die meisten sind um neun schon fertig.« Anna bot an, Isabell trotzdem noch etwas herzurichten.

»Nicht nötig, ich warte bis zum Mittagessen.«

Anna schüttelte den Kopf. Mittagessen würden sie nicht anbieten, Abendessen nur, wenn sich genug Gäste dafür angemeldet hätten.

»Und heute?« Isabell knetete ihre Hände, die sich kalt anfühlten.

»Die Gäste brechen gerade alle für eine Zwei-Tages-Tour zu unserer Außenstelle auf. Deshalb ist es hier auch so ruhig. Aber wenn du möchtest, kannst du mit uns zu Abend essen. Wir kochen um halb sechs. Und jetzt setz dich schon.« Anna nahm einen Teller aus dem Schrank und stellte ihn ungefragt vor Isabell, als wäre es eine Selbstverständlichkeit, als wäre sie kein Gast, sondern ein Familienmitglied. »Du willst doch nicht ohne Essen aus dem Haus.« Sie deckte den Tisch mit Brötchen und Aufschnitt, goss Kaffee ein. Als der Duft des Kaffees und der Brötchen in ihre Nase stieg, begann Isabells Magen zu knurren und sich zusammenzuziehen. Sie hatte vorher gar nicht gemerkt, wie hungrig sie war.

Sie wollte sich entschuldigen, dass sie zu spät gekommen war, sich gleichzeitig bedanken, sagen, wie unangenehm es ihr war, dass Anna sich wegen ihr so eine Mühe machte. Während sie nach den richtigen Worten suchte, sah sie Anna an, dass diese gar keine Erklärung erwartete. Isabell merkte, wie sich ihre Schultern senkten, wie sich beim Essen Wärme in ihrem Körper ausbreitete. Sie erzählte von ihrer Großmutter Emma, von dem, was sie nach deren Tod entdeckt hatte. Es war nicht leicht, einer Außenstehenden begreiflich zu machen, was nicht einmal ihre eigene Mutter verstand, weshalb sie sich auf die Suche begeben hatte.

»Meine Oma hat möglicherweise in den 1950er-Jahren in der Nähe gewohnt«, sagte Isabell. Sie holte das Wolfskreuz unter ihrem Pullover hervor. »Hast du irgendwo den Namen Emma Liebold gehört? Oder weißt du etwas über meinen Großvater, einen Norweger namens Jonathan Hill, der Vorfahren in den USA hatte?«

Anna schüttelte den Kopf.

»Und wenn ich herausfinden möchte, ob jemand in der Umgebung gelebt hat vor ungefähr 65 Jahren, wie stelle ich das am besten an?«, fragte Isabell. In ihrer Vorstellung sah sie sich in dunklen, staubigen Kirchenarchiven suchen. War es überhaupt möglich, die Einträge ohne Hilfe zu verstehen, wenn sie nur die Namen lesen konnte, aber die Sprache nicht verstand?

»Hier gibt es das Nationalregister. Þjóðskrá, in Reykjavík. Da ist alles registriert: Eheschließungen, Geburten, Todesfälle.«

»Reykjavík?« Das hatte Isabell befürchtet.

»Für uns Isländer ist es natürlich einfacher. Wir haben im Internet das Íslendingabók, eine Stammbaum-Datenbank. Daten aus Volkszählungen, Kirchenregistern, dem Nationalregister, aus alten Schriften, Analen, Nachrufen – es ist dort erfasst. Ich kann es für dich recherchieren. Dafür müssen wir nur warten, bis meine Eltern und Onkel Bjarni mit der Buchhaltung fertig sind, damit wir an den Computer können. Das kann leider dauern.« Anna trank ihre Tasse in einem Zug leer, anschließend drehte sie die Enden des Lederbandes, das sie sich wie eine Kette um den Hals gebunden hatte, um ihre Finger.

»Sie werden doch bestimmt zwischendurch eine Pause machen«, sagte Isabell.

»Mein Vater und mein Onkel sind in der Hinsicht etwas seltsam. Ich schlage alle neuen Bekannten in der Datenbank nach, Klassenkameraden, Freunde, aber wenn es nach meinem Vater und seinem Bruder ginge, sollten die Daten am besten gelöscht werden. Deshalb ist es einfacher, zur Tankstelle zu fahren und dort ins Internet zu gehen, als hier eine Diskussion wegen der Stammbaum-Datenbank zu beginnen, die sich endlos hinziehen kann.«

Isabell ließ ihren Blick durch die Küche schweifen. Neben der Tür hing ein Familienfoto, auf dem sie Anna erkannte. Daneben vier Männer und zwei Frauen, zwischen denen Anna wie ein Besucher aus der Zukunft wirkte mit ihren kurzen, asymmetrisch geschnittenen Haaren, die auf der einen Seite bis zum Ohr reichten wie bei einem Pagenschnitt, während sie auf der anderen Seite des Scheitels raspelkurz waren.

»Deine Familie?«, fragte Isabell.

»Mein Vater Óskar, meine Mutter Lilja, mein Onkel Bjarni und meine Tante«, erklärte Anna und zeigte auf die einzelnen Personen. »Das ist Gabríel, mein Cousin. Er ist für mich wie ein Bruder. Mein anderer Onkel Daníel wohnt nur selten hier. Wenn er nicht die Außenstelle betreut, ist er viel unterwegs.«

Nicht nur mit ihrer Frisur, auch mit ihrem ausgefallenen Kleidungsstil passte Anna nicht wirklich in die Reihe ihrer Familie. Alle auf dem Foto trugen Trekkinghosen und weite Shirts. Wie gut Isabell das Gefühl kannte, nirgends richtig hinzugehören! Ob es Anna auch so ging?

Anna schien Isabells Gedanken zu erraten. »Vielleicht komme ich mehr nach meinen längst verstorbenen Vorfahren? Nach dem Íslendingabók stamme ich von einer isländischen Prinzessin aus dem zwölften Jahrhundert ab. Ein anderer Vorfahr hat im Alter von drei Jahren sein erstes Gedicht geschrieben und vier Jahre später seinen ersten Mord begangen.« Anna lachte.

Isabell goss Anna und sich selbst eine zweite Tasse Kaffee ein. Es war, als wäre sie kein Gast, der gerade angekommen war, sondern eher ein Familienmitglied, das nach einer langen Reise zurückgekehrt war. Und wie Anna sie anblickte – wie auch immer sie es machte – es war, als würde sie ihr mit ihrem Blick sagen wollen, dass sie so, wie sie war, richtig war.

13

Das konnte doch nicht sein, dass es so spät war, wo sie gerade erst fertig gefrühstückt hatte! Der Vergleich ihrer Armbanduhr mit der Uhr im Speisesaal zeigte, dass es wirklich kurz nach eins war, als sie mit Anna die Küche verließ. Wie war die Zeit nur so schnell vergangen? Es blieben etwas über vier Stunden, bis sie gemeinsam zu Abend kochen wollten – zu wenig, um mit dem Wagen zu einer größeren Tour ins Landesinnere oder weiter in den Osten zu den heißen Quellen aufzubrechen. So beschloss sie, sich die Turnschuhe anzuziehen und die direkte Umgebung zu erkunden. Sie nahm nicht den nahe gelegenen Seitenausgang, sondern ging an der Rezeption vorbei, um zu sehen, ob der Computer frei war und sie ihn eventuell nutzen könnte. Doch Annas Eltern und ihr Onkel saßen noch immer über aufgeschlagenen Ordnern und arbeiteten. Sie sahen nicht auf, als Isabell vorbeiging. Auf dem Familienfoto in der Küche war ihr die Ähnlichkeit zwischen Annas Vater und dessen Bruder gar nicht aufgefallen, da beide Mützen und Sonnenbrillen trugen. Nun war es unverkennbar, dass es Zwillinge waren. Dass sie sich kaum unterscheiden ließen, lag nicht nur an ihren hellblauen Augen und den rötlich gelockten Haaren, die bis zu den Schultern reichten. Ihre Mimik glich sich so sehr, als wäre der eine Bruder das Spiegelbild des anderen. Wenn einer die Stirn runzelte, tat es der andere auch, wenn einer eine Augenbraue hochzog, war es genauso. Isabell zwang sich, weiterzugehen und die beiden nicht anzustarren.

Draußen schien die Sonne so intensiv, dass Isabell nach ein paar Schritten die Jacke auszog und sie sich um die Hüfte band. Es war sommerlich warm, die Luft roch nach Gras, nach Seetang und salzigem Meer. Sie ging zwischen Gänsen hindurch auf einem kleinen Pfad, der zu den Bergen führte, erst durch das Birkenwäldchen, das sich über nicht einmal fünfzig Meter erstreckte, dann weiter über die freie Ebene. Nach einer Stunde Wegzeit war noch immer das Gästehaus hinter ihr zu sehen, als hätte sie sich kaum vorwärtsbewegt. Vor ihr breiteten sich unverändert die grünen Hügel aus. Die Berge mit ihren schneebedeckten Kuppen blieben nach wie vor im Hintergrund.

Wind, von dem vorher nichts zu spüren gewesen war, blies nun aus Richtung des Meeres und nahm zügig an Intensität zu. Jetzt war Isabell froh, ihre Jacke dabeizuhaben. Die Bewölkung zog so schnell auf, als würde die Dämmerung einsetzen. Mit der Sonne verschwand der letzte Rest der Wärme so plötzlich, als hätte jemand eine unsichtbare Tür geöffnet und Isabell in einen Eisschrank geschoben, aus dem ihr ein überdimensionierter Ventilator Kälte entgegenwehte. Sie zog den Kopf ein, schob den Kragen der Jacke bis über die Ohren. Der Wind ließ den Stoff flattern. Sie hörte nichts mehr außer einem Dröhnen. Dann fing es an zu regnen. Sie rannte gegen die Durchnässung an, hätte alles dafür gegeben, in dem Moment irgendwo einen Unterschlupf zu finden, aber auf der freien Grasfläche gab es nichts, was ihr Schutz bieten konnte. Die Umgebung verschwand hinter einer grauen Wand aus Regen und Wolken. Bald quietschte Nässe in ihren Schuhen. Das Gras schmatzte bei jedem Schritt. Obwohl die Jacke imprägniert war, tropfte die Feuchtigkeit über die Haare bis zum T-Shirt. Die Hose klebte nass an ihren Beinen.

Es dauerte eine gefühlte Ewigkeit, bis sie endlich das Gästehaus erreicht hatte, nass bis auf die Haut und durchgefroren. Als sie die Birken hinter sich gelassen hatte und nur noch wenige Meter von der Eingangstür entfernt war, endete der Wolkenbruch so schnell, wie er begonnen hatte. Als sie in ihrem Zimmer ankam und nach draußen sah, schien wieder die Sonne. Zitternd und mit bläulich weiß gefärbten Gliedmaßen stieg sie unter die Dusche. Schon bald färbte sich ihre Haut rosa, dann dunkelrot. Sie genoss das Prickeln, das die Wärme bei ihr auslöste, hielt den Wasserstrahl auf ihre Schultern, die sich vom Hochziehen des Kopfes unter den Kragen verspannt anfühlten. Isabell schloss die Augen.

Erst als sich an ihren Händen Runzeln gebildet hatten, schaltete sie das Wasser aus, wickelte ihren Kopf und Körper in Handtücher und legte sich erschöpft ins Bett. Die Sonne strahlte warm durch das Fenster, tauchte alles in ein gelbliches Licht, als wäre das Unwetter nur ein Spuk gewesen. Nur die silbern glänzenden Pfützen erinnerten beim Blick nach draußen an den Regenguss.

Sie wollte nur kurz die Augen schließen. Als sie sie wieder öffnete, war es schon halb sieben. Isabell stand so schnell auf, dass es ihr einen Moment lang schwindelig wurde. Sie ignorierte das Knäuel aus nasser Kleidung, das noch auf dem Boden lag, zog sich hastig an und stürmte aus ihrem Zimmer in Richtung Küche. Doch anstatt Anna anzutreffen, saßen Annas Vater und dessen Zwillingsbruder am Tisch, zusammen mit ihren Frauen.

Wo denn Anna sei, fragte Isabell.

Bestimmt in Gabríels Wohnung, war die Antwort. An der Rezeption vorbei, aus dem Haupteingang heraus, rechts um die Ecke befände sich der Eingang zum Nebengebäude, erklärte einer der Zwillinge den Weg.

Isabell bedankte sich und eilte los.

Es war nicht schwer, das Nebengebäude zu finden. Als sie davorstand, hörte sie durch ein geöffnetes Fenster Geschirrklappern.

»Hallo?«, rief Isabell hinauf. Nirgends war eine Klingel zu sehen.

»Ist offen. Komm rein«, klang es von innen.

Isabell drückte die Tür auf. Im Flur sah sie neben mehreren Herrenschuhen ein paar kleinere Turnschuhe auf einer Ablage aus Holzpaneelen stehen, so zog auch Isabell ihre Schuhe aus, stellte sie auf die Bretter und folgte den Küchengeräuschen ins erste Stockwerk.

»Schön, dass du dazukommst.«

»Eigentlich wollte ich nicht einschlafen«, begann Isabell sich zu entschuldigen, doch Anna machte eine abwehrende Handbewegung. Kein Problem, meinte sie.

»Das ist mein Cousin. Gabríel«, sagte Anna.

»Hey.« Gabríel lachte breit. Obwohl es in der Küche warm war, trug er eine schwarze Mütze, unter der am Nacken eine rötlich blonde Locke hervorlugte. Als sie ihm zur Begrüßung die Hand reichte, sah Isabell noch immer auf seine Mütze. Er nahm die Mütze ab und hervor kamen dichte, wuschelige Haare. Als ihre Blicke sich begegneten, spürte Isabell ein Kribbeln. Mit seinem Drei-Tage-Bart hatte er etwas Verwegenes.

»Was gibt es denn?«, fragte Isabell, um ihre innere Spannung zu lösen. Obwohl sie ihn nicht kannte, wusste sie sofort, dass sie ihn mochte. Wobei sie in der Hinsicht garantiert nicht die Einzige war, der es so ging, dämpfte sie ihre Gefühle.

Anna hob den Topfdeckel an. Zum Vorschein kam eine Tomatensuppe mit Gemüse und Fisch. Isabell hatte sich seit Jahren keinen Fisch mehr gekocht, doch das Essen roch so verlockend, dass ihr das Wasser im Mund zusammenlief.

Anna schob Teigfladen in den Backofen. »Die Suppe ist jetzt schon fertig, aber wenn sie durchzieht, wird sie noch besser. Das Brot können wir in einer Viertelstunde aus dem Ofen holen.«

»Was kann ich euch denn helfen?« Isabell sah sich suchend um, während Gabríel Teller und Besteck auf dem kleinen Küchentisch ausbreitete.

»Nichts.« Anna setzte sich als Erste. »Koste mal.«

Isabell hob den Deckel vom Topf und probierte die Suppe. Sie schmeckte würzig, ohne zu scharf zu sein, genau die richtige Mischung aus Gemüse und Fisch.

»Wirklich super! Zum Ausgleich mache ich dann den Abwasch allein«, sagte Isabell. Das war das Mindeste, was sie tun konnte.

Gabríel zeigte auf den Geschirrspüler. »Setz dich einfach.«

So schön es war, hier zu sein, eingeladen zu werden – Isabell wusste nicht, wie sie es einordnen sollte. Warum taten die beiden das? Sie konnten doch nicht all ihre Gäste privat einladen. Was wurde als Gegenleistung von ihr erwartet?

Isabell schloss für einen Moment die Augen, um den Duft von frischem Brot zu genießen. Gabríel stellte den Topf auf den Tisch und füllte die Teller. Ohne aufzustehen, öffnete Anna die Ofenklappe und holte die Brote heraus.

Mit dem Essen spürte Isabell, wie sich Wärme in ihr ausbreitete, die sie noch mehr entspannen ließ. Als sie nach draußen blickte, zog es sich wieder zu und begann erneut zu regnen. Dicke Tropfen klatschten von außen ans Fenster. Sie zog ihren Pullover über dem T-Shirt aus. Auch Gabríel hängte seine graue, grob gestrickte Jacke über die Stuhllehne. Anna war gekleidet wie im Hochsommer. Sie trug zwei Tops übereinander – das obere war mit Lederschnüren verziert und ausgefranst und wirkte so teuer, dass Isabell gar nicht wissen wollte, was es gekostet hatte. In Verbindung mit ihren Augen, die wie am Vortag mit schwarzem Kajal umrandet waren, wirkte Anna perfekt gestylt für eine lange Partynacht.

»Wo kann man denn solche Kleidungsstücke kaufen?«, fragte Isabell. Sie wusste, dass sie nicht den Mut hatte, sich so extravagant anzuziehen. Umso mehr bewunderte sie, wie Anna zu dem stand, was ihr selbst gefiel. Es war wunderschön.

»Selbst gemacht. Wie die Patchworkdecken auf den Betten in den Gästezimmern. Was gibt es hier auch sonst zu tun?« Annas Blick ruhte auf Gabríel.

»Ausgehen kann man zwar in Reykjavík besser, aber deswegen dorthin zurückgehen?« Gabríel erzählte von seiner Studienzeit in der Hauptstadt, von seinem ursprünglichen Wunsch, dort zu bleiben. Und dass er es dann doch nicht konnte. Während Anna Kleidungsstücke entwarf und nähte, sammelte Gabríel Sagen und alte Erzählungen über Elfen, Trolle und Zwerge und andere mystische Gestalten.

Isabell erzählte von ihrer Mutter, ihrem Studium und der Suche nach der Vergangenheit ihrer Großmutter. Sie hielt kurz inne, weil sie die beiden nicht langweilen wollte. Als Gabríel ihr aufmunternd zunickte, redete sie weiter. Beim Gespräch über ihre Familien und über Ahnenforschung wechselten die Worte mühelos von einem zum anderen.

»Mit dir kann man sich nicht richtig unterhalten. Du siehst alles zu ernst und zu verkrampft«, hatte Marcel ihr oft vorgeworfen und er war nicht der Einzige gewesen. Sie hatte es so oft gehört, dass sie schon an sich selbst gezweifelt hatte. Sie war eben ein Einzelgängertyp. Nun spürte Isabell von alledem nichts mehr.

War es möglich, jemanden zu vermissen, obwohl man ihm nie vorher begegnet war? Bei Anna und Gabríel schien es so zu sein: Die beiden hatten Isabell gefehlt. Da war eine Lücke in ihrem Leben, die sie zwar gespürt hatte, aber nicht konkretisieren konnte. Nun war es, als wäre sie zum ersten Mal vollständig, obwohl sie das, was sie ursprünglich gesucht hatte – die Geschichte ihrer Großmutter –, noch längst nicht gefunden hatte. Sie wünschte sich, die Zeit anzuhalten und dieses Gefühl bewahren zu können.

Nach dem Essen brühte Anna einen starken, schwarzen Kaffee auf, der so intensiv duftete, dass er den Geruch der Suppe und des Brotes überdeckte.

»Mir nicht, danke«, sagte Isabell. »Sonst kann ich in der Nacht wieder nicht schlafen.«

»Der Tag ist noch lang«, meinte Gabríel. Er klemmte sich ein Stück Würfelzucker zwischen die Zähne und sog den Kaffee durch den Zucker.

»Wirklich nicht?«, fragte Anna.

Isabell zögerte. Eigentlich hatten die beiden recht. Wer erwartete von ihr, dass sie am nächsten Morgen früh aufstand? Als Isabell sich zurücklehnte, um Anna mit der Kanne Platz zu machen, berührte ihr Knie das von Gabríel. Sie zog es zurück, presste es gegen das Tischbein, um eine weitere Berührung zu vermeiden, doch als sie sein Lächeln sah, ließ sie das Knie vorsichtig gegen sein Bein zurücksinken. Anna schien von alledem nichts zu bemerken oder sie ignorierte es einfach.

Ein Glitzern war in Gabríels Augen zu sehen. Sie mochte ihn, verdammt, sie mochte ihn sehr und mehr als das. Sie mochte es, wie er den Kaffee durch den Zucker trank, sie mochte seine Stimme, wie er von Reykjavík erzählte, von der Außenstelle des Gästehauses, wo sein verschrobener Onkel wohnte. Sie genoss es, wie er das alte Haupthaus beschreiben konnte, von dem nur noch ein einziges Zimmer stand, das sie von ihrem Gästezimmer aus sehen konnte: Es war der grasüberwachsene Schuppen, der ihr schon beim ersten Blick aus dem Fenster kurz nach ihrer Ankunft aufgefallen war. Sie mochte sein breites Grinsen, die blauen Augen, die ihr immer entgegenlächelten. Sie mochte seine Bartstoppeln, die im eingeschalteten Deckenlicht golden schimmerten. Und sie mochte seine Locken, wie sie wippten, wenn er den Kopf bewegte.

»Wo ist Anna?«, fragte sie, als nach längerer Zeit die erste Gesprächspause eintrat. Sie hatte nicht bemerkt, dass Anna aufgestanden und gegangen war.

»Die ist bestimmt schon im Bett. Wir müssen morgen früh raus, Proviant zur Außenstelle in die Berge bringen.«

Isabells Hand wanderte auf der Tischplatte zu seiner und seine zu ihrer. Sie schloss die Augen und beugte sich vor. Als sich ihre Lippen berührten, wusste sie nicht, ob der Kuss von ihm ausging oder von ihr.

Er roch nach Zitrone und nach Kaffee. Und er schmeckte gut.

»Eigentlich bin ich nicht jemand, der ...«, begann Isabell zu erklären.

Er legte ihr einen Finger auf die Lippen. Es fühlte sich wie ein erneuter Kuss an. Sie wollte nicht, dass er dachte ... Doch bevor sie darüber grübeln konnte, was genau er über sie dachte, küssten sie sich wieder.

»Wir sollten auch schlafen gehen«, sagte Isabell, weil sie wusste, dass sie sich jetzt verabschieden musste, wenn sie es in dieser Nacht überhaupt noch tun wollte.

»Möchtest du morgen mit Anna und mir zur Außenstelle fahren?«

Wie er von der Halbinsel Skagi erzählte, dem Meer, den Bergen, der Hütte, konnte Isabell nicht anders als zusagen, obwohl es all das gar nicht gebraucht hätte, um sie zum Mitkommen zu bewegen.

14

Am nächsten Vormittag, als der Proviant im Kofferraum des Jeeps verstaut war und sie gerade zu dritt aufbrechen wollten, hielten im Hof des Gästehauses zwei Sammeltaxis. Eine Reisegruppe stieg aus.

»Einen Moment«, sagte Anna. »Ich kläre das.« Sie verschwand in der Menge, kam kurz darauf mit einem Lächeln zurück. »Sie wollen alle hier übernachten und für eine ganze Woche bleiben. Bei uns. Das rettet die Finanzen für den nächsten Monat.«

»Und der Ausflug?« Gabríel schüttelte den Kopf. »Es ist ja für eine so große Gruppe überhaupt nichts vorbereitet. Die Zimmer sind nicht hergerichtet. Wir haben auch für die Mahlzeiten nicht genügend eingekauft.«

»Fahrt ihr beide. Ich kümmere mich um die Reisegruppe, bis unsere Eltern zurück sind. Das Einkaufen dürfte das geringste Problem sein.«

Isabell zuckte mit den Schultern. Sie fand es schade, dass Anna nicht mitkommen würde. Gleichzeitig sah sie die Entschlossenheit in Annas Augen.

Gabríel versuchte, sie zu überzeugen, die Reisegruppe weiterzuschicken und doch mitzukommen. Aber wie Isabell geahnt hatte, war das ein aussichtsloses Unterfangen.

»Euch viel Spaß. Ich schließe das Gästehaus wieder auf.« Anna verabschiedete sich mit einer Umarmung von Gabríel und Isabell. Gabríel stieg in den Jeep ein, kurbelte eine Scheibe herunter und rief etwas auf Isländisch, woraufhin Anna sich umblickte und winkte.

»Sie will das wirklich ganz allein schaffen?« Isabell blieb an der geöffneten Beifahrertür stehen. Sie zögerte.

»Du kennst Anna nicht. Außerdem sind in zwei oder drei Stunden auch unsere Eltern zurück und können ihr helfen.«

Isabell wandte den Blick noch einmal zu der Reisegruppe, die sich nun samt Gepäck durch den schmalen Eingang drängte. Dann kletterte sie auf den Beifahrersitz. Gabríel startete den Motor. Das Gepäck rappelte laut im Kofferraum und auf dem Rücksitz, als sie über den Weg in Richtung der Hauptstraße fuhren. Als sie dieselbe Strecke auf dem Hinweg gefahren war, war sie zu müde gewesen, um die Landschaft zu genießen. Nun raubte ihr die Aussicht den Atem, als sich nach der ersten Hügelüberquerung das Tal vor ihr öffnete. Der Fluss Blanda und das Meer strahlten in einem intensiven, fast überirdischen Blauton. Der Gletscherfluss schlängelte sich durch grüne Wiesen mit gelben Blüten. Auf der anderen Seite leuchtete der Schnee auf den Bergkuppen so gleißend, dass Isabell die Augen zusammenkniff, als sie das Panorama fotografierte. Eine knappe halbe Stunde folgten sie dem Küstenstreifen in Richtung Norden, während auf der rechten Seite hin und wieder ein vereinsamter Hof auftauchte. Kurz nachdem die Straße in einen Schotterweg übergegangen war, bog Gabríel nach rechts ab. An einem Bachlauf entlang und an Gebirgsseen vorbei stieg der Weg nun an, weiter auf das Bergmassiv zu. Isabell bewunderte die lilafarbenen Lupinen, die sich neben ihr ausbreiteten. Sie waren wunderschön, daran änderte auch Gabríels Erklärung nichts, dass die Lupinen von den Menschen eingeschleppt worden waren und nun wucherten wie eine Invasion.

Immer wieder musste Gabríel abbremsen, um den frei laufenden Schafen auszuweichen. Sogar als der Boden nur noch aus Geröll bestand, das mit Moosen und Flechten bewachsen war, fanden sich überall Schafe. Je mehr sie an Höhe gewannen, umso stärker erinnerte die Landschaft an einen großen Steinbruch. Im Wagen rappelte es, als würde der Kofferraum unentwegt auf- und zugeschlagen. Die Federung der Sitze quietschte.

»Hier soll es eine Hütte geben?«, fragte Isabell. Sie sah sich um. Wer war darauf aus, an diesem unwirtlichen Ort Zeit zu verbringen, wo es nichts anderes zu sehen gab als Gestein?

»Warte fünf Minuten«, sagte Gabríel.

Das Geröllfeld wich mit der nächsten Biegung einem leuchtend grünen Gras- und Moosbewuchs, der durchzogen war von Blüten.

»Ich weiß nicht.« Isabell schüttelte den Kopf. »Was tut man, wenn man sich hier tagelang aufhält?«

»Es geht darum, das Kleine zu entdecken, das man im ersten Moment gar nicht wahrnimmt. Die karge Einsamkeit zeigt, was von Bedeutung ist. Oft versuchen wir, das Große zu verändern, doch das unterscheidet selten gut von schlecht. Meist reicht es, eine Kleinigkeit anzupassen oder den eigenen Blickwinkel zu ändern.« Gabríel lachte. »Wie ich es sage, hört es sich an wie eine Phrase. Aber du müsstest Daníel hören, wenn er die Menschen durch die Landschaft führt, fernab von allen ausgetretenen Wegen, wenn er von der Natur spricht, was sie uns lehrt. Er berührt die Seelen. Jede seiner Touren ist anders. Sie hängen vom Wetter ab und von der Ausdauer der Teilnehmer.«

»Das klingt mir zu …«, begann Isabell. Sie suchte nach dem richtigen Begriff. Esoterisch?

»Er braucht gar nicht viele Worte. Wenn du da bist, wirst du wissen, was ich meine. Ich war vier Jahre alt, als Onkel Daníel mich zum ersten Mal mit zu seiner Hütte genommen hat. Für mich war das eine Ehre. Ich war nicht mehr der kleine Junge, der sowieso nichts verstand, sondern sein Partner. Vorher habe ich nicht geahnt, wie gut er erzählen kann. Ich glaube, es war die Geschichte dieses Ortes, die mich so beeindruckt hat, dass ich immer mehr von den alten Sagen hören wollte. Siehst du den Wasserfall?« Gabríel zeigte nach rechts und stoppte den Wagen. »Die Höhle dahinter? Kurz hinter dem Eingang ist sie durch einen großen Felsbrocken verschlossen. Wenn es stürmt, pfeift der Wind am Stein vorbei und es hört sich an wie ein dumpfes Klagen, als würde jemand weinen. Es ist die Riesin, die dort feststeckt, erzählt man sich. Wie es dazu kam? Im Tal wohnte einmal ein altes Ehepaar mit ihrem Sohn. Die Kuh, die sie hatten, war ihr einziger Reichtum.« Er erzählte die Geschichte, wie die Kuh verschwand und sich der Sohn des alten Ehepaares auf die Suche nach ihr begab. Schließlich fand er die Kuh bei einer Riesin. Er befreite das Tier und auf der Flucht wählte er den Weg durch diese Höhle, wo die Riesin, die ihn verfolgte, stecken blieb und von ihrer Wut versteinerte.

Isabell spürte seine Stimme wie ein Vibrieren.

»Und wenn du genau hinsiehst, wirst du auf dem Weg zur Hütte viele andere Felsen erkennen, die ein Geheimnis bergen«, schloss Gabríel.

»Lass uns noch eine Weile hierbleiben«, sagte Isabell. Jetzt den Motor starten und weiterfahren, das konnte sie sich nicht vorstellen. Sie lehnte ihren Oberkörper an den von Gabríel, um den Himmel zu betrachten mit den vorbeifliegenden Gänsen. Wie war es möglich, dass sie sich Gabríel so nah fühlte, als würde er ihre Seele und ihre Sehnsüchte besser kennen als sie selbst, wo sie ihn doch erst am Vorabend kennengelernt hatte?

Gabríel hielt mit seiner Hand über ihrem Kopf kurz inne. Dann strich er ihr eine Haarsträhne aus dem Gesicht. Sein Finger war so warm, dass er mit der Berührung ein Kribbeln in ihr auslöste, das sie bis in den Rücken hinein spürte.

»Hast du eigentlich eine Freundin?« Sie hasste es, das zu fragen, aber sie musste es tun, bevor die Antwort zu sehr schmerzte.

»Bei uns auf dem Hof und in der Nähe gibt es keine Frauen außer Anna.«

»Das kann ich nicht glauben.«

»Es ist so. Als ich nach Reykjavík ging zum Studieren, waren so gut wie alle in meinem Alter unverheiratet. Als ich zurückkam, war ich einer der wenigen Übriggebliebenen. Wer weggeht, sollte nicht denken, dass das Leben hier anhält und auf ihn wartet.«

Im Sonnenlicht sahen seine Augen noch heller und glänzender aus. Seine rötlichen Haare, die ersten Falten auf der Stirn, die Locken, die sich unter der Mütze hervorkringelten – sie konnte sich nicht vorstellen, dass Gabríel jemand war, der übrig blieb.

»Wir müssen weiter. Hinten zieht es sich schon zu«, sagte er.

Isabell richtete sich auf und Gabríel fuhr los.

Es dauerte nicht einmal fünf Minuten, bis nach einer Anhöhe vor ihnen eine Mulde auftauchte zwischen Eis- und Geröllfeldern auf der einen Seite und einer lieblichen Gras- und Weidelandschaft, die zum Meer hinführte, auf der anderen Seite. Isabell kurbelte die Scheibe herunter. In nur rund zehn Metern Entfernung von ihnen führte eine schmale Brücke über einen Bach, der einem riesigen Wasserfall entsprang. Sie spürte die kalten Spritzwassertropfen, die der Wind herüberwehte, auf ihrem Gesicht. Das Wasser gurgelte, zischte und dröhnte, als wäre es ein ganz eigenes, fremdes Lebewesen.

»Wir sind da«, sagte Gabríel.

15

Das Gebäude, ein Haupthaus mit einem länglichen Anbau, war so dicht an eine Felswand gebaut, die Dächer mit Gras bewachsen, dass es mit der Natur verschmolz. Es wirkte weniger von Menschen erbaut als aus sich selbst heraus gewachsen mit den Treibholzstämmen, die an verschiedenen Stellen weiß zwischen den schwarzbraunen Wänden herausragten. In einiger Entfernung lag für weitere Arbeiten ein Stapel mit Treibholz, das teils zersplittert war, teils an den Stämmen noch Reste des Wurzelansatzes enthielt, sodass es auf den ersten Blick an eine Ansammlung von Knochen eines riesigen Tieres erinnerte.

Isabell zögerte, bevor sie weiterging.

»Geh du schon rein. Rechts im Anbau sind die Übernachtungsmöglichkeiten für die Gäste. Nimm die linke Tür, dort ist für heute unser Reich, solange mein Onkel mit der Reisegruppe unterwegs ist. Wahrscheinlich ist er morgen zurück«, sagte Gabríel und trug den Proviant in eine Abseite der Hütte.

Isabell betastete von außen die Wände. Die Stämme waren in einem Fischgrätmuster geschichtet. Das Material zwischen dem Holz verströmte einen erdigen Geruch. Als sie mit dem Fingernagel hineindrückte und das Material zwischen ihren Fingern zerkrümelte, spürte sie, wie porös es war: Torf.

Sie öffnete die Tür, blickte in einen mit Holzpaneelen verkleideten Raum, der nur rund vier mal vier Meter groß war, aber alles enthielt, was man zum Leben brauchte: Rechts befand sich eine Küchenzeile mit einem Gaskocher in der Ecke, links ein Tisch, eingerahmt von einem Schrank und einer Kommode. Gegenüber der Tür lagen vor einer Couch Lammfellteppiche, die dazu einluden, sich niederzulassen. Zum Schlafen musste man über eine Leiter auf eine zweite Ebene steigen. Isabell zog ihre Schuhe aus, ging über die Teppiche weiter ins Innere, dann setzte sie sich auf den Zweisitzer mit weißem Überwurf, bei dem viele bunte Patchworkkissen den Großteil der Sitzfläche einnahmen. Sie rieb die Hände aneinander, um etwas Wärme zu spüren. Im Haus war es genauso kalt wie außen. Eine Heizung oder ein Ofen war nirgends zu sehen, nur der Gaskocher in der Ecke, der kaum groß genug war, um eine Mahlzeit für mehrere Personen darauf zuzubereiten oder damit zu heizen. Sie nahm die Überdecke und wickelte sich darin ein.

»Alles in Ordnung?«, fragte Gabríel. Er zog sich die Schuhe aus und schloss hinter sich die Tür. Wenigstens blies ihr nun der Wind nicht länger ins Gesicht. Gleichzeitig war es so schummrig geworden, dass Isabells Augen eine Zeit brauchten, bis sie sich daran gewöhnt hatten. Die zwei Fenster neben der Tür spendeten wenig Licht. Gabríel zündete die Öllampe an, die an einem der Holzpfosten der zweiten Ebene befestigt war.

»So schön es an diesem Ort ist …«, begann Isabell. Sie wollte ihn nicht kränken. Selbst bei geschlossener Tür hörte sie das Dröhnen des Wasserfalls. Die Umgebung war wirklich wunderschön, die Hütte pittoresk wie ein Hobbit-Haus. »Aber vielleicht sollten wir doch bald aufbrechen, bevor Regen einsetzt und es Nacht wird.« Als hätte das Unwetter nur auf diese Worte gewartet, prasselten von außen Tropfen gegen die Fensterscheiben, der Wind pfiff durch die Türritze.

»Der Regenguss ist auch schnell wieder vorbei.« Gabríels Zuversicht war unerschütterlich. An den Wänden flackerte der Schein der Lampe, sodass der Raum sofort wärmer erschien. Gabríel setzte sich neben Isabell. Er legte einen Arm um sie, erzählte von seiner ersten Übernachtung an diesem Ort vor vielen Jahren im Frühjahr, als auf den Wiesen noch Schnee gelegen hatte. Wie er sich bei all den unbekannten Geräuschen zu seinem Onkel unter die Decke verkrochen hatte und dieser nicht müde wurde, eine alte Sage nach der anderen zu erzählen, bis es draußen hell geworden war, so hell, dass ihnen das Licht beim Öffnen der Tür am nächsten Morgen gleißend entgegengeschlagen war. Über Nacht hatte es noch einmal so stark geschneit, dass Gabríel mit seinem Onkel vier Tage lang in der Hütte hatte bleiben müssen.

»Anfangs war es mir nicht ganz geheuer. Ich vermisste Anna, meine Eltern, den Trubel im Gästehaus. Aber hier oben gibt es alles, was man braucht.« Gabríel zeigte auf die Küchenzeile, auf Tisch, Kommode und Bücherregal auf der anderen Seite. »Am Ende hätte ich am liebsten dauerhaft auf dem eingezogenen Boden unter dem Dach übernachtet. Dort ist es wie in einem Nest und durch die Wärme, die sich ausbreitet, friert man nicht. Doch mit Onkel Daníel war nicht zu verhandeln. Einmal im Monat nahm er mich mit in sein Reich, nicht öfter. Nie Anna und mich zusammen, das wäre ihm zu viel geworden. Er hat sich immer geweigert, einen dritten Stuhl an den Tisch zu stellen oder ein größeres Sofa herzutransportieren, obwohl es vom Raum her gepasst hätte.«

Isabell wünschte sich, dass auch Gabríel nicht aufhörte zu erzählen. Sie legte die Decke ab.

»Ich koche uns einen Kaffee«, sagte Gabríel. Von außen prasselte Regen gegen die Wände, klopfte auf das Dach. Zuerst befürchtete sie, dass das Grasdach die Feuchtigkeit nicht vollständig abhalten würde, aber nirgends an den Holzpaneelen fanden sich Spuren von eingedrungener Nässe. Die Hütte hatte bisher allen Unwettern getrotzt und auch diesmal blieb es trocken.

Als Kaffeegeruch durch den kleinen Raum zog, Isabell einen Becher mit dem heißen Getränk in Händen hielt und Gabríel sich wieder neben sie setzte, streckte sie ihre Beine aus, um sich zurückzulehnen.

»Wo kommt die Wärme her?« Isabell sah sich um. Es war so warm, als befände sich hinter dem Sofa eine Heizung.

»Jahrhundertelang haben die Menschen so ihre Häuser gebaut. Schwemmholz und Torf mit Grasdächern. Die Körperwärme genügt, um nicht zu frieren. Dazu haben wir ein Licht angezündet, was auch eine Wärmequelle ist. Und Kaffee gekocht. Das reicht. Gleich suchen wir uns noch etwas zum Essen aus den Vorräten.«

Nach Abklingen des Regens gingen sie draußen eine kleine Runde, um von einer Anhöhe die Talmulde zu überblicken, holten Wasser aus dem Bach, bereiteten Lammeintopf zu und aßen. Isabell hätte gewettet, es wäre später Nachmittag, doch der Blick auf ihre Armbanduhr zeigte: Es war kurz nach Mitternacht, obwohl die Sonne direkt durch die Fenster aufs Sofa schien. An diesem Ort verwandelten sich Stunden in Minuten. Erst als sie sich die reale Uhrzeit vergegenwärtigte, nahm sie ihre Müdigkeit wahr.

»Vielleicht sollten wir uns schlafen legen«, sagte sie. Es hörte sich mehr wie eine Frage als eine Aussage an. »Ich kann auf dem Sofa bleiben«, bot sie an.

»Das kommt gar nicht infrage. Du bekommst das Lager oben. Da bleibt es auch in der Nacht richtig warm, wenn außen die Temperatur sinkt. Das Sofa nehme ich.«

»Danke!« Sie verabschiedete sich von ihm mit einer Umarmung. »Für den wunderbaren Tag.«

Sie kletterte die Leiter hoch auf das Podest. Gabríel hatte recht, hier war es deutlich wärmer als unten. Sie fror nicht, als sie die Hose und den dicken Pullover auszog, um in den Schlafsack zu kriechen, den Gabríel für sie aus dem Gästehaus mitgenommen hatte. Sie lauschte auf die ungewohnten Geräusche, hörte, wie Gabríel es sich auf seinem Nachtlager bequem machte. Bald waren nur noch sein Atem, der Wasserfall und der Wind zu hören. Es klang, als würde ein Kind in einer fremden Sprache erzählen und zwischendurch lachen. Bei alledem, was sie an diesem Tag gesehen hatte, verstand sie Gabríels Faszination für all die Geschichten über Märchenwesen. Es war, als könnte jederzeit eine Fee oder ein Zauberer zum Fenster hereinschauen. Oder stand sie an einer Pforte, durch die sie auf all das blickte, was sonst nur in Träumen existierte?

»Gabríel?« Auf dem eingezogenen Boden war es warm. Sie hatte genug Raum, um sich auszubreiten.

»Liegst du gut?«

»Ja.«

Am liebsten wäre sie zu ihm hinuntergegangen, hätte sich neben ihn gesetzt. Sie schloss die Augen, versuchte einzuschlafen. Dabei registrierte sie, wie Gabríel sich von einer Seite auf die andere drehte, dass er genau wie sie auch keine Ruhe zum Schlafen fand.

»Und wenn du hochkommst?«, fragte sie.

Er räusperte sich.

Sie merkte, wie sich ihre Schultern entspannten, wie ihr Atem tiefer ging, als sie das Knistern von Stoff, dann das Knarren der Leiter hörte.

Wieder nahm Isabell den Duft von Zitronen wahr, vermischt mit einem anderen, den sie bisher nie so intensiv wahrgenommen hatte, der sich aber jetzt um sie legte wie eine Schutzschicht: der Geruch von Gabríel selbst, etwas herb, salzig.

Ehe sie ihn genauer ansehen konnte, war er in seinen Schlafsack geschlüpft, den er mit hochgenommen hatte. Sie reichte ihm eines der vielen Patchworkkissen, die es oben auf dem Bett gab, überall an den Seiten zu den Wänden hin, drapiert wie ein großes Polster.

»Hat Anna die Kissen gemacht?«, fragte Isabell.

»Vor Jahren hätte sie aus der alten Kleidung ihrer Freunde und Bekannten bei all ihrer Langeweile ganz Island benähen können, so viele Patchworkkissen und Decken hat sie produziert. Sie ist nicht der Typ, der rausgeht, um sich mit anderen zu treffen.«

Vorsichtig legte sie eine Hand auf seinen Schlafsack, glaubte, trotz der Schicht, die sich zwischen ihnen befand, seine Wärme zu spüren. »Stört dich das?«

»Nein.«

Es klang wie ein zischendes Flüstern, das immer lauter wurde. Draußen hatte der Wind eingesetzt. Isabell fielen die Augen zu.

Als sie neben dem Rauschen des Windes über dem Grasdach und dem Gurgeln des Wasserfalls Vogelschreie hörte, schreckte sie aus dem Schlaf. Gänse. Isabell ließ den Kopf wieder sinken. Gabríel rückte an sie heran, sodass sie ihn an ihrem Rücken spürte. Seinen Arm legte er um ihren Oberkörper.

»Gabríel?«, flüsterte sie.

Sein Atem ging weiterhin tief und gleichmäßig. Er war gar nicht aufgewacht. Langsam, damit seine Hand nicht von ihr herunterrutschte, drehte sie sich um. Sie lagen so nah aneinander, dass sie es tun musste: Sie küsste ihn.

Nun schlug auch er die Augen auf. Er öffnete den Reißverschluss seines und ihres Schlafsackes ein Stück. Tastend bewegten sich ihre Hände über seine Wange und sie fühlte seine Fingerkuppen auf ihrer Stirn.

Würde er nur niemals aufhören, über ihre Augenbrauen zu streichen, von der Nasenwurzel nach außen! Sie spürte, wie sich die Falte, die sich dort erst in den letzten Monaten gebildet hatte, glättete. Es war, als würde er mit seinem Streicheln alle Sorgen und Grübeleien von ihr nehmen. Mit einem Mal war es egal, was ihre Mutter von der Islandreise hielt, dass sie die Klausur verpasst hatte, dass sie sich mit Marcel zerstritten hatte. Auch der Schmerz, wenn sie an den Tod ihrer Großmutter dachte, ließ langsam nach.

Jedes Mal, wenn sie in der Vergangenheit dieses Kribbeln gespürt hatte, war es innerhalb kürzester Zeit kompliziert geworden. Wo blieben diesmal die Zweifel? Ihre Haare waren ungekämmt. Sie trug nicht einmal Make-up, obwohl sie immer darauf geachtet hatte, sogar nachts welches anzulegen, wenn sie bei Marcel geschlafen hatte. Ohne Puder im Gesicht hatte sie sich bisher nackt gefühlt, trotz Kleidung.

Sie ertastete einen weichen Flaum auf Gabríels Armen, auf seinen Beinen, strich darüber mit und gegen die Wuchsrichtung. Ihre Hände machten sich ein Bild von ihm. Es war so präzise, dass sie glaubte, ihn unter allen Männern der Welt wiedererkennen zu können. Sie prägte sich das leicht erhöhte Muttermal an seiner Brust ein, die Narbe am Bauch, seine Ohren, die sich oben nach vorn wölbten wie ein Knick, was ihr am Tag gar nicht aufgefallen war. Mit ihren Fingerkuppen fuhr sie die Form seiner Knie nach, während seine Lippen ihren Körper mit Küssen bedeckten, so warm, dass sie weder Kleidung noch Decken vermisste. Wie hatte er ihr gefehlt! Er hatte ihr gefehlt, obwohl sie ihm nie vorher begegnet war. Dort war eine Lücke gewesen, die sie nicht erkannt hatte, die aber deswegen nicht weniger stark schmerzte. Nun erschien ihr ihr Leben zum ersten Mal vollständig, obwohl sie das, was sie ursprünglich gesucht hatte – die Geschichte ihrer Großmutter –, nicht gefunden hatte. Sie nahm sich vor, direkt nach ihrer Rückkehr zum Gästehaus Anna noch einmal auf das Ahnenverzeichnis im Internet anzusprechen. Das war in all dem Trubel völlig vergessen worden.

Gabríel öffnete seinen Schlafsack und breitete ihn über ihre verschwitzten Körper. Sie spürte seine Haut an ihrem Rücken, seinen Atem unter ihrem Ohr, als sie ineinander verschlungen noch einmal einnickten. Im Halbschlaf sah sie sich mit Gabríel am Strand entlangspazieren, sie beide um mindestens fünfzig Jahre gealtert. Es war eine Vorstellung, die ihr keine Angst machte, sondern sie mit einer nie da gewesenen Ruhe erfüllte.

Von einem Poltern schreckte Isabell hoch. Licht und ein kühler Luftzug drangen durch die geöffnete Tür ins Innere der Hütte. Isabell zog den Schlafsack weiter über sich.

»Hallo?«, rief eine Männerstimme.

Gabríel antwortete auf Isländisch, kurz darauf waren sie wieder allein. Doch Isabell hörte, wie der Mann draußen auf und ab lief, wie er etwas über den Boden schleifte.

»Mein Onkel. Daníel«, sagte Gabríel. »Ziehen wir uns an.«

Damit hatte Isabell längst begonnen. Beim Überstreifen des Pullovers roch sie Gabríels Duft auf ihrer Haut.

»Es war wunderschön«, flüsterte sie.

Gabríel umfasste ihr Gesicht, küsste sie. »Das sollten wir wiederholen.«

Er kletterte die Leiter hinunter, sie folgte ihm und kleidete sich dann vollständig an. Mit ihren Fingern ordnete sie sich die Haare, band sie mit einem der Zopfgummis, die sie immer in den Hosentaschen aufbewahrte, zusammen. Gabríel öffnete die Tür.

»Daníel?«, rief er.

Isabell sah, wie sich draußen die Regentropfen glänzend wie Diamanten über das Gras gelegt hatten. Daníel trug ein Holzfällerhemd, trotz der Kälte keine Jacke. Um seinen Hals hing ein Lederband mit drei Keramikperlen – eine längliche, braune in der Mitte und je eine runde Perle, orange und rot, zu beiden Seiten. Seine Augenbrauen waren so dicht, dass sie wie ein Schutzschild wirkten, das Gesicht war wettergegerbt. Er hatte braune, nicht rötliche Haare wie Gabríel. Bei den Locken war eine Familienähnlichkeit nicht zu leugnen.

»Hver er þetta?«, fragte Daníel.

»Isabell. Sie ist mein Gast«, antwortete er auf Englisch.

Daníels Aussprache klang hart, als auch er ins Englische wechselte, seine Fragen kamen fast schneller, als sie antworten konnte: Wo sie herkomme? Wer sie sei? Warum sie alleine reise?

Obwohl seine Worte keine Anklage enthielten, fühlte sie sich, als müsse sie sich rechtfertigen.

»Isabell forscht nach der Geschichte ihrer Großmutter«, erzählte Gabríel. Isabell war froh, dass er an ihrer Stelle weitersprach. Er nahm ihre Hand.

»Ihre Oma hat nach dem Krieg in dieser Umgebung ein paar Jahre verbracht.«

»Und der Name?« Daníels Stimme wurde leise.

»Welcher Name?«, fragte Isabell.

»Der Name deiner Großmutter.« Daníels Augen rückten noch dichter zusammen, sodass seine Augenbrauen miteinander verschmolzen.

»Emma Liebold«, sagte Isabell.

Daníel sog die Luft ein, hielt sie an. Seine Worte glichen einer Explosion.

»Raus! Raus hier! Alle beide! Und dich, Mädchen, will ich nie, nie wieder sehen. Haben wir uns verstanden?«

Isabells Beine zitterten, sie stand wie erstarrt, dann begann sie, ohne nachzudenken, zu rennen – talaufwärts, in die Berge hinein.

16

Abfahrt in Hamburg
Mittwoch, 8. Juni 1949

Obwohl sie sich den Wecker auf fünf Uhr gestellt hatte, wachte Emma schon um halb drei auf. Sie ließ den Blick durch das Halbdunkel in die Wohnküche schweifen. Die Schränke waren vollständig leer geräumt, das Geschirr und ihre anderen Habseligkeiten in Kisten auf dem Speicher von Bekannten untergebracht. Am nächsten Tag sollte hier eine sechsköpfige Flüchtlingsfamilie einziehen, auch wenn es unmöglich war, genügend Betten aufzustellen. Nun gab es kein Zurück mehr. So sehr sie die nächtliche Ruhe immer genossen hatte, heute wurde Emma dadurch nur nervöser. Immer wieder wurde die Stille durch Schrittgeräusche und Türenknallen unterbrochen, wenn jemand aus den Nachbarwohnungen zur Toilette auf dem Gang ging. Unruhig warf sich Emma von einer Seite auf die andere. An Schlaf war nicht zu denken. Die Zeiger der Uhr bewegten sich quälend langsam vorwärts. Ursula schien die Vorstellung von all dem Ungewissen, das auf sie zukam, nicht zu stören. Emma blickte zu ihr hinüber. Ihre kurzen, blonden Haare standen im Schlaf wie Igelstacheln vom Kopf ab. Ursula wachte im Gegensatz zu Emma nachts nie schreiend von all den Erinnerungen auf. Ob es ihr Gottvertrauen war, das Ursula solch eine innere Ruhe gab?, fragte sich Emma. War es diese tief verwurzelte Sicherheit, die sie an ihrer Cousine so sehr bewunderte? Emma glaubte nicht mehr an Gott, sie glaubte an gar nichts, außer an das, was sie sah. Wer half ihr, wenn sie es nicht selbst tat?

Als der Wecker klingelte, war Emma gerade in einen unruhigen Halbschlaf gefallen. Das laute Schrillen ließ sie hochschrecken. Schweigend zogen sich die Cousinen an. An Ursulas Bewegungen war zu erkennen, dass sie noch gar nicht richtig wach war. Beide brauchten keine Worte, sie wussten, was zu tun war: In der Küche standen zwei Schälchen Grießpudding bereit, den sie als Aufstrich nutzten. Für jede gab es eine Scheibe Brot. Dazu Tee.

»Bereit?«, fragte Ursula, als sie aufgegessen hatten.

»Bereit«, sagte Emma.

Sie schulterten ihr Gepäck. Ursula schloss die Wohnungstür ab und legte den Schlüssel wie abgesprochen unter die Fußmatte. Dann brachen sie auf.

Je näher sie ihrem Ziel kamen, umso mehr füllten sich die Straßen mit denen, die nun auch in Richtung Bahnhof strömten: Männer und Frauen, Alte und Junge, Gesunde und Kranke, Traurige und Fröhliche, erschöpft Wirkende und Überdrehte und einfach nur Gleichgültige. Auf dem Bahnsteig, den sie um Viertel nach sechs erreichten, war ein solches Gedränge, als wäre ganz Lübeck auf den Beinen. Noch eine Dreiviertelstunde bis zur Zugabfahrt. Emma hatte Probleme, ihren Koffer nicht in dem Gewimmel zu verlieren, das Gepäck festzuhalten, wenn sie angerempelt wurde. Ihr kam es vor, als wären alle, wirklich alle Reisenden mit Freunden und Verwandten gekommen, mit Familien, mit Eltern und Geschwistern – nur Ursula und sie waren allein. Niemand war da, um sich von ihnen zu verabschieden. Niemand würde sie ein letztes Mal umarmen.

Niemand wegen ihrer Abreise weinen. Wahrscheinlich würde es nicht einmal jemand registrieren, wenn ihnen unterwegs etwas geschähe und sie nicht zurückkehrten. Emma schauderte bei der Vorstellung.

Um sich zu beruhigen, begann sie zu zählen. Sie zählte die Fenster des einfahrenden Zuges. Wie viele Schritte brauchte sie zur Waggontreppe? Wie viele zu ihrem Sitz? Wie viele der Menschen weinten auf dem Bahnsteig? Wie viele Sekunden dauerte es vom Schließen der Türen bis zur Abfahrt?

Das Rattern des Zuges kam Emma an diesem Tag vor wie ein überschneller Herzschlag. Bald schon würden sie von Hamburg aus aufbrechen in Richtung Norden. Ursula hatte ihre gefaltete Jacke an die Scheibe gelehnt und nutzte sie als Polster. Darauf ruhte ihr Kopf, beschienen vom einfallenden Sonnenlicht. Emma sah, wie die Pupillen unter den geschlossenen Lidern im Traum zuckten. Emma betrachtete Ursula mit einer Mischung aus Bewunderung und Unverständnis. In den letzten fünf Wochen, seit sie sich in der Schlange vor dem Konsulat eingereiht hatte, um sich als Landhelferin in Island zu bewerben, hatte sie selbst nur noch stundenweise schlafen können. Die notwendigen Erledigungen waren überschaubar gewesen: Das ärztliche Gesundheitszeugnis war schnell ausgestellt, es war auch kein Problem, bei den Alliierten eine Entnazifizierungsurkunde zu bekommen. Visum und polizeiliches Führungszeugnis waren nur Formalien, Mieter für ein Jahr zu finden war bei der derzeitigen Wohnungsnot ebenfalls leicht. Selbst zum Packen gab es nicht viel, da Emma nur ihren Koffer samt Inhalt besaß. Es war die Ungewissheit, die sie wachhielt – die Ahnung, dass das, was sie nun tat, dem, was sie eigentlich geplant hatte, vollständig zuwiderlief. Nichts hatte sie sich sehnlicher gewünscht als anzukommen, als irgendwann sagen zu können: Es ist geschafft, hier ist mein Zuhause, hier will ich bleiben. Anstelle einer Ankunft in einer Studentenstadt, die sie sich erhofft hatte, um Pianistin zu werden, folgte nun wieder ein Aufbruch, von dem sie nicht ahnte, wohin er sie führen würde. Was wusste sie über Island, das so weit weg lag, dass die Deutschen im Krieg vergessen hatten, es zu besetzen?

»Schlimmer, als es jetzt ist, kann es nicht werden«, hatte Ursula betont. »Wir müssen auf Gott vertrauen, das Inserat als ein Zeichen sehen. Es wird schon werden.«

Doch es half nicht, darüber nachzugrübeln, ob Ursula recht hatte oder nicht. Nicht nur Ursula hatte eine Entscheidung getroffen, sondern auch sie selbst. Außer ihrer Cousine war ihr niemand aus der Familie mehr geblieben. Ohne Ursula wäre sie überall eine Heimatlose. Emma wollte Ursula nicht auch noch verlieren, Ursula war ihr wichtiger als alle Pianistenträume, die sich – nach dem, wie es aussah – sowieso nie verwirklichen ließen.

Erst als die Bremsen quietschten, der Zug so ruckartig verlangsamte, dass Ursulas Kopf nach vorn und zurück geschleudert wurde, wachte sie auf.

Ursula nahm Emmas Hand.

»Jetzt geht es bald los«, sagte sie.

»Versprich, dass wir zusammenbleiben. Sie haben zugesichert, uns nicht zu trennen.«

Ursula drückte Emmas Hand fester und nickte. Emma lenkte sich ab, indem sie noch einmal ihr Geld zählte. Fünfundfünfzig Mark hatte sie sparen können, längst nicht genug, um sich im Zweifelsfall eine Rückfahrkarte zu kaufen, aber es reichte, um im Notfall vorübergehend eine andere Bleibe zu finden.

Der Menschenandrang am Hamburger Hafen war unvorstellbar: Emma hatte geglaubt, das Gedränge vom Lübecker Bahnhof sei nicht mehr zu übertreffen, doch nun wurde sie eines Besseren belehrt. Ein Passagierschiff lief ein, das aus Amerika kam. New York! Emma dachte an Reichtum, teure Autos,

Wolkenkratzer. Warum kam jemand von dort hierher? In ein Land, das am Boden lag und wo der Hunger noch nicht besiegt war? Emma ließ sich von Ursula weiterziehen in Richtung der Esja. Ursula zögerte ebenso wenig wie die Passagiere des anderen Dampfers, die an Land strömten. Emma sah zurück auf das Getümmel des Hafens, bevor sie den Steg zum Schiff betrat. Von der Seite war das Dröhnen einer Schiffshupe zu hören, Menschen riefen durcheinander, Container krachten beim Verladen. Bei dem Gedanken, dass sie sich in den Schiffsrumpf begeben musste, vermischte sich der Hafenlärm in Emmas Vorstellung mit den Geräuschen der längst vergangenen Bombennächte. Sie wollte nicht in diesen Koloss aus Stahl einsteigen, der die Erinnerungen an den Bunker wachrief. Zwanzigtausend Tonnen sollte die Esja schwer sein, hatte Emma gehört, eine Zahl, die unvorstellbar war. Doch sie durfte nicht klagen. Als Frau wurde sie in den Kabinen untergebracht. Dieses Glück hatten die Männer nicht, die mit ihnen kamen. Sie mussten mit dem Lagerraum im Schiffsbug vorliebnehmen.

»Auf, auf!«, drängten Frauen von hinten. »Zeit zum Herumstehen gibt es später genug.«

Plötzlich glaubte Emma zu schweben. Auch dieses Phänomen kannte sie aus Kriegszeiten: Mit einem Mal klangen die Geräusche wie aus weiter Ferne, gleichzeitig verschwanden alle Angst und alle Bedenken. Ihre innere Blockade löste sich und sie ging zügig voran, setzte einen Schritt vor den anderen. Dabei konzentrierte sie sich darauf, ihren Koffer nicht zu verlieren und Ursula im Auge zu behalten.

17

Reykjavík, Island
Donnerstag, 9. Juni 1949

Von der sommerlichen Wärme, die sie bei ihrer Abfahrt genossen hatte, war längst nichts mehr zu spüren. Während der gesamten Fahrt hatten Emma und Ursula wie die meisten anderen Passagiere ihre Kabinen nicht verlassen, hatten seekrank und schlaflos auf ihren Betten gelegen. Der Seegang war so rau, dass das Schiff im Sturm wie eine Pappschachtel hin und her geworfen wurde. Der Bug hob sich an, um dann fast senkrecht in die Tiefe zu tauchen. Wasser spritzte gegen das Fenster, donnerte gegen das Metall. Das Schiff ächzte unter der Last der Wellen. Erst als sie den Hafen ansteuerten, flaute das Unwetter ab.

Nun drängten sich alle an Deck. Vor ihnen lag das Hafenstädtchen in einer flachen, kargen Landschaft inmitten moosbewachsener Lavafelder. Die Häuser wirkten verloren, als hätte ein Riese sie einfach dort fallen gelassen, wo sie gar nicht hingehörten. Es gab keine Wälder, nicht einmal einzelne, frei stehende Bäume. Felder waren auch nicht zu sehen, nur schneebedeckte Berge im Hintergrund, die auch nicht mehr Lebensfreundlichkeit ausstrahlten.

Obwohl es regnete und stürmte, obwohl es kalt war, blieb Emma an der Reling stehen. Sie wartete darauf, dass das Schiff endlich anlegte und sie von Bord durften. Ruderboote und kleine Fischerboote kamen auf den Dampfer zu, umfuhren sie wie zur Begrüßung. Die isländischen Seeleute riefen ihnen etwas zu, was Emma nicht verstand. Die Stimmen klangen freundlich. Emma schüttelte den Kopf. Sie suchte Ursulas Hand. Es erwartete sie so viel Neues, dass sie nun die Reste der Übelkeit nicht mehr spürte, nicht ihre Müdigkeit und auch nicht ihren leeren Magen, der sich in den letzten Stunden so oft umgestülpt hatte, dass die Halsschmerzen fast noch schlimmer waren als das Erbrechen selbst. Emma lehnte sich gegen den Wind wie gegen eine Wand, als sie von etwas Kleinem getroffen wurde, das einer der Isländer ihr zugeworfen hatte. Mit einem metallischen Klacken fiel es auf den Boden. Emma hob es auf. Geld. Sie winkte, doch der Seemann nahm gar keine Notiz von ihr, er fuhr schon auf die andere Seite des Dampfers.

Emma betrachtete die Münze genau. Wie viel war sie wert? Was es dafür wohl zu kaufen gab?

Jemand stieß sie von hinten an, gab die Nachricht weiter, dass alle erst von einem Arzt untersucht werden mussten, bevor sie an Land durften. Emma hatte so viel Zeit auf dem Schiff verbracht, dass sie die Ankündigung mit Gleichmut aufnahm. Sie hatte in den vergangenen Jahren für Brot, Fleisch und Obst angestanden, für Bezugsscheine, für Arbeit, an der Bank und vor dem isländischen Konsulat, um für die Reise ausgewählt zu werden, dass es auf das eine Mal auch nicht mehr ankam.

»Es geht weiter!«, rief Ursula. Die Motoren waren nach langen Stunden des Wartens wieder angesprungen. Sie legten an.

»Nicht drängeln«, hieß es. »Nicht drängeln!«

Es war hoffnungslos. Emma wurde von hinten weitergedrückt, auf den Steg und auf das Land zu. Sie umklammerte Ursulas Hand. Es waren nur wenige Meter vom Schiff bis zum

Hafengebäude. Doch bevor Emma überhaupt festen Boden unter den Füßen hatte, klebten ihre Haare von der Wartezeit auf Deck nass und kalt am Kopf. Regen tropfte ihr ins Gesicht und in den Nacken. Sie war durchnässt bis auf die Haut. Es war, als versuchte die Natur, sie von dieser Insel fernzuhalten. Das war kein Wind, es war auch kein Sturm, es war ein Orkan, der über sie hinwegfegte. Als sie im Warmen ankam, zitterte Emma am ganzen Körper. Sie wischte sich die Nässe aus den Augen, um besser sehen zu können, dann zuckte sie von einem Blitzlicht zusammen. Fotografen. Reporter. Mit den Händen richtete sie notdürftig ihre Frisur. War wirklich sie es, auf die der Fotograf seine Linse gerichtet hatte? Es blitzte noch einmal, genau in dem Moment, in dem sie gelächelt hatte. Mit diesem Empfang hatte sie niemals gerechnet – als wären sie Berühmtheiten!

»Frieden«, sagte Ursula. »Der Sturm, dieses Wetter, all das lässt sich ertragen, wenn wir nur sagen können: Endlich liegt der Krieg hinter uns.«

Emma schüttelte den Kopf. »Wenn das der Frieden ist, kann ich darauf verzichten.« Obwohl sie sich eingestehen musste, dass es ihr gefiel, wie sie empfangen wurden. Daran konnte selbst das raue Klima nichts ändern.

»Hast du die Häuser gesehen?«

»Wie soll ich denn bei dem Regen etwas erkennen? Und dann immer in dem Pulk mit den vielen anderen, da kriege ich ja nichts zu sehen.«

»Jetzt hör auf!«

Emma drehte sich weg und sah die Erschöpfung in den Gesichtern der anderen Frauen. Island. Das Land des Eises. Nun war es Sommer, sodass sie von Eis und Schnee noch verschont blieben. Doch ihre Ankunft war durch die Naturgewalten an Rauheit und Unwirtlichkeit kaum zu übertreffen gewesen. Ursula war eine der wenigen, die sich nicht daran störten.

»Wir sind als eine der Ersten an Land gegangen. Hier ist es warm.« Ursula beugte den Kopf und schüttelte die Nässe heraus. Bald füllte sich das Gebäude. Von der Schwüle und Feuchtigkeit, die all die Menschen umgab, beschlug Ursulas Brille immer wieder.

»Dort hinten werden Kleider verteilt!«, rief Ursula.

Bevor Emma sich einen Überblick verschaffen konnte, wurde sie mitgezogen.

»Wir beide haben genug«, sagte Emma.

»Für das Wetter? Dein Sommerkleid mit dem weißen Spitzenkragen? Guck deine Schuhe an. Sommerschuhe.«

Emma nickte. Es stimmte. Sie hatte sich auf eine Reise im Sommer eingestellt, auf ein so spätherbstliches Wetter war sie nicht vorbereitet gewesen.

Mit einem Zusatzbeutel gefüllt mit neuer Kleidung standen die Cousinen kurz darauf in einer der Raumecken. Ursula hielt ihren Mantel wie einen Vorhang vor Emmas Körper, damit Emma sich umziehen konnte. Es war ein blaues Kleid aus warmem Wollstoff, das sie als Erstes anprobierte. Sie brauchte den Stoff nicht einmal glatt zu ziehen, das Kleid passte, als wäre es extra für sie gemacht. Anschließend war Ursula an der Reihe, sich umzukleiden. Sie wählte zuerst eine weit geschnittene Hose, die sie ein wenig wie Marlene Dietrich aussehen ließ, und dazu einen Strickpullover. Emma zog ihre alte Taschenuhr hervor und stellte fest, dass sie vergessen hatte, das Uhrwerk aufzuziehen. Wie groß war die Zeitverschiebung? War es Tag oder Nacht? Wurde es hier im Sommer überhaupt dunkel? Sie hatte sich entschieden, Deutschland zu verlassen. Nun wurde ihr klar, dass es wirklich ein neues Leben war, das sie erwartete.

Emma blieb keine Zeit zu überlegen. Ursula hakte sich bei ihr unter, zog sie ins Freie.

»Bis der Bus abfährt, werden wir uns alles ansehen. In den letzten Tagen haben wir mehr als genug rumgesessen!« Emma fühlte das Papier in der Brusttasche ihrer Jacke. Ihr Arbeitsvertrag. Den durfte sie nicht verlieren.

Wie Ankommende auf einer Ferienreise schwärmten die Passagiere in Richtung der Innenstadt. Sie folgten dem Stimmengewirr, der Musik, die ihnen entgegenklang, wählten dieselbe Strecke wie die zwei amerikanischen Limousinen, die hupend vorbeifuhren. War so der Frieden? Emma kam sich wie eine Gestrandete vor, wie betäubt von all den neuen Eindrücken.

»Zuerst kaufen wir etwas von deiner Münze.« Ursula drängte Emma in die erste Bar, die sie erreichten. Innen spielte jemand auf einem Piano, ein anderer Mann mit einem Saxofon ließ dazu eine wehmütige Melodie erklingen.

Emma nahm all ihren Mut zusammen. Sie legte ihre Münze auf den Tresen und sah den Wirt fragend an.

»How much?«, fragte sie. Was würden sie dafür bekommen?

Der Wirt lachte. Er holte Gläser. Bevor er sie gefüllt auf den Tresen stellte, hatten sich andere Feiernde zu Emma und Ursula gesellt. Es waren Isländer und Amerikaner, die sich neben die beiden Frauen setzten und versuchten, ein Gespräch zu beginnen. Emma sah zu Ursula. Sie verstand die amerikanischen Soldaten ebenso wenig wie die isländischen Männer. All das schien Ursula nicht zu stören. Sie stieß mit ihnen an, sagte: »Prost! Zum Wohl!«

Bald verschwand auch Emmas Zurückhaltung. Die Stimmung wurde immer ausgelassener. Sogar Emma tat es Ursula nach. Sie tanzte mit den anderen, obwohl sie nicht tanzen konnte. Sie sang mit, obwohl sie grauenhaft sang und nicht wusste, was die Lieder bedeuteten. Doch die Refrains prägten sich ihr vom Klang her schnell ein. Dabei war es gleichgültig, ob es sich um Englisch oder Isländisch handelte. Sie lachte. Sie fragte sich nicht, wer ihr nächstes Getränk bezahlt hatte, wer den großen Teller mit den verschiedenen Speisen bestellt hatte, von dem sich alle bedienten.

Emma tanzte auf einem der Tische, als Ursula sie so vehement herunterzog und in Richtung Ausgang schob, dass Emma fast stolperte.

»Der Bus! Wir müssen los!«, sagte Ursula.

»Wir sind gerade erst gekommen!« Draußen war es noch nass auf der Straße, aber der Regen hatte sich gelegt. Emmas Bauch spannte angenehm. Wann war sie zuletzt so satt gewesen? Sie konnte sich nicht daran erinnern, obwohl die schlimmsten Hungerjahre längst überstanden waren. Und doch hatte sie bisher bei jedem Brot, das sie sich geschmiert hatte, bei jeder Kartoffel, die sie geschält, bei jedem Nachschlag, den sie sich genommen hatte, überlegt, ob sie sich das Essen nicht für die kargen Monatsenden aufheben sollte.

So war Frieden? Sie hatte schon vergessen, was das bedeutete. Frieden, das waren nicht nur keine Bombennächte, kein Schwarzmarkt, kein Hunger. Frieden hieß auch: Singen. Verrückt sein können. Sich mitreißen lassen von der Begeisterung anderer. Feiern, ohne an ein Morgen zu denken. Sie war noch nicht einmal einen Tag in dieser Stadt, aber sie wusste, dass sie diesen Tag für immer in Erinnerung behalten würde. All die Enge war von ihr abgefallen, diese Trauer, die sich so in ihr festgesetzt hatte, dass sie erst jetzt merkte, dass sie all die letzten Jahre nicht einmal mehr richtig geatmet hatte. Wie tief sich die Lungen mit der salzigen Meeresluft füllen konnten, die vom Ozean herüberwehte!

Obwohl sie darauf geachtet hatte, nicht zu viel von dem Brennivín und dem Sherry zu trinken, war sie leicht benommen. Emma wankte auf dem Weg zum Treffpunkt. Dass andere Frauen und Männer über den Tabak- und Alkoholgeruch an ihrer Kleidung schon beim Einsteigen die Nase rümpften, störte Emma nicht. Üblicherweise hasste sie es, aufzufallen. Doch dieser Tag war ihr Tag gewesen, und das ließ sie sich von niemandem nehmen. So lange hatte sie gewartet, dass irgendetwas kam, irgendetwas passierte, das sie mitriss, wegtrug in eine andere Welt, dass es nun wie eine Erlösung war. Wenigstens für einen Moment gab es kein Gestern und kein Morgen.

18

Island
Samstag, 11. Juni 1949

Bei all den Schlaglöchern und über die Fahrbahn laufenden Tieren wirkte der Bus wie ein Fremdkörper in der Landschaft. Vor ihnen stoben die Schafe erst blökend auseinander, wenn der Fahrer ausstieg, um die Tiere mit Rufen und Händeklatschen zu vertreiben. Inzwischen hatte Emma den letzten Rest von Zeitgefühl verloren. War es Tag? War es Nacht? Wie lange würde es dauern, bis die Gruppe Akureyri erreichte? Hin und wieder kam ihnen auf der Schotterpiste ein Pferdewagen entgegen. Der Unterschied zur Hauptstadt hätte nicht extremer sein können. All die Limousinen, die Jazzclubs, die feiernden jungen Leute, das lebendige Treiben in Reykjavík – es war, als hätte man sie mit dem Verlassen der Stadt in einer völlig anderen Welt ausgesetzt. Das Meer zwang die Straße mit seinen unzähligen Landzungen, Umwege zu nehmen. Die kargen Weideflächen, die Berge im Hintergrund, die Schafe und Pferde, all das war seit Jahrhunderten unverändert geblieben.

Zum Glück hatten Emma und Ursula Plätze vorne bekommen, sodass ihnen nicht übel wurde, auch wenn der Bus durch die Unebenheiten hin und her geworfen wurde. Emma verstand nicht, wie einige der Reisenden schlafen konnten bei dem Geruckel und dem Knallen, wenn Steine aufspritzten und gegen das Fahrzeug geschleudert wurden. Vor allem die nicht enden wollende Helligkeit ließ sie nicht zur Ruhe kommen. Nun war sogar Ursula eingeschlafen. Sie hatte sich den neuen Tweedmantel über den Kopf gelegt und nutzte ihn gleichzeitig als Kissen.

»Do you speak English?«, fragte Emma den Busfahrer.

Er bejahte.

Warum die Straße nicht ausgebaut würde?

Der Busfahrer reagierte nicht.

Emma war nicht sicher, ob sie sich falsch ausgedrückt hatte oder ob der Mann zu wenig verstand, um ihr antworten zu können.

Warum sie die Straßen nicht vergrößerten, verbreiterten?, versuchte Emma es erneut.

»Why?« Der Fahrer zuckte mit den Schultern.

Für die Autos. Um schneller voranzukommen.

»Hmmm.«

Emma sog geräuschvoll die Luft ein.

Die Straßen, um sie hier auszubauen wie in Reykjavík, erklärte sie.

»Reykjavík is Reykjavík«, sagte der Fahrer.

Emma sah nach hinten, um dem Seitenblick des Busfahrers auszuweichen. Am liebsten hätte sie sich mit Ursula umgesetzt, irgendwo nach hinten, so weit weg von diesem Kerl wie nur möglich. Zuerst fragte sie sich, ob er es ironisch gemeint hatte, ob er sie auf den Arm nehmen wollte, doch seinem Gesichtsausdruck nach zu urteilen war es ihm völlig ernst.

Sie blickte demonstrativ aus dem Fenster.

Selbst die Pausen brachten keine Abwechslung. Es gab an dieser Straße nichts, wirklich gar nichts zu entdecken. Ein Haus ähnelte dem anderen, es gab keine Geschäfte, keine Ortschaften mit Sehenswürdigkeiten. Die Kinder, die dem Bus in den Dörfern nachliefen, sahen sich alle ähnlich in ihrer Wollkleidung und ihren geflickten Hosen. Anfangs zählte Emma die Stopps, dann verzichtete sie auch darauf. Sie hasste es, wenn sie nichts tun konnte, wenn es nichts zu sehen gab und zwangsläufig das Gedankenkreisen begann, wenn die Vergangenheit immer größeren Raum einnahm und erst die Zukunft und dann die Gegenwart verdrängte, bis es nichts mehr gab als das schwarze Loch in ihrem Innern, das sie in einen Strudel aus Traurigkeit zog. Sie ließ ihre Finger zu Bachs Toccata und Fuge in d-Moll auf dem Oberschenkel tanzen, aber in ihrem Inneren entstand keine Melodie. Wegen der lauten Fahrgeräusche war nicht einmal der Rhythmus hörbar, den sie erst auf Stoff, dann auf der hölzernen Sitzverkleidung trommelte. Es gab nur eine Möglichkeit, die Melancholie zu vertreiben: Irgendetwas oder irgendjemand musste sie ablenken, sie herausreißen, mit sich ziehen in eine andere Welt. Da war niemand, obwohl sie seit Tagen nicht eine Minute lang allein gewesen war. Am liebsten wäre sie ausgestiegen und weggelaufen – vor der Gleichförmigkeit, diesem Land und vor allem vor sich selbst. Laufen half, zumindest manchmal.

So versuchte sie, in Ursulas schlafenden Gesichtszügen Details zu erkennen. Ursulas Lippen. Ursulas Gesicht, das immer rund war, auch wenn sie am Körper noch so sehr abnahm. Als sie begann, am Pullover ihrer Cousine die Maschen des Musters zu zählen, wurde es etwas besser. Sie konnte tiefer durchatmen und das Gefühl von Enge in der Brust wurde etwas schwächer.

Irgendwann hielt der Bus wieder einmal am Rand eines der Fischerdörfer, die nur aus einer Kirche, ein paar Häusern drumherum und ein oder zwei Lagerhallen bestanden. Der Busfahrer erklärte Emma und Ursula, dies sei der verabredete Treffpunkt, wo sie abgeholt würden. Am Straßenrand standen zwei ältere Männer und ein jüngerer neben einem Pferdewagen und unterhielten sich lebhaft. Dann sahen sie auf und winkten dem Bus zu. Als sie ausstieg, war Emma von dem langen Sitzen, der Reise insgesamt und dem wenigen Schlaf noch benommen. Sie legte ihr Gepäck auf die Holzbank des Pferdewagens. Die zwei Männer sprachen mit dem Fahrer, der die isländischen Männer und die deutschen Frauen einander vorstellte.

»Dagur.«

»Bjarki.«

»Ísak.«

»Emma.«

»Ursula.«

Emma sollte bei Bjarki arbeiten, Ursula bei Dagur und dem jungen Mann Ísak. Emma nickte, zur Kontrolle holte sie ihren Arbeitsvertrag hervor. Alles hatte seine Richtigkeit, die Namen, die ihnen genannt wurden, stimmten mit dem Dokument überein. Diesmal fuhr der Bus direkt weiter, weil er deutlich hinter dem Zeitplan zurück war.

»Do you speak English?«, versuchte Emma es erst bei Dagur, dann bei Bjarki.

Die beiden älteren Männer zuckten mit den Schultern und antworteten auf Isländisch.

»Ich verstehe nicht«, sagte Emma. »Und jetzt?«, wandte sie sich an Ursula.

»Wir lassen es auf uns zukommen. Es wird schon werden.« Ursula ging zum Wagen.

Dagur bedeutete Ursula aufzusitzen und reichte Emmas Koffer an Bjarni weiter, während der junge Mann Ursulas Gepäck auf dem Pferdewagen verstaute.

Emma begriff, was die Männer mit großen Armbewegungen erklärten: dass Ursula einsteigen sollte und Emma nicht.

»Das ist ein Fehler.« Emma versuchte, gegen den Widerstand der Männer ihr Gepäck zurück in den Wagen zu legen. »Wir müssen zusammenbleiben, das wurde uns so zugesagt.«

Es spielte keine Rolle, dass sowieso keiner sie verstand. Sie durfte nicht aufgeben.

»Einen Moment«, meinte Ursula. Sie stieg wieder aus. »Wir zeigen unsere Arbeitsverträge.«

Emmas Knie zitterten, als sie das Papier nun zum zweiten Mal herausholte. Da war festgelegt, wo sie hinkamen.

»Wir gehören zusammen. Together. Das war abgesprochen.«

Die Diskussion, bei der weder die Frauen die Männer noch die Männer die Frauen verstanden, wurde immer lauter.

»Wir bleiben hier!«, wiederholte Emma. Heftig zog sie Ursula vom Wagen zurück. Ursula war längst bereit, sich der Situation zu fügen.

Er verstehe das Problem, sagte der junge Mann, der sich bisher aus dem Streit herausgehalten hatte, plötzlich auf Englisch. Emma atmete auf.

Es sei ein Missverständnis, erklärte er. Die Höfe, um die es ginge, lägen in direkter Nachbarschaft. Sie könnten sich jederzeit sehen und besuchen. Aber es seien zwei verschiedene Höfe.

Nachbarn? Emma wechselte einen Blick mit Ursula.

Ursula nickte. »Nachbarn. Das ist doch auch nicht schlecht.«

Wieder sprachen die drei Männer auf Isländisch miteinander, anschließend wandte sich der junge Mann an die Frauen. Sein Englisch war deutlich besser als das von Emma: Es sei sowieso eine gute Idee, wenn sie alle zusammen führen. Er würde Emma zu ihrem neuen Zuhause bringen, dann mit seinem Vater und Ursula weiterfahren.

Emma atmete auf. Sie stieg neben Ursula ein. Die Frauen machten es sich hinten im Wagen bequem, während die drei Männer vorn auf dem Kutschbock saßen. Dass Emma in dem ungefederten Wagen hin und her geworfen wurde, störte sie nicht, auch wenn sie sich mit beiden Händen am Sitz festhalten musste und ihr Rücken inzwischen schmerzte. Die Straßenunebenheiten wirkten wie Sprungschanzen, die die Insassen ein Stück aufwärts katapultierten.

Ob es auf den Höfen ein Telefon gebe, erkundigte sich Emma.

Sie könnten sich gegenseitig besuchen, meinte Ísak, dafür die Pferde nehmen.

Emma war noch nie geritten.

Die Strecke ließe sich auch gut zu Fuß bewältigen. Aber reiten, das sei nicht schwer, das würde sie sehr schnell lernen, versicherte Ísak.

Die Sicherheit, die der junge Isländer ausstrahlte, gab Emma Zuversicht. Langsam senkten sich ihre angespannten Schultern. Ursula und sie würden doch nicht getrennt werden. Auch als sie sich vom Meer entfernten, roch die Luft nach Salz und Tang.

»Als wir dachten, sie würden uns trennen, wie konntest du nur so ruhig bleiben?«, fragte Emma. Sie machte sich keine Mühe, ihre Enttäuschung zu verbergen. »Ist es dir nicht wichtig?«

»Wie wirkt es denn, bei der Begrüßung direkt herumzupoltern! Was sollen sie von uns denken?«

»Du machst mir einen Vorwurf?«

Emma blickte über die weite Ebene. Sie konnte Ursula nicht ansehen, nicht in dem Moment. Waren sie beide immer so verschieden gewesen und hatten es nur nicht bemerkt? Oder hatte das fremde Land sie bereits in so kurzer Zeit so verändert?

»Jetzt reg dich nicht auf«, sagte Ursula.

»Ich verstehe dich einfach nicht. Warum stehst du mir nicht bei?«

»Das tue ich doch. Aber das ist kein Krieg. Es geht nicht um einen Kampf, sie gegen uns. Lass es erst einmal auf uns zukommen.«

Emma musterte ihre Cousine. Ursulas Gesicht war entspannt. Sie lächelte.

»Hier ist niemand, der für dich einsteht, wenn du es nicht selbst tust«, widersprach Emma. »Du bist zu gutgläubig. Zu weich.« Emma nahm Ursulas Hand. Die Vorstellung, sich gleich von ihrer Cousine verabschieden zu müssen, schmerzte. »Ich passe auf dich auf. Auch wenn wir nicht nebeneinander aufwachen und es Tage gibt, an denen wir uns nicht sehen«, versprach Emma, als der Wagen hielt und ihr Gepäck ausgeladen wurde.

19

Bei Blönduós
Samstag, 11. Juni 1949

Der Torfhof war so grasüberwachsen, dass er zwischen all den kleinen Hügeln nur wie eine natürlich entstandene Erhebung wirkte. Er fügte sich vollständig in die Umgebung ein. Erst als sie um das Gebäude herumging, sah sie die hölzerne Front mit Türen und Fenstern.

Noch einmal drückte Emma ihre Cousine an sich, dann winkte Ursula zum Abschied und sah kurz dem Pferdewagen nach. Männer, Frauen und Kinder strömten aus dem Hof, um sie zu begrüßen. Sollte sie ihnen die Hand geben? Sie umarmen? Gab es eine andere Geste, die angemessen war? Emma wollte niemandem zu nahetreten, aber auch nicht unhöflich sein. Sie streckte ihre Hand vor, schüttelte nacheinander die Hände und grüßte mit einem »Hallo«. Nur die Kinder verbargen sich hinter den Beinen der Erwachsenen und lugten vorsichtig hervor. Emma zählte zehn Personen. Der ältere Mann, der sie gefahren hatte, hielt nun die Hand einer Frau. Ihre Gesichtszüge ähnelten sich. Teilweise beendete die Frau Sätze, die der Mann begonnen hatte. Manchmal kamen Anweisungen von den beiden wie aus einem Mund. Es brauchte keine Worte, um zu erkennen, dass sie sich noch immer liebten – wie lange sie auch schon zusammenlebten. Wie alle anderen aufmerksam auf das hörten, was Bjarki sagte, war schnell deutlich: Der Mann, der sie abgeholt hatte, bestimmte, was getan wurde, und seine Frau unterstützte ihn, wo sie nur konnte. Wie leicht es war, ohne Worte die Hierarchien zu erfassen! Obwohl Bjarki gutmütig wirkte, nahm sich Emma vor, ihm gegenüber vorsichtig zu sein. Ob ihr jemand beistehen würde, wenn sie es sich mit ihm verscherzte? Das bezweifelte sie.

Von außen sah der Hof nicht aus, als böte er genügend Raum für all die Menschen. Sie blickte sich nach ihrem Gepäck um. Bevor sie protestieren konnte, hatte einer der Männer es an sich genommen und trug es ins Innere des Hauses.

»Emma«, sagte sie, in der Hoffnung, dass auch die anderen ihren Namen noch einmal wiederholen würden. In dem Moment verfluchte sie sich, dass sie nicht wenigstens die wenigen Wochen vor ihrer Abreise genutzt hatte, um die wichtigsten Wörter dieser fremden Sprache zu lernen.

»Embla«, sagte eine junge Frau.

»Nein. Nicht Embla. Ich bin Emma.« Sie artikulierte den Namen überdeutlich, klopfte sich dabei auf die Brust. Ein kleines Mädchen, das sich bisher versteckt gehalten hatte, kam hervor und lachte.

»Emma«, rief es und zeigte auf Emma.

»Embla Mamma«, sagte es und rannte auf die junge Frau zu, die es nun hoch auf den Arm nahm und küsste. »Ásdís.« Es wies auf sich selbst.

Emma musste lachen.

Embla ging voran. Sie war groß und kräftig, ihr Gesicht von Sommersprossen übersät. Sie hatte ihr rötliches Haar zu einem Zopf gebunden. Ásdís, ihre Tochter, war ihr wie aus dem Gesicht geschnitten.

Die drei vorderen Zimmer hatten eine eigene Tür nach draußen. Embla öffnete eine Tür nach der anderen. Ganz links war eine provisorische Schmiede, in der es nach verkohltem Holz roch. In der Mitte befand sich ein Lagerraum voller Werkzeug. Sensen lehnten an der Wand. Emma erkannte eine Harke, der Nutzen der übrigen Gerätschaften gab ihr ein Rätsel auf. Die Ausstattung der Räume ließ Emma schlucken. An der Decke sah sie, wie die Graswurzeln durch den Torf ins Innere wuchsen. Es gab keinen Bodenbelag, sondern nur festgetretenen Lehmboden. Die kleinen Fenster schafften es kaum, genug Licht hereinzulassen.

Rechts ging es zu einer Schlafkammer. Der Raum war vollständig mit Holz ausgekleidet, an der Decke, den Wänden und dem Boden. Er war gelb gestrichen und strahlte Gemütlichkeit aus. Die Deckenhöhe war niedriger, als sie es gewohnt war. Es roch nach dem Holz der Innenverkleidung und etwas nach Erde. Obwohl es keinen Kamin und keine Heizung gab, war es deutlich wärmer als draußen. Emma zählte vier Betten. Persönliche Gegenstände waren nicht zu sehen.

Emma zeigte fragend auf den Schrank. Ob sie ihn öffnen dürfe? Bevor Embla reagieren konnte, war Ásdís schon zum Schrank gehüpft und hatte ihn geöffnet. Er war leer.

Emma deutete auf sich, dann auf das Bett, das in der Ecke stand. Das würde sie am liebsten nehmen.

Embla schüttelte den Kopf. Sie führte Emma aus dem Raum hinaus in einen langen Gang, weiter ins Innere des Hauses. Links kamen sie an einem fensterlosen Lagerraum vorbei. Dem leicht säuerlichen Geruch nach gab es keine Zweifel, was sich in den Fässern befand: Milch. Der Milchkammer gegenüber lag eine Küche mit einer offenen Feuerstelle unter dem Fenster. Töpfe hingen an den Wänden. Es erinnerte an eine Kochstelle in einer alten Burg. Ob diese Küche noch genutzt wurde? Emma konnte es sich nicht vorstellen. Es roch auch nicht nach Essen oder Lebensmitteln. Neben der Küche gab es eine Vorratskammer, in der Schinken zum Trocknen von der

Decke hing. Die Lebensmittel wurden in Holzfässern gelagert. Der Raum, an dem sie dann auf dem Weg weiter ins Innere des Hauses vorbeikamen, war leer. Er führte wieder nach draußen auf die andere Hausseite. Ganz hinten empfing sie Stimmengewirr, das verstummte, als die beiden Frauen hereinkamen. Sie betraten einen großen Schlafraum, der mit vier Betten zugestellt war, so voll, dass es nicht einmal Platz für Schränke gab. Auf einem der Betten sah Emma ihren Koffer. Hier sollte sie schlafen? In dieser Sammelunterkunft, die so vollgestopft war, dass all das Inventar nicht in die wenigen Truhen passte, die herumstanden? An den Bettpfosten hingen gefüllte Beutel, die zur Aufbewahrung genutzt wurden, eingeschlagene Nägel dienten als Haken. In der Ecke gab es ein Spinnrad.

Von diesem Schlafraum ging ein weiterer Schlafraum ab, in dem nur zwei Betten standen. Auch dieser Raum war komplett zugestellt. Es gab einen Schrank, eine Kommode, einen Tisch und einen Stuhl. Auf einem Regalbrett lagen Bücher. Emma stutzte. Wo war das Badezimmer? Das Wohnzimmer? Wo die anderen Betten? Wo der Esstisch? Warum befanden sich alle dicht gedrängt im hinteren Bereich des Hauses und ließen den vorderen, gelben Raum ungenutzt? Wie sollte das überhaupt funktionieren, elf Personen und sechs bezogene Betten?

»Does anyone speak English?«, fragte Emma. Sie blickte sich um.

»English. No«, antwortete einer der Männer.

Anschließend zeigte Embla noch die Scheune, die als Stall für zwei Kühe genutzt wurde. Emma konnte nicht glauben, was Embla ihr mit eindeutiger Gestik erklärte: Hier war auch der Ort, wo man seine Notdurft verrichten konnte. Sie schluckte. Mit allem hatte sie gerechnet, aber damit nicht. Es war kaum möglich, den Kühen auszuweichen. Emma hielt sich dicht am Eingang, während Embla auf die riesigen Tiere zuging und ihnen sanft über den Kopf strich.

Emma schwitzte bei der Rückkehr in die Schlafräume, nicht vor Anstrengung, sondern vor Aufregung. Sie blieb mitten im Raum stehen. Was sollte sie tun?

Emma ging zu ihrem Koffer und öffnete ihn. Erleichtert registrierte sie, dass Embla auf der Fensterseite neben ihr zu schlafen schien, denn dort sah sie neben dem Bett einen gestickten Beutel hängen, auf dem mit wackeligen Stichen »EMBLA« eingestickt war. Embla strahlte Sicherheit aus. Sie wusste, was zu tun war. Emma wünschte, sie hätte zumindest für die drei Kinder irgendwelche Kleinigkeiten eingepackt, einen Ball oder Bauklötze. Sie spürte die Blicke der anderen auf sich, als sie mit dem Rücken zu ihnen stand und ihre Kleidungsstücke in eine Truhe umschichtete. Den Koffer schob sie anschließend unter das Bett.

Sie setzte sich aufs Bett und beobachtete die anderen aus dem Augenwinkel. Emma kam sich vor wie bei den Klavier-Aufnahmeprüfungen, wo sie versucht hatte, in der Mimik der Prüfer das Ergebnis abzulesen, ob sie gut genug gespielt hatte. Doch diesmal gab es keine Stücke, die sie hatte vorbereiten können.

Als Embla nach einigen Minuten zusammen mit dem Mädchen und der älteren Bauersfrau in die Küche ging, entspannten sich die anderen. Sie begannen zu plaudern, redeten durcheinander und die Stimmung wurde ausgelassener. Erst jetzt entdeckte Emma in der Ecke, nahe des Durchganges zwischen den zwei getrennten Schlafbereichen, abgedeckt unter buntem Stoff ein Harmonium. Anfangs hatte sie es für eine Kommode gehalten.

Auf den Ruf von Embla hin strömten alle in die Küche und Emma schloss sich ihnen an. Aus einem großen Topf wurde Essen verteilt. Es gab einen Lammschmortopf, der fantastisch roch, und zum Nachtisch Pudding. Zur Mahlzeit gingen die Hofbewohner wieder in die Schlafräume und setzten sich auf die Bettkanten. Emma tat es ihnen nach. Lag es an ihr oder an den anderen, dass langsam die Anspannung wich? Die Erzählungen und Plaudereien trugen Emma mit sich wie die Wellen auf der Überfahrt. Auch wenn sie nichts von dem verstand, was gesagt wurde, störte es sie nicht mehr, sondern sie hörte in sich hinein, wie die gleichmäßigen Worte ihre Müdigkeit verstärkten, wie ihre eigenen Zweifel und Ängste sich auflösten. So wie es in dem Moment war, so war es gut.

Nachdem sie die Schüsseln und Löffel in der Küche abgestellt hatten, setzten sie sich wieder gemeinsam in die Zimmer mit den Betten. Embla ging ans Spinnrad. Ásdís begann, mit den beiden rothaarigen Jungen zu spielen, deren Alter Emma auf etwa zwei bis drei Jahre schätzte. Sie konnten gerade laufen, ihre Schritte waren tapsig. Aufmerksam blickten sie auf Ásdís, die ihnen vormachte, wie man eine geknotete Socke mit einer Hand hochwarf und mit der anderen Hand auffing. Ásdís nahm noch eine zweite Socke dazu und jonglierte schließlich mit drei Socken, woraufhin die Jungs sie mit offenen Mündern beobachteten. Vergeblich versuchten sie, eine der Socken im Flug zu fangen. Sie gluckten vor Freude. Die Männer saßen im Kreis und erzählten, während Emma auf das Harmonium zuging. Unter ihr knarrten die Dielenbretter. Sie fühlte das Holz des Instruments, sah sich um und wartete, ob irgendjemand Einspruch erhob. Bjarki nickte ihr zu. Sie klappte den Tastenschutz auf. Fragend rückte sie den Hocker, der neben dem Spinnrad stand, vor das Harmonium, um sich draufzusetzen. Zuerst irritierte sie der starke Widerstand, den sie spürte, als sie die Fußpedale hinunterdrückte. Vorsichtig spielte sie mit der rechten Hand die Melodien der Seemannslieder, die sie in Reykjavík gehört hatte, dann improvisierte sie und begann dazu zu summen. So gut es ihr gelang, sich Melodien zu merken, bei einem Text in einer fremden Sprache war es deutlich schwerer. Bei der Wiederholung stimmten die anderen ein.

Emma wechselte zu einer Bachfuge, trug abwechselnd Stücke aus Schumanns Kinderszenen und Volkslieder vor, bis Bjarki ihr eine Hand auf die Schulter legte und zu den anderen zeigte, die schon in den Betten lagen. Noch immer hallte in Emma der Klang nach – von einem Spiel, das alle Anspannung verloren hatte, die sich durch die Aufnahmeprüfungen in ihr aufgebaut hatte. Hier musste sie sich nicht beweisen. All die technisch komplizierten Stellen hatte sie problemlos gemeistert. Warum hatte es nur nie während der Prüfungen funktioniert? Musste sie erst Tausende von Kilometern weit fahren, ein altes Harmonium anstatt eines perfekt gestimmten Flügels vor sich haben, um diese innere Blockade zu überwinden?

20

Bei Blönduós
Sonntag, 12. Juni 1949

An ihrem ersten Morgen auf dem Hof erwachte Emma von Kinderrufen und Lachen. Wie die anderen hatte sie ihre Kleidung vom Vortag noch an. Niemand benutzte hier einen Schlafanzug oder ein Nachthemd. Dies war Emma ganz recht, denn sie dachte an die Kälte, mit der sie in der Nacht rechnen musste, und dann war nach wie vor die Frage ungeklärt: Wo konnte sie sich ungesehen umziehen? Im Stall bei den Kühen? Draußen? Im Lagerraum oder in dem bisher ungenutzten Gästezimmer, auch wenn keiner der Räume abschließbar war? Emma schob das Brett vor dem Betteinstieg beiseite, das Embla am Abend zuvor dort angebracht hatte, und setzte sich auf. Obwohl es im gesamten Haus keine einzige Heizung gab, fror Emma nicht. Ihre Füße und Hände waren angenehm warm. Es musste die Körperwärme der Menschen sein, die ausreichte, die Zimmer zu erwärmen.

Die drei Kinder spielten Verstecken. Sie krochen unter die Betten, zwängten sich in die Truhen und unter die Decken. Noch begriff Emma nicht, zu wem die beiden Kleinkinder gehörten. Wenn eins fiel und weinte, kümmerte sich derjenige darum, der gerade in der Nähe war. Während Ásdís die Nacht mit Embla in einem Bett verbracht hatte, waren die Jungs häufig zwischendurch aufgewacht und von einem Bett ins andere gewechselt. Hatten sie keine Mutter? Die Bäuerin war viel zu alt, als dass die zwei ihre Kinder hätten sein können.

Ohne dass es Worte der Erklärung bedurfte, begannen alle mit ihrem Tagwerk. Emma wartete darauf, dass ihr irgendjemand sagte, was getan werden sollte. Dies geschah aber nicht. Sie beschloss, sich Embla anzuschließen, doch als Embla zwei Eimer nahm und im Stall verschwand, blieb Emma außen stehen. Die Kühe bewegten sich langsam und antworteten, wenn Embla mit ihnen sprach. Sie waren zahm und an Menschen gewöhnt, trotzdem traute sich Emma nicht, sich den Tieren zu nähern. Ihre Knie zitterten. Ihr wurde heiß. Ihre Beine widersetzten sich dem Befehl, weiter vorwärtszugehen.

Gegenüber der Routine, mit der Embla ihre Aufgaben erledigte, kam sie sich wie eine Idiotin vor, die aus jeder Kleinigkeit ein Problem machte. Sie wünschte sich, es wäre wenigstens jemand da, der sie zurechtwies, doch der Gleichmut, mit dem die anderen ihre Arbeit verrichteten und ihr Zeit gaben, sich einzugewöhnen, verstärkte nur ihre Selbstvorwürfe. Auch wenn niemand sie rügte, sie konnte nicht einfach stehen bleiben und nichts tun. Bei ihrer Bewerbung im Konsulat hatte sie angegeben zu wissen, wie man einen Haushalt führt. Das stimmte, sie hatte jahrelang allein gelebt, ihren Vormund höchstens einmal im Monat gesehen. Sie hatte gelernt zu überleben, wenn die Welt durchgeschüttelt wurde, wenn nichts mehr war wie früher.

Einer der Männer hatte vier Eimer Wasser aus dem Brunnen geholt und begann, sich damit zu waschen. Emma tat es ihm nach, anschließend ging sie in die Küche. Dort stand die alte Bauersfrau und knetete Teig. Die beiden kleinen Jungs sprangen singend um sie herum.

Emma beobachtete, was zu tun war, doch es gab keine Möglichkeit, irgendeine der Arbeiten mitzumachen. Ihr Blick fiel auf den mit Resten gefüllten Puddingtopf. Fragend sah sie die Bauersfrau an. Wenn sie sich nur an die Namen erinnern könnte!

»Emma.« Sie zeigte auf sich.

»Sigurður.« Lachend hob die alte Frau die Jungen nacheinander hoch. »Bjarni. Óskar.«

Die Kleidung war das Einzige, was sie voneinander unterschied.

»Bjarnkar«, sagte sie scherzhaft.

Die Kleinen lachten und wiederholten, was Emma gesagt hatte.

Sigurður verteilte den Restpudding auf drei Schälchen, anschließend reichte sie Emma den Topf. Emma nickte. Das war eine Aufgabe, die lösbar war: Sie würde den verkrusteten Topf mit dem Wasser ausspülen, das draußen frisch geholt worden war. Dafür nahm sie sich zusätzlich einen der Kochlöffel und den Reinigungsschwamm aus Metall. Sie brauchte nicht lange zu suchen, bis sie auch ein Stück Kernseife fand. Dann ging sie vor die Tür. Während sie begann, den Topf zu reinigen, behielt sie die Stalltür im Auge und wartete darauf, dass Embla ihre Arbeit im Stall verrichtet hatte. Nach dem ungewohnt üppigen Abendessen am Vortag spürte sie deutlich: Es blieb ihr keine Wahl, sie musste den Stall als Toilette benutzen. Es gab ringsherum keine größeren Bäume, hinter denen sie sich hätte verstecken können. Das Birkenwäldchen hinter dem Haus, das man kaum als solches bezeichnen konnte, war nicht einmal mannshoch, die Stämme so dünn und die Kronen so licht, dass es keine Möglichkeit gab, sich dort zu verbergen. Und außerhalb dieser paar Birken gab es nichts außer Gras und Steinen.

Ehe Emma die letzten Verkrustungen aus dem Topf gelöst hatte, kam Embla mit einem gefüllten Eimer aus dem Stall und brachte die Milch ins Haus. Emma wischte sich die nassen Hände an ihrem Kleid ab. Langsam ging sie auf den Stall zu, der noch immer offen stand. Obwohl die Kühe nicht angebunden waren, machten sie keine Anstalten zu fliehen. Aufmerksam sahen sie Emma an.

»Ich tue euch nichts.« Gleichmäßig bewegte sie sich vorwärts, an den Kühen vorbei zur Stallecke, wo sie sich erleichterte. Dabei behielt sie die Tiere im Blick, die sie weiter ansahen, aber bewegungslos stehen blieben. Sie wusch sich in einem der Wassereimer die Hände, spülte dann den Puddingtopf fertig aus. Sie musste nicht mehr viel reiben, die letzten Essensreste lösten sich wie von selbst. Mit einem Aufatmen schüttete sie das Wasser aus dem Topf, um ihn wieder ins Haus zu bringen.

Innen empfing sie der Geruch von frisch gebackenem Brot. Aus der Küche war Stimmengewirr zu hören. Sigurður holte einige Laibe aus dem Ofen, die kleiner waren als die eigentlichen Brote. Emma stellte den Topf zu den anderen Töpfen. Sie bekam wie alle anderen auch einen heißen, duftenden Brotlaib und eine Tasse Kaffee.

Während sie draußen den Topf gespült hatte, war die Sonne zu sehen gewesen, nun begann es, wie aus Kübeln zu schütten. Der Regen klatschte gegen die Küchenscheibe, der Himmel verdunkelte sich immer mehr, als hätte die Abenddämmerung begonnen. Sie war froh, dass Embla sie an der Hand nahm und so aus ihrer Erstarrung riss. Emma ließ sich in die hinteren Räume führen, von denen sie schon wusste, wie sie auf Isländisch genannt wurden: Baðstofa. Zum Essen setzte sich Emma auf ihr Bett, doch dann fiel ihr ein, wie sie die Situation nutzen konnte. Sie suchte ihr Tagebuch und den Bleistift und ging damit zu Embla. Emma zeichnete einen Stammbaum, darin trug sie auf den oberen Plätzen die Namen von Sigurður und Bjarki ein. Sie war sich absolut sicher, dass die beiden verheiratet waren. Es war nicht nur an der Art und Weise zu erkennen, wie liebevoll sie miteinander umgingen – sie schliefen auch in einem Bett.

»Egill? Ásdís? Embla?«, fragte Emma und reichte Embla den Stift. Das waren die Namen, die sie sich noch gemerkt hatte.

Embla strich sich mit der Stiftspitze die Haare aus der Stirn. Verstand sie, was gemeint war? Wer waren die Menschen auf dem Hof? Wie hingen sie zusammen?

Embla begann zu zeichnen. Zuerst verstärkte sie die Kreise um Bjarki und Sigurður, wies mit den Händen in einer ausladenden Geste auf alle Räume.

Emma nickte. Das wusste sie schon, den beiden gehörte der Hof.

Davíð, schrieb Embla neben den Kreis von Bjarki und zeigte auf den grauhaarigen Mann, der im Bett gegenüber saß. Wie Emma war er der Einzige, der ein Bett ganz für sich alleine nutzte. »Bróðir.«

Obwohl es draußen längst nicht mehr regnete und die anderen nach und nach den Raum verließen, blieb Embla mit Emma sitzen und zeichnete weiter, während sie erklärte. Aus einem Kästchen holte sie eine Fotografie der Hofbewohner und legte sie neben die Skizze. Sie brauchte nicht viel zu erklären.

Emma fuhr mit ihrem Finger die Linien nach und ließ sich noch einmal durch den Kopf gehen, was sie nun erfahren hatte. Bjarki und Sigurður leiteten den Hof. Der zweite ältere Mann, Davið, war der Bruder von Bjarki. Bjarki und Sigurður hatten einen Sohn: Aron. Embla war seine Cousine. So waren alle Kinder miteinander verwandt, die zwei Jungs von Aron waren damit die Großcousins von Ásdís. Nun wusste Emma auch, warum Aron seine Söhne allein aufzog. Seine Frau war gestorben. Zur Familie auf dem Hof waren nur die beiden Männer Egill und Lúkas hinzugekommen. Emma zeigte abwechselnd auf Embla und auf Ásdís. Wer war Emblas Mann, der Vater von Ásdís? Wo war er geblieben?

Embla klappte das Tagebuch zu.

»Wer ist der Vater?«, fragte Emma. Sie schlug das Buch noch einmal auf.

»Síðar«, war aus Emblas Erklärung immer wieder rauszuhören.

Emma blätterte eine Seite um.

Si, schrieb sie und reichte Embla den Stift.

Síðar, vervollständigte Embla das Wort.

Emma nickte. *Später*, notierte sie dahinter. Sie wusste, dass es sinnlos war, weiter zu drängen. Embla wollte nicht über den Mann sprechen, der Ásdís' Vater war.

Embla zeigte auf den Kleiderhaufen, der in der Ecke des Raumes lag, und dann nach draußen. Von den folgenden Erklärungen verstand Emma kein einziges Wort, aber der Sinn dessen, was Embla sagte, war klar. Es hatte aufgehört zu regnen und alle anderen hatten mit ihrer Arbeit längst wieder begonnen. Die Sonne strahlte durch die trüben Scheiben und Embla begann, sich um die Wäsche kümmern.

»Schade!« Viel lieber hätte Emma mehr über den Hof und seine Bewohner erfahren und weitere Worte mit ihren Übersetzungen aufgeschrieben.

»Síðar?«, fragte Emma und zeigte auf die Wäsche.

Embla lachte. »Nú.«

Emma schlug noch einmal ihr Heft auf. Sie schrieb *jetzt* auf, dann reichte sie Embla den Stift, die *nú* daneben notierte und anschließend Emma die Hälfte der Schmutzwäsche auf den Arm legte.

Beim Aufwachen hatte sich Emma gefragt, wie sie es schaffen sollte, all die Monate in dem fremden Land zu überstehen, das mit dem romantischen »Wikingerland«, wie sie es sich vorgestellt hatte, wenig gemeinsam hatte. Nun war sie sicher: Sie wollte bleiben. Nicht nur, um Geld zu verdienen, sondern weil diese Nacht die erste seit Jahren gewesen war, in der sie nicht aus Albträumen hochgeschreckt war, wegen Embla und wegen der Musik, die sie beim Spiel auf dem Harmonium endlich wieder in sich gespürt hatte. Weil sie hier wusste, dass sie nicht mehr allein war.

21

Bei Blönduós
Montag, 8. August 1949 – Heuernte

Inzwischen hatte Emma neben dem Tagebuch noch ein schwarzes Schulheft vollständig mit Erinnerungen und allen Worten samt Übersetzungen gefüllt, die ihr Embla beigebracht hatte. Bevor sie zusammen mit den Hofbewohnern früh am Morgen aufbrach, um mit der Heuernte zu beginnen, blätterte Emma noch einmal ihre Aufzeichnungen durch. Gemeinsam mit Embla trat sie ins Freie. Die Pferde waren schon eingespannt, der Wagen mit Sensen, Rechen und Seilen beladen. Auch die drei Kinder des Hofes durften dort Platz nehmen. Der Weg, der vor ihnen lag, dauerte eine halbe Stunde. Während Ásdís ruhig im Wagen sitzen blieb und ihr Märchenbuch aufschlug, kletterten die beiden Jungs rückwärts wieder vom Wagen und liefen zu ihrem Vater. Aron ließ sie gewähren und Emma betrachtete die drei schmunzelnd. Die Zwillinge, die sie noch immer nicht auseinanderhalten konnte, kletterten und hüpften wie übermütige Hundewelpen. Sie waren in ihrem Drang, die Umgebung zu erobern, nicht zu bremsen, besonders nach Regentagen nicht, wenn sie länger nicht draußen herumtollen konnten. So geschickt die beiden darin waren, Hindernisse zu überwinden und Neues zu entdecken, genauso sprechfaul waren sie. Untereinander verständigten sie sich in einer ganz eigenen Sprache. Oft reichte ihnen ein Blick, um alles zu klären. Worte waren für sie ein Vehikel, das sie zumeist gar nicht brauchten, weil sich ihnen die Welt auf andere Weise erschloss.

»Geht zu Emma«, sagte Aron zu ihnen.

Sofort rannten sie los. Jeder von beiden versuchte, schneller als der Bruder zu sein.

Emma bückte sich, warf erst den einen, dann den anderen zur Begrüßung in die Höhe.

»Bjarnkar aftur«, riefen sie wie aus einem Mund und reckten dabei die Arme hoch. Sie konnten von allem, was mit Höhe und Geschwindigkeit verbunden war, nie genug bekommen. Ihnen gefiel der Name, den Emma ihnen gegeben hatte. Sie benutzten ihn, obwohl Aron sie anfangs immer wieder davon abbringen wollte.

Doch inzwischen sagte Aron nichts mehr dazu. Nur an seinem Naserümpfen war sein Missfallen zu erkennen.

Unter Protest setzte Emma den einen Zwilling ab und ließ den anderen durch die Luft wirbeln. Die Sonne, das Lachen der Kinder, die Unbeschwertheit – Emma versuchte, diesen Moment tief in sich aufzunehmen: wie die Wiesen nach Feuchtigkeit rochen und die Wärme der Sonnenstrahlen auf der Stirn kitzelte. Die braunen Wildgänse stoben schnatternd auseinander. Die Wolken am Horizont waren auf den ersten Blick nicht vom Gletscher zu unterscheiden. Emma bewunderte die weißen, violetten, gelben und blauen kleinen Blumen im Gras. Auch wenn sie schon fast zwei Monate auf der Insel war, war die Luft das Wunderbarste. Der Versuch, das in einem Brief an eine ehemalige Arbeitskollegin aus der Kanzlei zu beschreiben, hatte nur ein lächerliches Abbild der Realität geben können. Die Luft war klar. Etwas salzig vom nahen Meer. Befreiend. Das, was sie ausdrücken wollte, musste ungesagt bleiben. Hier verlor der

Körper beim Atmen selbst an Gewicht, sodass das Gehen zu einem Schweben wurde.

Wegen der beiden Jungs fiel Emma immer weiter hinter der Gruppe zurück. Doch das spielte keine Rolle, weil die Männer sowieso mit ihren Sensen vorarbeiteten, bevor die Frauen mit den Rechen zum Zuge kamen. Emma gab den Zwillingen die Zeit, die sie brauchten, um sich nach den Blumen zu bücken, um Käfer und Steine genau in Augenschein zu nehmen.

Erst als die Jungs ein verlassenes Gänsenest fanden und sich gegenseitig mit den gefundenen Federn neckten und zu streiten anfingen, nahm Emma jeden von ihnen an eine Hand und zog sie unter Protest vorwärts. Hier war der Umgang mit den Kindern leicht. Anfangs hatte sie sich gefürchtet, mit den beiden allein zu sein, nun hatte sie die Sorglosigkeit der anderen Erwachsenen übernommen. Es gab kaum etwas, was die Kinder kaputtmachen konnten, es gab keine Autos, die Tiere waren harmlos. Die einzige Gefahr war, dass sie zu weit wegliefen, irgendetwas Ungenießbares aßen oder stolperten und dann auf einen Stein aufschlugen. Doch das würde nicht passieren. Um wegzulaufen, waren sie zu sehr an Emmas Zuspruch und Aufmerksamkeit interessiert. Um zu stolpern, waren sie inzwischen viel zu geschickt. Und da sie gerade gegessen hatten, verzichteten sie darauf, sich das, was sie entdeckten, reflexartig in den Mund zu stecken.

»Hvar er pabbi?«, rief Emma, um sie anzutreiben.

Die Jungs stürmten voran. Emma lachte. Wieder versuchte sie, diesen Moment tief in sich aufzunehmen, der alle anderen Unannehmlichkeiten vergessen ließ. Was spielte es in solch einem Augenblick für eine Rolle, dass die Lebensbedingungen karg waren, sie die Ernte der Natur abtrotzen mussten, dass es keine Elektrizität und kein fließendes Wasser gab?

Emma pflückte eine Blume und steckte sie in ihr Knopfloch. Eins nahm sie sich für das kommende Frühjahr vor: Sie würde einen Garten vor dem Haus anlegen, so wie ihre Eltern den Hinterhof begrünt hatten. Mit klar abgegrenzten Beeten. Und mit Pflanzen aus dem Gewächshaus. Mit blühenden Büschen und einem kleinen Obstbaum.

»Du bist schön«, sagte Aron.

Emma zuckte zusammen. Sie war so in Gedanken versunken gewesen, dass sie ihn nicht bemerkt hatte, obwohl sie direkt auf ihn zugegangen war.

Sie sah sich nach den Jungs um, die ein ganzes Stück weitergelaufen waren.

»Ich wollte sie nicht aus den Augen lassen.« Emma gelang es nicht, Arons Blick standzuhalten. In seinem Gesichtsausdruck und in seinen Worten lag kein Vorwurf, trotzdem merkte sie, wie ihr die Hitze ins Gesicht stieg.

»Hast du gemerkt …«, begann Aron und stockte. Er setzte sich auf einen Felsbrocken und reichte ihr die Hand, damit sie neben ihm Platz nahm. Vorsichtig berührte er ihren Arm.

Emma schluckte. Sie wusste, was er meinte. Während er mit Embla manchmal harsch umging, verlor er bei ihr nie die Geduld, obwohl sie viel mehr falsch machte, noch viel mehr lernen musste. Es war auffällig, dass er ihr von seinen Besuchen beim Kaufmann immer wieder kleine Überraschungen mitbrachte: Schokolade, eine Haarbürste, sogar eine Bluse. Seine beiläufigen Berührungen im Alltag.

»Ich mag dich auch«, sagte sie.

»Es ist mehr als das.«

Als er ihr über den Rücken streichelte, schloss sie die Augen. Sie spürte ein Kribbeln von der Kopfhaut bis zu den Zehenspitzen. Sie sehnte sich so sehr nach Nähe, dass sie ein Aufstöhnen unterdrücken musste. Und doch konnte sie ihm nicht so weit entgegenkommen, wie er es sich wünschte – und sie selbst auch. Anstatt sein Streicheln zu erwidern, legte sie ihre Hand auf sein Bein. Es war so schwer zu erklären. Der Krieg. All die Angst, die immer noch so dicht unter der Oberfläche lauerte. Die Gedanken an die Eltern, die sie nie wiedersehen würde. Das Land war grün. Ihre Seele war schwarzgrau.

»Ich liebe dich!« Er küsste sie.

Seine Lippen schmeckten nach Räucherschinken. Sein Kuss war sanft. Emma genoss es, wenn er sie berührte. Trotzdem hielt etwas sie zurück. Emma beugte sich vor, um ihren Schuh neu zu binden. Sie hatte sich vorgestellt, dass die Liebe wie ein Donner über sie käme, sie umspülte wie heiße Wellen, dass es wäre wie der Moment, als sie das erste Mal am Harmonium gespielt hatte, wie das Feiern in Reykjavík. Musste Liebe nicht ein Gefühl sein, das das Schwarzgrau mit Kraft aus ihrer Seele wegspülte – nicht nur für ein paar Minuten, sondern dauerhaft? Musste Liebe nicht wie ein Sog zum Licht sein, der alles andere vergessen ließ? War Liebe nicht wie eine zweite Geburt?

»Gib mir Zeit«, sagte sie und war froh, dass die Zwillinge herbeiliefen und das Schweigen, das sich zwischen Aron und ihr ausbreitete, mit Lachen und Rufen verdrängten.

»Wir können heiraten. Du musst nur ›Ja‹ sagen.« Aron stand auf und wollte seine Jungs je an eine Hand nehmen. Sie rissen sich sofort los, rannten um Emma herum.

»Gib mir Zeit«, sagte Emma noch einmal. Sie wollte ihn nicht zurückweisen. Aber sie konnte ihm nicht die Antwort geben, nach der er sich sehnte. Aron wandte sich ab. Sie sah ihm nach, wie er vorausging. Er war dreiundzwanzig Jahre alt, zwei Jahre jünger als sie. Durch seine Schmächtigkeit und seinen hochgewachsenen Körperbau wirkte er, als wäre er gerade erwachsen geworden und müsste sich noch an seinen Körper gewöhnen. Seine Augen waren blau wie das Meer. Wenn sie ihn ansah, dachte sie immer, wie wenig er vom Leben ahnte, obwohl er selbst genug hatte kämpfen müssen. Seine Frau war bei der Geburt der Kinder gestorben. Und doch war er innerlich nicht zerbrochen, er glaubte daran, dass die Menschen gutherzig waren, dass die Natur, so trotzig sie auch erscheinen mochte, sie versorgte, dass es gute Geister gab, die über sie wachten.

Emma lief ihm nach. Sie umarmte und küsste ihn.

»Das ist mein Papa«, sagte einer der Zwillinge und klammerte sich an Arons Bein. Es hörte sich wie eine Kriegserklärung an.

Die beiden waren zu weit weg gewesen, um das Gespräch mitgehört zu haben. Trotzdem ahnten sie, um was es ging.

Als einer der Erntehelfer aus der Ferne nach Aron rief, löste er sich aus der Umarmung und rannte vor zu den anderen.

Wind kam auf. Emma spürte die Kälte, die in sie hereinkroch. Sie rieb sich die Gänsehaut von den Unterarmen. Die Zwillinge standen breitbeinig mit zusammengekniffenen Augen und aufeinandergepressten Lippen vor ihr.

»Ja, das ist euer Papa«, begann sie. »Ich nehme ihn euch nicht weg.« In dem Moment ärgerte sie sich, dass sie sich nicht besser ausdrücken konnte. Es lag nicht allein an der fremden Sprache, sondern an dem Chaos, das in ihr herrschte. Sie wollte den Zwillingen nicht den Vater wegnehmen, im Gegenteil.

»Dumme Emma!«

Die Kinder waren ihr manchmal unheimlich. Sie wussten genau, was die Erwachsenen dachten oder planten. Man musste gar nichts erklären. Bisher war sie mit den beiden immer gut ausgekommen, nun war es, als würde sich zwischen ihnen eine Mauer aufbauen.

»Das darfst du nicht sagen. Das ist nicht nett«, sagte Emma.

»Dumme Emma!«, kam es zurück.

Wenn sie die beiden wenigstens auseinanderhalten könnte! Sie wünschte, Aron wäre da, aber er und die anderen waren längst nicht mehr zu sehen.

»Kommt, wir laufen zu den anderen«, versuchte Emma die Zwillinge abzulenken.

»Nein«, kam es synchron.

Wie machten sie das bloß? Wie gelang ihnen diese Gleichzeitigkeit? Emma schüttelte den Kopf. Sie würde durchgreifen müssen, um sich Respekt zu verschaffen, sonst würden ihr die zwei bald nur noch auf der Nase herumtanzen. Ruckartig, sodass die Jungs überrascht waren, packte sie jeden an einer Hand.

»Wir gehen weiter!« Emma gab sich Mühe, Festigkeit in ihre Stimme zu legen.

»Nein! Nein! Nein!«

Emma versuchte, sie mit sich zu ziehen. Die Hände der Zwillinge wurden wärmer und glitschiger, je mehr sie schrien. Sie wanden sich wie gerade gefangene Fische. Wie viel Gegenwehr in ihnen lag! Nie hatte Emma die Kinder so trotzig erlebt. Einer biss ihr in den Arm, der andere nutzte den kurzen Moment des Erschreckens und riss sich los. Das brachte Emma aus dem Konzept. Nun waren beide frei und rannten in entgegengesetzte Richtungen.

»Bjarni! Óskar!«, rief sie. »Bjarni! Óskar! Aron!«

Was war nur geschehen? Was sollte sie nur tun?

Als Aron herbeigeeilt kam, erfasste er die Situation sofort. Er zeigte auf einen Jungen und eilte selbst hinter dem anderen her. So konnten sie es schaffen! Es dauerte nicht lange, bis Emma einen der Ausreißer eingefangen hatte. Emma hatte damit gerechnet, auf Gegenwehr zu stoßen, dass es wieder Geschrei gab. Nichts dergleichen geschah. Der Junge ließ sich hochnehmen und lachte. Mit je einem Kind auf dem Arm gingen Emma und Aron aufeinander zu.

»Es tut mir leid!«, sagte Emma. Sie merkte, wie ihre Augen sich mit Tränen füllten.

Aron und Emma setzten die Jungen auf den Boden.

»Ist doch nichts passiert. Alles ist in Ordnung.« Aron drückte Emma an sich. »Ihr dürft nicht weglaufen. Ihr müsst bei Emma bleiben!« Aron packte die beiden, nahm sie hoch und trug sie zur Wiese, die an diesem Tag bearbeitet werden sollte.

Für Aron war die Angelegenheit damit erledigt. Emma ahnte, dass das erst der Anfang war. Die Zwillinge würden es ihr garantiert nicht leicht machen.

22

Bei Blönduós
Samstag, 6. Mai 1950

Emma hatte die Zeit der Polarlichter hinter sich gelassen, all die Monate der Dunkelheit und der Kälte, in denen das einzige natürliche Licht geisterhafte Formen angenommen hatte. Mal war es nur ein grüner Streifen, mal sah es aus, als würde der Himmel brennen. An einigen Tagen waren es Wirbel in allen Regenbogenfarben, an anderen sah es aus, als stünde ein riesiger Komet über dem Horizont. Manchmal erinnerten die Formationen auch an Finger, die nach den Häusern und den darin wohnenden Menschen griffen und die Luft aufluden, als würde bald ein Gewitter am wolkenlosen Himmel ausbrechen – Emma war froh, dass nun die Helligkeit zurück war und sie auch die Zeit der Dämmerung überstanden hatte, selbst wenn nun wieder die arbeitsreichen Monate begannen.

Für diesen Tag hatte Aron sich von einem Freund einen Wagen geliehen – eine große, schwarze Limousine –, um mit Emma den Ausflug zu unternehmen, von dem er den gesamten Winter über gesprochen hatte. Sie wollten an der Küste entlang nach Osten fahren, auf dem Rückweg das Landesinnere mit den Geysiren, Wasserfällen und Vulkanen besuchen.

Obwohl die Reise nur für drei Tage geplant war, trug Aron ein Gepäckstück nach dem anderen in den Kofferraum.

»Was nimmst du denn alles mit?«, fragte Emma.

»Das wirst du schon sehen.« Er hielt ihr die Tür zur Beifahrerseite auf. »Setz dich.«

Emma sank in den kühlen Ledersitz. Kein Krümel befand sich im Auto, die Armaturen waren blank poliert. Wie hatte Aron seinen Freund nur überzeugen können, ihm sein größtes Heiligtum zu überlassen? Was, wenn unterwegs der Lack durch Steinschlag beschädigt würde?

»Lass uns noch bei Ursula vorbeifahren, ich möchte ihr die zwei Bücher zurückgeben, die sie mir geliehen hat, und mir die Schreibmaschine von ihr ausborgen«, sagte Emma.

»Später. Sie ist sowieso nicht zu Hause.«

»Woher willst du das wissen?«

»Ich weiß es eben!« Aron setzte sich ans Steuer. Er steckte den Zündschlüssel ins Schloss und beugte sich zu Emma, um sie zu küssen.

Emma schloss die Augen und legte die Hände um seinen Kopf. An diesem Tag war es windstill, sodass die Kraft der Frühlingssonne richtig zu spüren war.

»Und wenn wir jetzt schon den Geysir besuchen und nicht erst auf dem Rückweg? Und den Wasserfall?«, fragte sie. Das waren die beiden Dinge, die sie viel mehr interessierten, als die Küstenstraße entlangzufahren.

»Du bist zu ungeduldig.« Aron lachte. Er startete den Motor.

Emma kurbelte die Scheibe herunter, um den Fahrtwind zu genießen. Bald erreichten sie die Hauptstraße. Dort gab es weniger Schlaglöcher und die Fahrbahn war für die regelmäßigen Touren des Milchwagens und anderer Reisender besser ausgebaut.

Lange Zeit sagte Aron nichts. Er war über den Winter noch schlanker geworden. Seine Arme wirkten fast wie die einer Frau.

»Wie hast du deine Mutter überzeugen können, auf die Jungs aufzupassen?« Emma lachte. Die beiden waren kaum zu bremsen in ihrem Entdeckungsdrang. Sie nutzten jede Gelegenheit, um in einem unbeobachteten Moment aus dem Haus zu laufen und die Schafe aufzuscheuchen, die Kühe zu befreien, sich trotz der Kälte mit Wasser zu bespritzen oder aus der feuchten Erde Matschklumpen zu formen.

Aron legte seine Hand auf Emmas Oberschenkel. Er fuhr so sicher, als hätte er nie etwas anderes getan.

»Du willst wirklich nach Deutschland zurückkehren?«, fragte er.

»Ich weiß nicht.« Seit Ursula geheiratet hatte, hatte Emma Zweifel. Sie mochte Aron. Und sie wollte Ursula nicht verlieren. In Deutschland gab es niemanden, der auf sie wartete. Der Gedanke daran, sich eine Arbeit zu suchen, schreckte sie ab wie die dort zu befürchtende Einsamkeit. Deutschland war voll mit Flüchtlingslagern, mit Arbeitssuchenden aus dem Osten. Der Aufbau würde Jahre dauern. Die wenigen Briefe, die sie hier am Ende der Welt erreichten, genügten, um sich ein Bild zu machen. In Island war die moderne Technik außerhalb der Hauptstadt kaum angekommen, nicht einmal einen Traktor gab es. Im Winter war es kalt und dunkel, doch die Zeit der Dämmerung war fast noch bedrückender, wenn die Natur in einem geisterhaften Zwielicht erschien und die Steine scheinbar zu Gnomen wurden, die Erdformationen zu Wiedergängern. Auch wenn man genau hinsah, war nicht zu erkennen, um was es sich wirklich handelte. Aber die Aussicht auf ein Alleinsein in Deutschland war schlimmer als alles andere. Auf dem Hof war sie nie allein, es war immer jemand da, der sie ablenkte, wenn die Gedanken an Tod und an Krieg kamen. Das, was die Ärzte als »hypernervöse Zustände« bezeichneten, war verschwunden. Trotzdem zweifelte Emma.

»Ich kann dir nicht geben, was du dir wünschst«, sagte sie.

»Ich erwarte nichts von dir.«

»Die Zwillinge sind so schrecklich eifersüchtig.« Sie waren Biester, die mit Emma nur dann ihre Spielchen trieben, wenn keiner der anderen Erwachsenen hinsah und sie unbeobachtet waren.

»Es sind Kinder. Sie gewöhnen sich an alles.«

»Ich bin eine schlechte Köchin und bei der Wäsche …« Emma schluckte. Sie rieb ihre Hände aneinander, die juckten und schuppten, obwohl die letzte Wäsche schon eine Woche her war. Sie strengte sich ja an, aber es gelang ihr nicht, mit Embla mitzuhalten. Ihre Haut vertrug das Soda nicht und auch nicht den stundenlangen Kontakt mit Seifenlauge.

»Du grübelst zu viel«, sagte Aron.

Emma sah nach draußen. Links tauchte das Meer auf. Die Wiesen wurden grüner und die Schafe und Pferde mussten nicht mehr unter dem Schnee vergeblich nach Futter suchen. Nun gab es genug zum Leben. Was war mit dem Garten, den sie begonnen hatte anzulegen, mit dem Anpflanzen von Kartoffeln, Gemüse und Salat? Nach ihrer Rückkehr nach Deutschland würde niemand die Beete weiter bearbeiten. Der Hauptgrund, warum sie nicht auf Arons Werben einging, war, dass sie ununterbrochen das Gefühl hatte, nicht hierherzugehören. Doch wenn sie zu Aron hinübersah, schien auch er nicht in diese Umgebung zu passen. Er war so zierlich und zurückhaltend, nachdenklich und lyrisch in dem, was er sagte, dass er eher wie ein Theologe wirkte als ein Bauernsohn.

Emma legte ihre Hand über seine. Es war ein Phänomen, wie weich seine Haut war, wie warm im Gegensatz zu der Kühle der Lederummantelung des Lenkrades. Vorsichtig strich sie mit der anderen Hand über seinen Nacken und merkte, wie sich bei der Berührung seine Härchen aufstellten. An seinen Armen bildete sich eine Gänsehaut.

»Soll ich aufhören?«, fragte sie.

Er schüttelte den Kopf.

»Danke, dass du die Fahrt mit mir machst! Warum ist das Leben nicht nur eine Autofahrt? Durch die Länder fahren, unterschiedliche Städte sehen, immer reisen, nie ankommen müssen, wäre das nicht wunderschön?«

Viel zu schnell tauchten vor ihnen die Fjorde im Osten auf, das Städtchen Seyðisfjörður, das wie eingeklemmt zwischen Bergmassiven aussah, strahlte im Sonnenlicht. Aron lenkte den Wagen von der Hauptstraße in ein Seitengässchen, dann hielt er an.

Als er den Schlüssel aus dem Schloss zog, zitterten seine Finger. Wieder sah er auf die Uhr.

»Komm mit zum Meer.« Er half Emma beim Aussteigen. Sie mochte es, wie er sie an der Hand nahm.

»Weißt du, dass von hier Schiffe nach Dänemark fahren?«, fragte er.

»Willst du weg?« Emma drückte ihn an sich. War es Sehnsucht, die in seinem Blick lag, oder Traurigkeit?

»Ich gehöre hierhin. Und ich habe hier noch große Pläne.«

Sie sah ihn an und lachte. Sie hörte die Aufregung in seiner Stimme, die nicht nur von der Reise stammen konnte.

»Emma, ich liebe dich!« Er küsste sie, diesmal ohne Zögern, als gäbe es kein Gestern und kein Morgen.

»Du bist mir auch wichtig!«

»Heirate mich.«

Er hielt ihre Hände. Emma wünschte, sie könnte einfach »Ja« sagen, mit ihrem bisherigen Leben abschließen und jetzt, in genau diesem Moment, neu starten. Zuerst glaubte sie, sich zu täuschen, als sie aus dem Augenwinkel ein Paar auf sich zukommen sah.

»Emma! Aron!« An den Stimmen erkannte sie, dass es wirklich Ursula und Ísak waren, gefolgt von Embla.

»Was hat das zu …«, begann Emma, doch sie war so überwältigt, dass sie nicht weitersprechen konnte. Viel zu selten hatte sie Ursula gesehen, obwohl sie Nachbarinnen waren. Aber Nachbarn, das hieß in Island etwas anderes als in Deutschland, besonders, da Emma immer noch nicht richtig reiten gelernt hatte.

»Ich habe einen Termin beim Standesamt gemacht. Sie sind unsere Trauzeugen, wenn du ›Ja‹ sagst. Du wolltest keine große Feier, nicht auf dem Hof heiraten. Ich frage dich nur noch dieses eine Mal, und wenn du nicht möchtest, akzeptiere ich dein Nein. Dann essen wir und spazieren am Strand entlang. Willst du meine Frau werden, Emma?« Er kniete sich vor sie.

Am liebsten hätte Emma ihn sofort wieder hochgezogen. Sie empfand es als falsch, ihn so von oben herab zu betrachten. Sie wusste, dass der Boden hart und kalt war.

»Ja.«

»Du willst wirklich meine Frau werden?«

Sie zog ihn hoch und drückte ihn an sich. »Ja! Ja! Ja, natürlich!«

23

Der Pfad, dem Isabell folgte, endete vor einer Felswand. Links fiel das Gelände steil ab. Der Anstieg auf der rechten Seite bestand aus Schotter und kleinen Gesteinsbrocken. Erst jetzt spürte Isabell ihre Erschöpfung. Das T-Shirt klebte feucht und warm an ihrem Rücken. Als sie stehen blieb, war ihr innerhalb weniger Minuten kalt, obwohl sie ihre Jacke angezogen hatte. Doch der Wind auf der Höhe blähte den Stoff auf, war bis auf die Haut zu spüren. Es gab keine andere Möglichkeit als umzukehren. Der Gedanke, Daníel dann ein zweites Mal zu begegnen, ließ sie noch stärker frieren.

Kurz darauf traf Isabell auf eine Gabelung, die sie auf dem Hinweg gar nicht registriert hatte. Sie blickte in beide Richtungen, konnte jedoch keinen Anhaltspunkt finden, wohin sie gehen sollte. Es gab keinen Baum und kein Haus, keinen markanten Wegpunkt, an dem sie sich orientieren konnte. Von wo war sie gekommen? Der Wind zischte und dröhnte und ließ den Stoff ihrer Jacke knistern. Der Bachlauf, der an der Hütte vorbeiführte, war nirgends zu sehen. Der rechte Pfad war breiter, so entschied sich Isabell für diese Möglichkeit.

Schon bald zweifelte sie an ihrer Entscheidung. Die Hütte befand sich weiter unten, der Weg führte sie aber in Richtung eines Berggipfels, auf dem jemand eine Skulptur aus Steinen errichtet hatte. In der Hoffnung, von der Bergkuppe eine bessere Übersicht über das Gelände zu haben, stieg Isabell weiter aufwärts, bis die teils gras- und moosbewachsene, teils felsige Landschaft vor ihr lag. In der Ferne war das Meer zu sehen und an der steil abfallenden Küste erkannte sie einen verfallenen Hof, an dem eine unbefestigte Straße vorbeiführte. Der Wind peitschte die Wellen gegen hohe Klippen. Gischt spritzte auf. Doch die Steilküste schirmte das Land vom Wasser ab, sodass das Gebäude nicht von Sturmfluten bedroht war. Isabell wickelte die Jacke fester um ihren Körper. Was sie frieren ließ, war nicht nur die Kälte, sondern die Erkenntnis: Sie würde nicht zurückfinden.

Auch ihre Hoffnung, bald eine Straße zu erreichen, wo sie ein Auto anhalten konnte, zerschlug sich bald. Es musste die Ostseite der Halbinsel sein, auf der sie sich befand, überlegte Isabell. Ohne ihren genauen Standpunkt zu kennen, war es zu Fuß kaum realistisch, jemals am Gästehaus Bjarni anzukommen. Sie hatte die Karte im Kopf, aber nicht die Streckenverhältnisse. War es möglich, die Ringstraße zu erreichen, wenn sie in Richtung Süden wanderte? Wie lange würde sie gehen müssen?

Bevor sie ihren Vorsatz in die Tat umsetzen konnte, hörte Isabell, wie ihr Name gerufen wurde. Sie blickte sich um.

»Hier bin ich!«

Hinter einer Biegung tauchte Gabríel auf. Isabell atmete auf. Für einen kurzen Moment löste sich die Anspannung in ihren Schultern.

»Was machst du denn für Sachen?«, fragte er und umarmte sie.

»Ich gehe nicht zur Berghütte zurück. Auf keinen Fall!«

»Dort steht unser Wagen.«

»An der Ringstraße kann ich per Anhalter bei jemandem mitfahren.« Sie verschränkte die Arme.

Gabríel zog seine Wolljacke aus und legte sie um Isabells Schultern. »Deine Lippen sind ganz blau.«

Sie spürte noch die Wärme seines Körpers, die im gefütterten Stoff gespeichert war.

»Der Wind hier oben ist zu kalt. Lass uns absteigen«, sagte er.

Isabell schüttelte den Kopf.

»Mein Onkel hat sich unmöglich benommen! Es tut mir leid. Ich möchte mich für ihn entschuldigen. Es muss für ihn ein Schock gewesen sein. Emma Liebold, so hieß seine Mutter! Er hat es nicht so gemeint. Wenn er vorher nur einmal den Namen erwähnt hätte, wäre ich niemals mit dir so einfach …«

»Nicht so gemeint?« Isabell lachte. Sie versuchte vergeblich, das Engegefühl in ihrem Hals wegzuschlucken. »Er ist völlig durchgeknallt.«

»Ich habe es ja selbst nicht geahnt, weil nie darüber gesprochen wurde, was damals passiert ist. Onkel Daníel nicht, mein Vater und Annas Vater auch nicht. Wir Kinder haben nie nachgefragt, weil es schon endlose Diskussionen gab, wenn wir uns einen Spaß daraus gemacht haben, im Internet herauszufinden, wer mit wem verwandt ist. Über früher wollte niemand sprechen, im Gegenteil. Anna, die sich für Ahnenforschung interessiert, hat damit oft einen Streit vom Zaun gebrochen. Ich wusste, dass meine Oma bei der Geburt meines Vaters gestorben ist. Dass mein Opa noch einmal geheiratet hat. ›Sie ist weg‹, war das Einzige, was ich von seiner zweiten Frau, von Daníels Mutter, je erfahren habe. Noch immer kenne ich keine Einzelheiten. Warum war sie weg? Wo kam sie her? Wohin ist sie gegangen? Was ist aus ihr geworden? Aber bei einem ist sich Daníel sicher: Seine Mutter, das ist deine Oma.«

Isabell musste sich an Gabríel festhalten, um nicht zu stolpern. Sie blieb stehen, setzte sich auf einen Felsvorsprung und massierte sich die Stirn, hinter der es hämmerte. Der Wind wehte so kalt auf der Höhe, dass ihre Gesichtshaut stach und brannte. Ihre Finger fühlten sich klamm an, da half selbst Gabríels Jacke nicht. Er nahm ihre Hände in seine. Obwohl er nur einen Pullover mit einem T-Shirt darunter trug, waren seine Hände warm.

»Das ist doch kein Grund …«, begann Isabell. Was auch immer vorgefallen sein mochte: Sie hatte nichts getan!

»Nein, das ist kein Grund. Daníel ist ein Idiot. Es tut mir leid. Ich weiß nicht, was in ihn gefahren ist. Er ist nicht so, wie du denkst!«

Er legte seinen Arm um sie und zog sie hoch. »Lass uns weitergehen, sonst wird es zu kalt.«

»Ich will ihn nie wiedersehen.«

»Es gibt eine Möglichkeit, das zu verhindern. Ich bringe dich zur Zufahrt, wo du wartest, kurz hinter dem Wasserfall. Dann hole ich den Wagen und du kannst einsteigen. Aber zuerst gebe ich Anna Bescheid, dass du da bist und sie nicht mehr auf der Strecke zwischen Gästehaus und Hütte weitersuchen muss.«

24

Am Abend erreichten sie das Gästehaus Bjarni. Isabell konnte nicht glauben, dass es schon so spät war. Sie hatte nicht einmal gefrühstückt und verspürte trotzdem keinen Hunger, zu groß war die Aufregung von dem Tag, der hinter ihr lag. Draußen schien die Sonne noch immer hoch am Himmel. Abseits der Berge war es ein angenehm warmer Tag. Isabell hatte das Seitenfenster ein Stück heruntergelassen. Sie schloss die Augen, um die Sonne auf ihrer Haut zu spüren. Als Gabríel mit Isabell in die Einfahrt einbog, war Anna damit beschäftigt, einen Reifen an einem der kleinen Jeeps zu wechseln. Sie selbst und ihre Jeans waren ölverschmiert. Sie richtete sich auf, wischte die Hände an der Hose ab und winkte. Gabríel parkte neben ihr ein.

»Wegen dem, was passiert ist: Ich habe nachgefragt …«, begann Anna.

Gabríel unterbrach sie: »Lass uns erst einmal das Gepäck reintransportieren und ankommen.«

»Solange ich nicht weiß, was mit meiner Oma geschehen ist, kriege ich sowieso keinen Bissen runter«, sagte Isabell.

»Dort haben wir Ruhe.« Anna nickte in Richtung der Steinbank, die vor der alten Scheune stand.

Isabell folgte ihr und nahm neben Gabríel Platz. Sie war nervös wie früher als Schülerin bei der Rückgabe der Klassenarbeiten, wenn ein Name nach dem anderen aufgerufen wurde und sie selbst wartete und wartete. Ihr Mund fühlte sich trocken an. Sie wünschte, Anna würde sofort erzählen, was sie herausgefunden hatte, gleichzeitig fürchtete sie sich vor dem, was zutage treten könnte.

»Unsere Väter wussten wirklich nichts.« Anna sprach leise, obwohl niemand in der Nähe war. »Bjarni und Óskar waren fünf Jahre alt, als die Sache mit Opas zweiter Frau passiert ist. Sie können sich an nichts erinnern. Es hieß in all den folgenden Jahren nur, dass Emma weg ist. Beide Jungs dachten, sie wäre verunglückt, sie würde gar nicht mehr leben, auch wenn es nie eine Beerdigung gegeben hat. Gabriél, du weißt, wie jähzornig Opa werden konnte. Er war gutmütig und hat viel ertragen, aber wenn er einen seiner Ausbrüche hatte, war er völlig außer sich. Es ist klar, dass die Jungs Angst hatten. Nur eins verstehe ich nicht. Warum haben sie später nicht nachgefragt, als sie älter wurden? Mit Daníel hat Opa als Einzigem über die Deutsche gesprochen. Sie war seine Mutter. Nur ob das, was Opa erzählt hat, stimmt – das ist eine andere Sache.« Anna massierte sich die Stirn.

Isabell merkte, wie sie vor Anspannung die Luft anhielt. Sie zwang sich, ruhig und gleichmäßig weiterzuatmen. Die Parallelen erschreckten sie. Lebten sie in einer Familie, in der es keine dauerhafte Liebe geben konnte? Lag auf ihnen so etwas wie ein Fluch? Ihr eigener Vater war noch vor ihrer Geburt bei einem Autounfall verunglückt. Die Mutter von Óskar und Bjarni war bei der Geburt ihrer Kinder gestorben. Emma hatte allem Anschein nach Mann und Sohn zurückgelassen und wurde später selbst von ihrem zweiten Mann verlassen. Die Generation ihrer Eltern – Daníel, Bjarni, Óskar, ihre Mutter Rita –, sie waren ohne Ausnahme mit nur einem Elternteil aufgewachsen, wie sie selbst auch. Die Eltern von Gabríel und Anna waren die Einzigen, deren Beziehungen glücklich waren. Isabell gelang es nicht einmal, mit Marcel ein harmonisches Wochenende zu verbringen, ohne dass Konflikte auftauchten.

Isabell spürte Gabríels Wärme, seinen Atem in ihrem Haar. Vorsichtig berührte sie mit den Fingerkuppen seine Hand, woraufhin er ihre Hand fest drückte. Sie ließ seine Berührung geschehen, die die Traurigkeit und Verlorenheit in ihr weiter verstärkte. Ohne seine Nähe war es viel leichter, die Fassung zu wahren. Isabell zwang sich, die Gänse auf der gegenüberliegenden Wiese zu zählen, um nicht zu weinen. Nie hatte sie den Zwiespalt deutlicher gespürt, dieses Verlangen nach Nähe und den gleichzeitigen Schmerz, den es auslöste.

»Von unseren Eltern können wir also nichts erfahren«, sagte Anna. »Mit Daníel reden, das wäre eine Möglichkeit, aber wie gesagt: Sein Wissen ist keine Erinnerung, sondern kann nur eine Mischung aus eigener Fantasie und dem sein, was Opa ihm erzählt hat. Eine Möglichkeit gibt es noch. Ich habe telefoniert. Erinnerst du dich an die Deutsche vom Nachbarhof?«, fragte sie Gabríel.

Er nickte. »Ursula.«

Isabell horchte auf. »Ursula? So hieß die Cousine meiner Oma.«

»Da haben wir es doch! Sie war sogar die Cousine? Wobei wir nicht wissen, ob es dieselbe Frau ist, von der ich rede, denn der Name Ursula … ich habe das Gefühl, dass fast alle Deutschen Ursula heißen.« Anna zuckte mit den Schultern.

»Das kann kein Zufall sein.« Isabell war sicher, dass es sich um Emmas Cousine handeln musste. Sie dachte an den Inhalt der Kiste, die verbrannt werden sollte, an den Brief von Ursula aus dem Jahr 1946 mit dem Angebot an Emma, nach Lübeck zu kommen. Dann war dort zusätzlich der Zeitungsausschnitt *Island will Arbeitskräfte verpflichten, 230 Landhelferinnen gesucht.* Emma und Ursula waren gemeinsam aufgebrochen, so musste es gewesen sein.

»Lebt Ursula?«, fragte Isabell.

»In einem Altenheim in Reykjavík«, sagte Anna. »Nur wird es nicht so einfach sein, mit ihr zu sprechen. Sie ist wegen einer Lungenentzündung im Krankenhaus und darf keinen Besuch empfangen. Aber es muss doch auch andere Freunde von Opa geben, die wissen, was damals passiert ist. Wir müssen sie nur finden. Mit wem hat sich Opa getroffen? Wer waren seine Freunde? Wir haben von alledem wenig mitgekriegt, obwohl wir unter einem Dach gelebt …«

Gabríel unterbrach sie. »Das bringt doch nichts! Lass uns etwas kochen.«

Isabell folgte den beiden um die Ecke zum Eingang von Gabríels Wohnung. Früher hätte sie in solch einer Situation allein sein wollen, um sich erst einmal selbst darüber klar zu werden, was sie von all dem halten sollte, um anschließend in Ruhe zu entscheiden, was zu tun war. Nun sehnte sie sich nach Gesellschaft. Sie wollte nicht allein sein, nicht jetzt.

Als Isabell die Jacke am Garderobenhaken aufhängte, roch sie den Duft von Meer und Gras in Gabríels Haaren. Er entwand sich dem Kuss, den sie ihm in den Nacken geben wollte, und ging in die Küche, wo Anna damit beschäftigt war, Gemüse aus dem Kühlschrank zu holen. »Paprika oder Blumenkohl?«

Als niemand reagierte, sah Anna von einem zum anderen. »Was ist denn mit euch los?«

»Es ist nichts«, meinte Gabríel.

Isabell schüttelte den Kopf.

Während Anna die rote Paprika wusch und Gabríel die Spülmaschine ausräumte, nahm Isabell einen Teller und ein Messer aus der Maschine und begann, die Paprika in Streifen zu schneiden. Dann zerteilte Gabríel ein Stück Lammfleisch in

Würfel und briet sie an. Anna holte eine Dose mit vorgekochtem Reis aus dem Kühlschrank.

Isabell wartete darauf, dass Gabríel etwas sagte: zu dem Wutausbruch von Daníel, zu ihrem ungeplanten Ausflug in die Berge oder zu dem, was mit Emma passiert sein mochte. Doch er schwieg, obwohl Isabell spürte, dass es ihn genauso beschäftigte wie sie selbst. Er wirkte fahrig, rührte unkonzentriert in der Pfanne, sodass immer wieder ein Fleischstück herausfiel.

»Gabríel«, begann Isabell.

»Kannst du kurz weiterrühren? Bin gleich zurück.« Er verschwand.

Isabell nahm den Holzlöffel und wendete an seiner Stelle weiter die Fleischwürfel im zischenden Fett. Sie stellte sich vor, mit dem Löffel auf die Anrichte zu schlagen, so fest, dass der Stiel durchbrach. Stattdessen zwang sie sich, sich bis zu seiner Rückkehr auf das zu konzentrieren, was getan werden musste: Tisch decken. Aufpassen, dass das Fleisch nicht anbrennt.

»Warum redest du nicht mehr mit mir?«, fragte sie, als er wieder zur Tür hereinkam.

»Es ist doch alles gesagt.«

Sie dachte an ihre Diskussionen mit Marcel, nur dass diesmal die Rollen vertauscht waren. Nun war sie diejenige, die versuchte, etwas zu klären, während Gabríel abblockte. Es schmerzte.

»Ich liebe dich, verdammt«, sagte Isabell. Es war ihr egal, dass Anna dabei war. »Ist das mit uns für dich nichts Besonderes?« Sie hoffte, dass Gabríel sie in den Arm nehmen würde, sie küssen, sagen, wie viel sie ihm bedeutete. Stattdessen nahm er die Pfanne vom Herd und trug sie zum Tisch.

»Was ist denn nur mit euch beiden los?«, fragte Anna.

»Es ist zu viel passiert heute. Wie mag es Daníel all die Jahre ergangen sein? Er hat nie darüber gesprochen. Jetzt endlich verstehe ich ihn. Seine Enttäuschung. Seine Zurückgezogenheit.«

Anna umarmte Gabríel. Es versetzte Isabell einen Stich, wie er Annas Nähe zuließ. Sie überlegte, in ihr Zimmer zu gehen, sich mit knurrendem Magen schlafen zu legen oder direkt aufzubrechen und nach Deutschland zurückzufliegen. Stattdessen ging sie zum Tisch, nahm den Bratenheber und tat Paprikareis auf die drei Teller. Gabríels innerer Rückzug tat weh. Doch noch mehr schmerzte, dass sie nicht ungeschehen machen konnte, was die Vergangenheit und Emma betraf. Sie wollte nicht weglaufen – wie sie es immer getan hatte – und nicht drängen – wie Marcel es getan hatte. Manche Dinge brauchten Zeit. Gab es keinen anderen Weg, als diese grauenhafte zwischenmenschliche Spannung zu ertragen? Half es, da zu sein, auch wenn der Mensch, den man am meisten liebte, es gar nicht richtig wahrzunehmen schien?

25

Dank Annas Hilfe fand Isabell acht ältere Männer, mit denen Aron freitags im Gasthaus Karten gespielt und getrunken hatte oder die ihm regelmäßig bei anfallenden Umbauarbeiten am Hof geholfen hatten. Doch nachdem sie mit fünf von ihnen gesprochen hatte, verlor Isabell die Hoffnung, mehr über Emma zu erfahren.

»Es ist so lange her.«

»Aron hat auf seinem Hof immer sehr zurückgezogen gelebt.«

»Aron war seinen Kindern Vater und Mutter zugleich.«

»Seine Frau ist bei der Geburt der Kinder gestorben.«

»Eine Deutsche? Gab es eine Deutsche?«

Zwei Tage später war Isabell keinen Schritt weitergekommen. Acht Männer. In ihren Gesichtern las Isabell, dass Arons beste Freunde wirklich kaum etwas über Arons Leben wussten. Es war, als hätte Aron selbst eine Mauer des Vergessens vor dem Geschehenen aufgestellt und so die Vergangenheit von der Gegenwart abgeschottet.

Erschöpft von den Gesprächen kehrte Isabell am Abend ins Gästehaus zurück. Sie parkte ihren Mietwagen vor dem Eingang. Anstatt in ihr Zimmer zu gehen, klopfte sie an der Tür von

Gabríels Wohnung. Seit dem gemeinsamen Abendessen nach der Rückkehr aus der Hütte waren sie sich nicht mehr begegnet.

Isabell trat unruhig von einem Bein auf das andere. Innen war kein Geräusch zu hören. Ob sie umkehren und lieber Anna suchen sollte? Was brachte es, wenn es doch wieder darauf hinauslief, dass sie sich danach sehnte, Gabríel zu berühren, ihm nah zu sein, und er sich zurückzog?

Gerade als sie sich abwandte, öffnete sich im ersten Stock ein Fenster.

»Ja?«, fragte Gabríel.

»Ich bin es.«

Bildete sich Isabell sein Zögern nur ein oder war es wirklich da? »Komm rein. Ist offen.«

Isabell stellte ihre Turnschuhe neben seine.

»Bin gleich bei dir, setz dich auf einen der Sessel«, rief er von oben durchs Treppenhaus.

Isabell nahm sich die Tageszeitung und blätterte darin, auch wenn sie kein Wort von dem begriff, was dort geschrieben stand. Bald hörte sie das Knarren der Treppenstufen. Sie erschrak, als sie ihn sah: Unter seinen Augen zeichneten sich dunkle Ringe ab, die Lippen waren farblos.

»Bist du krank?«, fragte sie.

»Nein. Es geht schon. Es hat nichts mit dir zu tun.« Doch wie er den Blick abwandte, als sie ihn genauer musterte, wie er nervös ein Taschentuch aus seiner Hosentasche kramte, wusste sie, dass es nicht stimmte. Es hing mit ihr zusammen. Er wollte nur nicht darüber sprechen.

»Vielleicht ist es besser, ich suche mir ein Zimmer in Blönduós«, sagte Isabell.

»Das kommt gar nicht infrage!«

»Du bist verändert seit Daníels Ausbruch in der Hütte.«

»Aber du bist nicht deswegen gekommen, um mir das zu sagen.«

Isabell schüttelte den Kopf.

Kurz setzte er sich neben sie. Sekunden später stand er wieder auf, um Getränke zu holen. Isabell wartete, bis er zurückkehrte, dann begann sie: »Ich bin keinen Schritt weitergekommen. Alles, was ich gehört habe, habe ich vorher schon gewusst. Aron hat zuerst eine ehemalige Klassenkameradin geheiratet. Sunna. Mit ihr hat er Zwillinge bekommen, Bjarni und Óskar. Bei der Geburt der beiden Kinder ist Sunna gestorben. Nicht mal Arons Freunde können sich noch alle an die Deutsche erinnern, die auf den Hof kam. Sollte es stimmen, was Daníel gesagt hat, muss es eine Hochzeit gegeben haben! Eine Geburt spricht sich herum. Das sind Dinge, darüber reden die Leute! Was, wenn es gar nicht stimmt? Wenn Emma hier vielleicht für kurze Zeit gelebt hat, aber gar nichts mit Daníel zu tun hatte?« *Wenn er sich das einfach ausdenkt?*, überlegte Isabell, doch so weit wollte sie Gabríel gegenüber nicht gehen, obwohl sie es durchaus für möglich hielt. Was würde sie Daníel zutrauen? Was, wenn er sich nur in ein Fantasiegespinst verrannte, weil er mit sich und seinem Leben nicht klarkam? Es gab mehr als ein Argument, das dafür sprach. Dann dachte Isabell an die Kiste, die sie nicht verbrannt hatte, an das zerknickte Schwarz-Weiß-Foto von Mutter und Baby, auf dem stand: *Reykjavík 1952.*

»Wann ist Daníel eigentlich geboren?«, fragte sie.

»1952.«

Isabell schluckte. Sie hatte sich das Foto in der vergangenen Nacht unzählige Male angesehen. Das war Emma auf dem Bild, ohne Zweifel. Und alle markanten Kennzeichen von Emma – die breiten Wangenknochen, die dunklen Locken, die sich kaum bändigen ließen, die dunklen Augen, die fast schwarz aussahen, die schmalen Lippen – hatte sie auch bei Daníel wahrgenommen. Und nun das: Daníel war 1952 geboren worden. Das passte zu dem alten Foto, das sie hatte.

»Warum fragst du?«, erkundigte sich Gabríel.

»Wegen der Sache mit meiner Oma. Da lässt sich einfach nichts rausfinden. Aron war im Kirchenchor, er hat regelmäßig mit Freunden Karten gespielt. Aber niemand weiß wirklich viel über ihn persönlich.«

»Er war jemand, der mehr zugehört hat als selbst erzählt.«

»Trotzdem. Wenn Daníel Emmas Sohn ist, wird es eine Hochzeit gegeben haben. Andere Familienfeiern. Feste, die in größerem Kreis gefeiert wurden. Jemand muss Emma doch näher gekannt haben.«

»In der Hinsicht gibt es übrigens gute Nachrichten. Ich habe wegen Ursula telefoniert. Sie ist aus dem Krankenhaus entlassen worden und wieder auf ihrem Zimmer. Was hältst du davon, wenn wir morgen zusammen dort hinfahren? Ich habe sowieso noch etwas in Reykjavík zu erledigen. Wir können gegen neun aufbrechen.«

26

Während der Fahrt fragte sich Isabell, ob sie sich Gabríels Distanziertheit nur eingeredet hatte. Er hatte vorgeschlagen, den Mietwagen zurückzubringen, um Geld zu sparen. Isabell könne mit ihm gemeinsam zurückfahren und anschließend eins der Autos vom Gästehaus benutzen, wenn sie allein einen Ausflug machen wollte, hatte er angeboten. Nun fuhr er voraus über die Ringstraße in Richtung Süden, während sie über ihre Handys in Kontakt standen. Gabríel erzählte ausgelassen von seiner Schulzeit mit Anna, was Isabell so zum Lachen brachte, dass sie aufpassen musste, das Steuer nicht zu verreißen.

»Du bist der geborene Erzähler«, sagte sie. Die Fahrtzeit verging wie im Flug. Eine Woche war sie nun in Island, doch bei allem, was sie gesehen und erlebt hatte, und wie nah sie sich Gabríel fühlte, kam es ihr mindestens wie ein Monat vor.

Anhand der zunehmenden Anzahl von Kreisverkehren merkte sie, dass sie sich der Hauptstadt näherten. Von der Einsamkeit, die sich auf der Hinfahrt wie eine dunkle, trübe Decke über sie gelegt hatte, war diesmal nichts zu spüren gewesen. Stattdessen bewunderte sie die Lichtreflexionen, wenn die Wolken im Hintergrund nicht mehr vom Schnee der Berge zu unterscheiden waren. Sie freute sich, wenn auf der Beifahrerseite das Meer auftauchte. Das Wasser strahlte an diesem sonnigen Tag das Licht unwirklich blau zurück, als wäre es gar nicht real, sondern mit einem Spezialfilter durch eine Kamera aufgenommen. Während sie inzwischen im Gewirr der Straßen von Reykjavík längst die Orientierung verloren hatte, lenkte Gabríel seinen Wagen zielstrebig durch die engen Gassen der Innenstadt in Richtung Hafen, dann bog er in eine Einfahrt ein. Sie war froh, dass er mitgekommen war und sie ihm einfach folgen konnte.

Gabríel parkte den Wagen und stieg aus. Isabell tat es ihm nach. Sie blickte die Fassade des neu gebauten, vierstöckigen Hauses hoch, eines der Gebäude, die in ihrer Nüchternheit und Kargheit an einen Verwaltungssitz erinnerten. Obwohl das Meer nicht zu sehen war, roch es deutlich nach Salz und Tang. Warm strahlte die Sonne auf Isabells Stirn. Bei ihrer Abfahrt waren es nur fünf Grad gewesen. Der Wind hatte durch die Fenster des Gästehauses gepfiffen. In der Hauptstadt war es windstill. Durch die Temperaturänderung war mit einem Mal der Sommer zu spüren. Auf dem Bürgersteig gingen Frauen in kurzen, dünnen Röcken und Sandalen vorbei, Männer trugen Flipflops und T-Shirts. Trotzdem war Isabell froh, ihre Jacke übergezogen zu haben. Wenn sich eine Wolke vor die Sonne schob, wurde es direkt kühler.

»Ich wünsche dir ganz viel Erfolg«, sagte Gabríel. Er umarmte sie, dann wandte er sich ab.

»Du kommst nicht mit rein?«, fragte sie.

»Ich habe etwas zu erledigen. Das hatte ich doch gesagt.«

Isabell hielt seinen Arm fest. Manchmal begriff sie ihn einfach nicht! Sie wusste, dass er auch etwas in der Stadt zu tun hatte. Ohne nachzufragen, war sie davon ausgegangen, dass sie zuerst gemeinsam mit Ursula sprechen würden und sie ihn anschließend bei dem begleitete, was noch anstand.

»Was ist mit dem Mietwagen?«

»Gib ihn nach dem Gespräch mit Ursula ab. Wir treffen uns in dem Café, von dem ich dir erzählt habe. Du musst nur die Straße runter, es liegt an der zweiten Kreuzung auf der rechten Seite.« Er zeigte in Richtung der Innenstadt. »In zwei Stunden?«

»Ursula hat bestimmt jahrzehntelang kein Deutsch mehr gesprochen. Meinst du, sie versteht mich überhaupt?«

»Mach dir deswegen keine Sorgen.«

Er löste seine Hand aus ihrer und winkte zum Abschied.

»Gabríel«, rief sie ihm nach, doch er drehte sich nicht noch einmal um.

Kurz wartete sie. Kopfschüttelnd sah sie ihm nach. Manchmal verstand sie ihn einfach nicht.

Als Isabell die Klingel drückte, öffnete sich die Tür automatisch mit einem Summen. Die Eingangshalle war hellgelb marmoriert gestrichen, an den Wänden hingen Bilder. Isabell ging auf die Rezeption zu.

Sie wolle Ursula besuchen, erklärte Isabell und hoffte in dem Moment, dass Gabríel ihr Kommen angekündigt hatte. Was, wenn sie die lange Strecke umsonst gefahren war? Und was, wenn es mehrere Ursulas gab? Sie hatte vergessen, Ursulas Nachnamen zu recherchieren.

Die Angestellte nickte, stand auf und kam hinter ihrem Tisch hervor. »Ursula freut sich schon sehr. Als sie gestern von dem Besuch erfahren hat, war sie so aufgeregt, dass sie die ganze Nacht nicht geschlafen hat.«

»Das tut mir leid.«

»Die alten Leute brauchen nicht so viel Schlaf, besonders im Sommer, wenn es immer hell ist. Das macht nichts.«

Isabell folgte der Frau in den Aufzug und weiter in den zweiten Stock. Außer dem Handlauf an der Wand erinnerte dort nichts an ein Altenheim: Durch die Pflanzen, die Sitzecke im Erker mit Sesseln und Teppich und die aufgehängten Fotos wirkte es mehr wie ein liebevoll ausgestattetes Hotel. Die

Angestellte klopfte an die Zimmertür, dann öffnete sie. Zuerst fiel Isabells Blick auf das verstellbare Bett, das mitten im Raum stand. Die Griffstange darüber war so wuchtig, dass die bunte Zusammenstellung der Möbel an der anderen Seite unproportional klein wirkte. Die Frau am Tisch sah auf. Eine violette Schmetterlingsbrille saß tief auf ihrer Nase. Ihr Gesicht war wettergegerbt, zerfurcht und fleckig, sodass sie deutlich älter aussah als Isabells Großmutter.

»Emma?«, fragte Ursula. »Du bist zurück?« Sie sog die Unterlippe ein, das Kinn begann zu zittern. Ihr Atem ging unregelmäßig.

»Ich bin Isabell. Emma ist meine Oma.«

Ursulas Blick schweifte durch den Raum, blieb dann auf dem Kalender ruhen. Sie drückte ihre Brille höher und dichter an die Augen. »2014 haben wir jetzt. Ich vergesse es immer wieder. Irgendwann hört man auf zu zählen. Wie geht es Emma?«

Isabell stockte. »Sie ist gestorben.«

Die schlechte Nachricht schien Ursula gar nicht zu erreichen. Sie drehte an ihrem Ehering und zog das Strickzeug, das zu einem Knäuel gewickelt auf dem Tisch lag, zu sich heran. Dabei kam ein grünes Taschenbuch zum Vorschein: Hermann Hesses gesammelte Gedichte. Zwischen den Seiten ragten kleine Zettel heraus. Ursula begann zu stricken.

»Als Emma mit Aron verheiratet war, hat sie sich die Haare wachsen lassen. Sie hatte so schöne Locken. Wie du«, sagte Ursula. »Ihr seht euch sehr ähnlich.«

»Damals, 1949 …«

Isabell brauchte gar nicht weitersprechen. Ursula beendete den Satz: »… im Sommer. Emma und ich sind vom Sommer in den Winter aufgebrochen. Die Kälte, der Sturm – die Insel hat sich wild und ungestüm gezeigt. Wir wollten Geld verdienen. Möchtest du etwas Tee trinken, Kindchen?«

»Nein danke.«

»Ich war noch einmal in Deutschland, später. Jetzt muss ich überlegen, wann genau das war. 1962. Deutschland war laut geworden. So viele Autos. All die Menschen. Vielleicht war es früher schon so, aber mir ist es zum ersten Mal aufgefallen, als ich zurückgekehrt war. Wie voll es dort ist. Wie stickig. Warum bist du gekommen?«

Die Sonne strahlte ins Zimmer und ließ Ursulas weiße Haare silbern glänzen.

»Emma hat nie erzählt, dass sie in Island gewesen ist«, sagte Isabell. »Ich habe es erst nach ihrem Tod herausgefunden.«

»Das sieht ihr ähnlich.« Ursula blickte nach draußen auf die Bäume. Sie stand auf und betrachtete den begrünten Innenhof. »Sie wollte nichts mehr von mir wissen. Selbst dann nicht, als ich all meine Ersparnisse genommen habe, um sie zu besuchen. Ich wollte sogar für ihre Rückreise bezahlen, ihr eine Bahn- und Schiffskarte kaufen. Aron hätte ihr vergeben, obwohl er überall verkündet hat, er würde sie verfluchen bis zu seinem letzten Tag. Das waren nur Worte. Aber in seinem Herzen war er weich. Emma hatte Angst. Sie war anders als er. Sie brachte es wahrscheinlich nicht fertig, sich zu entschuldigen. Dabei wären gar nicht viele Worte nötig gewesen. Mit Emmas kleiner Tochter konnte ich nicht einmal richtig sprechen, weil Emma immer dazwischengegangen ist. Emma hat ihr die Brüder genommen, die Familie. Selbst dieses Kind hätte Aron als seins angenommen, wenn Emma sich nur entschuldigt hätte, ganz bestimmt, auch wenn es von diesem Herumtreiber war. Jón. Jón Hilmarsson.«

»Er war kein Amerikaner?«

Ursula sah kopfschüttelnd auf, dann wandte sie sich ihrem Strickzeug zu. Sie schien die Frage, die gesamte Umgebung und Isabell längst vergessen zu haben, so sehr war sie auf das Muster konzentriert, das sie mit einer Skizze auf einem karierten Blatt abglich, das so oft auf- und zugefaltet worden war, dass es an den Faltstellen dünn und brüchig aussah. Ursula schüttelte wieder den Kopf.

»Amerikaner? Das hat Emma gesagt?« Ursula lachte. »Das sieht den beiden ähnlich. Was hat Jón alles für Rollen gespielt! Emma hat mitgemacht. Und alle anderen haben es ihm abgenommen. Wenn seine Lügen herauskamen, zog er weiter. Ich habe mich über ihn erkundigt. Ein Herumtreiber war er. Ein Beau. Ein Taugenichts. Und für ihn hat Emma alles aufgegeben: ihren Mann, ihren Sohn, ihre Familie. Dass ich ihr egal war, das verstehe ich ja. Aber Daníel? Den eigenen Sohn verlassen? Ich habe mir immer Kinder gewünscht und nie welche bekommen können. Das blieb mir versagt, vielleicht als Strafe dafür, dass ich diejenige war, die zusätzliches Unglück über Arons Familie gebracht hat, weil ich Emma damals überzeugt habe, sich mit mir als Landhelferin zu bewerben. Ohne mich, ohne den Zeitungsausschnitt, den ich mitgebracht habe, wäre sie nie auf die Idee gekommen. Wenn sie sich wenigstens offen nach einer gemeinsamen Aussprache von Aron getrennt hätte! Es ihm erklärt hätte, sich verabschiedet und Daníel mitgenommen hätte, dann wäre Aron viel Leid erspart geblieben. Dass sie ihren Mann auch noch ausrauben musste! Das war für Aron fast schlimmer als ihr Verschwinden, weil es so niederträchtig war. Die Goldkette seiner Mutter, auch vor der hat Emma keinen Halt gemacht! Zuerst war Aron so wütend, dass er auch mit mir wochenlang nicht gesprochen hat, weil er glaubte, ich würde mit Emma unter einer Decke stecken, ich hätte von dem Plan gewusst. Ich war ihre Freundin und Vertraute, das dachten alle. Das hatte ich auch geglaubt, aber als sie Jón kennengelernt hat, ist Emma eine andere geworden. Niemand kannte sie. Vielleicht nicht einmal sie sich selbst.« Ursula atmete schneller. Ein Pfeifen war aus ihrer Lunge zu hören. Erst räusperte sie sich, dann begann sie zu husten, so heftig, dass Isabell den roten Alarmknopf drückte, um Hilfe zu holen.

27

Zum Glück verschwand Ursulas Atemnot schnell, als sie ein Medikament inhalierte. Doch anschließend war Ursula so müde und erschöpft, dass der Pfleger die Vorhänge zuzog und Isabell bat zu gehen. Als sie wieder auf der Straße stand, kam ihr die Luft stickig vor. Der Parkplatz neben ihrem Leihwagen war leer. Gabríel war weggefahren. Was hätte sie dafür gegeben, genau in diesem Moment mit ihm zu sprechen! Sie überlegte, ihn auf dem Handy anzurufen, entschied sich dann aber dagegen. Zuerst wollte sie selbst versuchen, das, was sie soeben erfahren hatte, innerlich zu sortieren. Isabell stieg in das Auto und startete den Motor. Dabei vergaß sie, die Kupplung zu treten. Der Wagen machte einen Satz nach vorn. Mit zittrigen Knien drehte Isabell erneut den Zündschlüssel. Die Begegnung mit Ursula, die Erinnerung an das, was sie gehört hatte, gingen ihr nicht aus dem Kopf. Viermal setzte sie zurück und vor, ohne dass es ihr gelang, an den hinter ihr stehenden Fahrzeugen vorbei auszuparken. Isabell fluchte. Logisch betrachtet war es kein Problem, doch sie konnte sich einfach nicht konzentrieren, so sehr sie sich auch bemühte. Sollte sie sich überhaupt in diesem Zustand ans Steuer setzen? Isabell parkte wieder ein. Die Worte von Ursula waren noch so präsent, dass Isabell sie wie einen Nachhall hörte.

Emma war verheiratet gewesen. Mit einem Isländer. Daníel war ihr Kind, das sie zurückgelassen hatte. Sie hatte Aron ausgeraubt, um mit ihrem Liebhaber zu fliehen. Nun verstand Isabell, warum ihre Oma unbedingt wollte, dass die Kiste verbrannt wurde, warum Emmas Vergangenheit nie ein Thema gewesen war, in Deutschland und in Island nicht. Um sich abzulenken, ging Isabell in Richtung der Laugavegur, der Haupteinkaufsstraße. Am Tag nach ihrer Ankunft hatte sie dort einen Verkaufsstand entdeckt, an dem es isländischen Schmuck viel günstiger zu kaufen gab als in all den Boutiquen, die sich nur wenige Meter entfernt befanden. Eine der Ketten, die zum Großteil aus schwarzen, zerklüfteten Lavasteinen bestanden, wollte sie für sich selbst aussuchen, eine ihrer Mutter mitbringen.

Auf der sonnigen Freifläche ein paar Schritte weiter saßen Liebespaare auf Treppenstufen, eng umschlungen, küssten sich und aßen Eis oder reckten einfach nur ihre Gesichter der Sonne entgegen. In der Mitte des Platzes übte sich eine Gruppe Jungs im Skateboardfahren. Sie sprangen von der fest installierten Rampe ab, drehten sich mitsamt ihren Brettern in der Luft. Sie fuhren mit ihren Skateboards die Treppen hinunter und versuchten, sich gegenseitig mit Waghalsigkeiten zu überbieten. Mehrmals war Isabell schon an dieser Stelle vorbeigekommen, nun konnte sie sich nicht mehr erinnern, in welche Richtung sie gehen musste. Der Stadtplan, den sie besaß, lag im Gästehaus neben ihrem Bett. Da ihr sowieso noch Zeit blieb bis zum vereinbarten Treffen mit Gabríel, schlenderte sie nach rechts, wo sie einen Supermarkt entdeckte. Dort wollte sie sich etwas zum Trinken kaufen. Doch dann fiel ihr Blick auf eine abgelegene Seitenstraße. Hier reihten sich hinter einem Reisezentrum Restaurants und Cafés aneinander, die auch draußen freie Sitzgelegenheiten boten.

Zuerst sah sie nur die Frau mit den blonden Haaren, die nervös an ihrer Zigarette zog. Der Mann, der der Frau gegenübersaß, trug eine schwarze, dünne Wollmütze, genau dieselbe, wie Gabríel sie an diesem Tag beim Aufbruch vom Gästehaus aufgesetzt hatte. Unter der Mütze lugten rote Locken hervor. Als er seinen Stuhl näher an den Tisch rückte, sich die beiden daraufhin umarmten, konnte sie sein Gesicht erkennen: die hellen Bartstoppeln, die in der Sonne mehr golden als rötlich glänzten. Die Lippen, die Nase – er war es. Ohne Zweifel. Gabríel. Isabell war unfähig, sich zu bewegen. Sie wollte wegsehen, doch sie starrte weiter auf die Blondine, wie sie mit Schwung ihre Haare auf den Rücken warf. Die Melancholie in ihrem Blick. Wie sie ihn küsste! Wie ihre Hände sein Gesicht umfassten, als er sich zurücklehnte. Mit einem Ruck drehte sich Isabell um, auch wenn es sich anfühlte, als würde sie gerade in einen dunklen Strudel gesaugt, der sie mit sich riss. Die Umgebung verschwamm vor ihren Augen, jeder Herzschlag war wie ein Hämmern im Hals zu spüren. Vergeblich versuchte sie, die dadurch entstehende Enge durch Atmen zu vertreiben. Sie zwang sich, einen Schritt vor den anderen zu setzen und sich so aus der inneren Erstarrung zu lösen. Vorwärts. Weiter. Nur weg von diesem Ort. Nicht mehr umdrehen!

Anstatt wie eigentlich geplant zu dem Schmuckstand zu gehen, wählte sie den direkten Weg zum Seniorenheim, um so schnell wie möglich zum Auto zu gelangen. Wozu sollte sie jetzt noch Andenken an eine Reise kaufen, die nur alte Verletzungen wieder hatte aufbrechen lassen?

Sie versuchte, sich mit der Tatsache zu trösten, dass sie sich nun wenigstens keine falschen Hoffnungen mehr machte. Es war klar, wie sie ihre Gefühle für Gabríel einordnen musste. Nun erklärte sich auch seine Distanziertheit besser, seine zunehmende Zurückgezogenheit, je mehr Nähe sie selbst zuließ. Nun verstand sie, warum er so sehr darauf beharrt hatte, an diesem Tag eigene Wege zu gehen. War das ausgleichende Gerechtigkeit für das, was Emma getan hatte?

Bei aller Ernüchterung zwang sie sich, das Geschehen logisch zu betrachten. Hatte sie nicht mit dem Besuch bei Ursula ihr Ziel erreicht? War das nicht der Grund gewesen, warum sie überhaupt aufgebrochen war? Nun wusste sie, was vor rund sechzig Jahren passiert war, sie konnte die Angst einordnen, unter der ihre Oma zeitlebens gelitten hatte – die Furcht, die Vergangenheit könnte sie einholen. Sie begriff auch, warum Emma immer wieder betont hatte: »Beziehungen und Liebe, das bringt nichts als Tränen und Enttäuschungen.«

Wie sollte eine Frau anders denken, die den eigenen Mann und das Kind zurückgelassen hatte, später dann selbst verlassen worden war und mit ihrer Tochter auf sich gestellt blieb? Dass ihre Mutter Rita nach dem Autounfall und Tod ihres Geliebten und Vaters ihres Kindes genauso empfand, war verständlich. Isabell dachte an Emma und Aron, an Emma und Daníel, an Rita und ihren Ulrich, an sich und Marcel, an sich und Gabríel. Überall, wo die Liebe hinfiel, ließ sie nichts als Verwüstung zurück. Isabell begriff den Grund nicht, aber das Erschrecken über das, was sie erfahren hatte, wich einer inneren Gleichmütigkeit. All die gescheiterten, verletzenden Beziehungen wollte sie hinter sich lassen. Ihre Zukunft lag vor ihr. War es Realismus oder Trotz? Isabell schüttelte sich und ein Großteil der Anspannung fiel von ihr ab. Wenigstens hatte sie den Leihwagen noch nicht zurückgebracht. Nun würde sie ihn brauchen. Kurz überlegte sie, Gabríel eine SMS zu schreiben, dass sie nicht zum vereinbarten Treffpunkt kommen würde, doch sie verwarf den Gedanken so schnell wieder, wie er aufgetaucht war. Er würde es schon merken, wenn sie wegblieb.

Sie nahm ihr Handy hervor, um all die Punkte zu notieren, die sie erledigen wollte:

– zur Berghütte fahren
– mit Daníel über Emma sprechen
– zum Gästehaus zurückkehren

– packen
– sich von Anna verabschieden
– nach Reykjavík fahren
– ein Hotel suchen und dort übernachten
– den Leihwagen zurückgeben
– Flugticket und Busticket zum Flughafen kaufen
Am nächsten Tag würde sie wieder zu Hause sein.

28

Bei Blönduós
Samstag, 23. August 1952

Emma betrachtete den Tisch, auf dem so viele Speisen standen, dass Ursula Tage gebraucht haben musste, um alles für ihre Geburtstagsfeier herzurichten. Es gab Lammschinken, zwei Töpfe mit Suppe, Skyr mit Blaubeeren, Stockfisch, eingelegte Robbenflossen, geschmorten Seefisch, klein geschnittenes Pökelfleisch, Schinken und Käse auf Platten, Marmelade, duftendes, noch warmes Brot, drei Sahnetorten, Salzgebäck, Kaffee in Kannen und Schnaps. Nach ihrer Fehlgeburt hatte der Arzt Ursula wenig Hoffnung gemacht, je wieder schwanger zu werden. Ursula hatte verkündet, dass sie sich nicht in ihrer Trauer verstecken wollte. Sie liebte Ísak und hatte genug auf dem Hof zu tun, auch wenn er kleiner war als der von Aron. Es war Ísaks Idee gewesen, Ursulas Geburtstag mit allen Bekannten und Freunden zu feiern. Umgeben von all den Gästen blühte Ursula auf. Von der Trauer der vergangenen Wochen war ihr nichts mehr anzumerken. Sie begrüßte die Landfrauen, die in diesem Sommer neu von Deutschland nach Island gekommen waren, schüttelte Hände, ermunterte, wenn jemand niedergeschlagen wirkte, versprach denjenigen

Hilfe, die Probleme hatten, mit der unbekannten Sprache zurechtzukommen.

Emma konnte sich nicht erinnern, wann sie zum letzten Mal ausgegangen war. Die letzten Monate der Schwangerschaft hatte sie strenge Bettruhe einhalten müssen. Und die Anfangszeit mit ihrem Baby war auch nicht einfacher gewesen. Anfangs hatte sie gezögert, Emblas Angebot anzunehmen, auf alle Kinder aufzupassen. Bisher war sie nie von Daníel getrennt gewesen.

Ihre Haare waren seit Monaten nicht geschnitten. Wenn sie sich im Spiegel betrachtete, erschrak sie über die dunklen Ringe unter den Augen, über die hohlen, eingefallenen Wangen. Sie hatte sich verändert. Wo war die Frau geblieben, die es liebte, etwas zu unternehmen, Neues zu entdecken, die gerne tanzte und Musik machte? Wann hatte sie das letzte Mal das Harmonium aufgeklappt? Emma konnte sich nicht mehr daran erinnern. Die Schwangerschaft, die lange Geburt und das Stillen hatten nicht nur an ihrem Körper, sondern auch an ihrer Seele gezehrt. Der Spitzenkragen, den sie über das Kleid angezogen hatte, kam ihr falsch vor, wie eine Verkleidung. Das knielange Kleid erschien ihr zu anzüglich. Es war so eng, der Ausschnitt so groß, dass ihre Brüste den Stoff ausbeulten und fast herausquollen. Als sie es am Mittag anprobiert hatte, war das Problem nicht absehbar gewesen. Sie hatte Daníel gerade gestillt und Embla ein Fläschchen mit ihrer Milch gefüllt. Ihr Körper schien dies als Signal zu sehen, noch zusätzliche Nahrung für ihr Baby zu produzieren. Emma sah verschämt an sich herab. Was machte sie hier? Warum war sie überhaupt gekommen?

Die Blicke des blonden jungen Mannes, der mit einem Teller in der Ecke des Raumes stand und sie musterte, ließen ihr die Hitze ins Gesicht steigen. Emma verließ den Raum, um ihren Mantel zu holen, damit der wenigstens einen Teil ihrer Körperformen verdeckte. Der junge Mann folgte ihr. Emma beschleunigte ihre Schritte. Sie betrat den Schlafraum und schloss die Tür hinter sich. Dort lag ein Haufen von Kleidungsstücken auf einem der Betten. Sie begann, nach ihrem Mantel zu suchen, als sie das Quietschen der Tür hörte.

»Ich bin Jón«, sagte der Mann.

»Emma.« Sie war sich nicht sicher, aber irgendwo hatte sie ihn schon einmal gesehen. »Bist du ein Freund von Ísak?«

»Ich bin auf der Durchreise und übernachte ein paar Tage auf dem Hof. Dafür packe ich hier und da mit an.« Er lehnte sich an denselben Stützpfeiler, an dem Emma lehnte. So spürte sie seine Stimme, die beim Sprechen das Holz in Schwingungen versetzte. Es war ein Kribbeln, wie sie es noch nie wahrgenommen hatte. Sie setzte sich auf eines der Betten. Ihr war warm.

»Auf der Durchreise?«, fragte sie. »Wohin?«

»Muss das Leben immer ein Ziel haben?«

Emma fühlte das kühle Metall des Wolfskreuzanhängers auf ihrer Haut, den Aron ihr zur Geburt von Daníel geschenkt hatte und den er selbst von seinem Vater und der wieder von seinem Vater bekommen hatte. Es sollte sie beschützen und Glück bringen. Nun war es, als würde das Wolfskreuz von Augenblick zu Augenblick mehr an Gewicht zulegen. Die Lederschnur, an der es hing, schnitt schmerzhaft in ihren Nacken und ließ sie zum Ausgleich den Kopf nach vorne neigen. Das Silber begann auf der Haut zu jucken.

Dann bemerkte sie, dass sie selbst es war, die den Anhänger umfasst hatte und daran zog. Sie legte ihn ab und steckte ihn tief in die Tasche ihres Kleides.

»Du kommst aus Deutschland. In Deutschland haben die Menschen immer ein Ziel, sagt man.« Er sah sie provozierend an. Der Ärmel ihres Kleides war hochgerutscht. Er strich über ihren Arm, ohne ihn zu berühren. Seine Hand schwebte dabei knapp über der Haut, sodass er die Härchen streifte, die sich aufstellten.

Sie schluckte. Sicher hatte sie Ziele. Weg aus all der Trostlosigkeit in Deutschland. Einen Mann, ein Kind. Vielleicht noch ein Kind. Wie Jón darüber sprach, klang es wie Spott.

»Was weißt du von Deutschland?«, fragte sie.

»Ich bin da gewesen. Und nicht nur dort. Als Schiffsjunge bin ich nach Brasilien gesegelt und dann mit dem Zug und zu Fuß weiter in die USA. Ägypten und auch Persien habe ich bereist.«

»Das reicht ja für mehrere Leben.«

Gegen seinen Bericht kam ihr das, was sie als ein Abenteuer bezeichnete, schal vor. Als er lachte, löste sich ihre Anspannung. Emma rutschte auf dem Bett an die Wand, streifte die Schuhe ab, um es sich bequemer zu machen.

»Erzähl mir von deinen Reisen«, sagte sie.

Er setzte sich neben sie. »Ich weiß gar nicht, wo ich anfangen soll.«

»Irgendwo.«

»Ich habe die Menschen um mich herum nie richtig verstanden.« Er wechselte ins Englische. »Ich bin auf einem Hof in den Westfjorden geboren. Dort gab es nichts als den täglichen Kampf ums Überleben. Die Kinder. Das Vieh. Der Hof. Ein Leben um das andere sah ich vergehen. Generationen wechselten sich ab, ohne dass sich irgendetwas änderte. Zwei Wochen vor meinem Schulabschluss dachte ich, dass es immer so weitergehen würde. Eine unerträgliche Vorstellung. Das Leben bestand aus Warten. Man wartet nur noch zwei Wochen bis zum Schulabschluss. Dann wartet man, bis das Wetter besser wird. Auf den nächsten Sommer. Bis die Mutter nicht mehr krank ist. Ich habe ein Pferd genommen, bin zum Hafen geritten und habe auf einem Schiff angeheuert, das mich über den Atlantik brachte.«

Während er erzählte, erinnerte sich Emma, wo sie Jón schon einmal begegnet war: vor einem Jahr auf dem Sommerfest, sie war gerade schwanger gewesen. Es hatte keine Rolle gespielt, ob die Frauen verlobt oder ungebunden waren, sie hatten ihn umschwärmt wie Motten das Licht. Nun fiel ihr auch sein vollständiger Name wieder ein. Jón Hilmarsson. Der Herumtreiber, vor dem Aron sie gewarnt hatte. Vor ihm müsse man sich hüten. Emma schloss die Augen, als er sie am Hals streichelte. Seine Hand glitt tiefer über ihre Brust. Es war ihr gleichgültig, wer er war, was er getan hatte, wen er verletzt hatte, solange er mit genau diesen Berührungen nie mehr aufhörte!

»Jetzt bin ich hier«, beendete er seinen Bericht. »Es ist das Land, in dem ich geboren bin. Ich sollte es hinter mir lassen. Aber dann gibt es immer etwas, das uns Menschen zurückzieht zu dem Bekannten, zu dem, was wir als Kind erlebt haben. Das Leben will uns zur Wiederholung zwingen. Veränderung erscheint uns erst einmal falsch. Wenn wir ausbrechen wollen, müssen wir doppelt kämpfen. Gegen die äußeren Widrigkeiten und gegen die Stimme in uns, die uns weismachen will, dass nur das richtig ist, was andere uns vorgemacht haben.«

»Wie lange wirst du noch bleiben?«

»Wenn ich dich ansehe«, flüsterte er und streichelte sie am Ohrläppchen, »könnte ich ewig bleiben. Welche Rolle spielt die Zeit?«

»Was, wenn jemand hereinkommt?«

»Sie würden nichts von dem verstehen, was wir reden. Wer von den Gästen spricht denn schon Englisch? Du ruhst dich etwas aus. Ich leiste dir Gesellschaft. Was soll daran verwerflich sein?«

Emma registrierte den Schweißtropfen, der ihr vom Hals das Rückgrat entlang abwärts rann. Hektisch richtete sie sich auf.

»Ich wollte nur meinen Mantel holen.« Sie sprach laut und wechselte ins Isländische. »Mein Mann wartet auf mich. Und mein Sohn. Er ist erst fünf Monate alt.« Sie hängte sich das Wolfskreuz wieder um.

»Aber …«

Sie wehrte seine Umarmung zum Abschied ab, weil sie wusste, wenn sie jetzt nicht ging, würde etwas geschehen, was sich nicht mehr wieder gutmachen ließ.

29

Bei Blönduós
Mittwoch, 10. September 1952

Emma erzählte niemandem von ihrer Begegnung mit Jón. Während der Alltag mit Aron unverändert blieb, verweigerte Daníel die Brust mit einer solchen Vehemenz, als wolle er Emma bestrafen. Gleichzeitig nahm Daníel nicht genug andere Nahrung zu sich, sodass sein Bauch bald aufgebläht war von einer Mischung aus Hunger und der Überforderung, das Wenige zu verdauen, was er gegessen hatte. Es war, als ahnte er, was in Emma vorging. Sie spürte den herannahenden Winter. Es würde fast den gesamten Tag dunkel sein. Wenn Aron von den kommenden Monaten sprach, dachte er an die Nordlichter und nicht an die fehlende Sonne. Er liebte die bunten, sich verändernden Lichter, konnte ihnen stundenlang zusehen. Ihn störte die Enge des Hauses nicht, im Gegenteil. Zwar hatte Emma durchgesetzt, dass Aron und sie sich das Gästezimmer herrichteten, um mehr Privatsphäre zu haben, aber Aron hielt sich doch meistens im hinteren Bereich des Hofes bei all den anderen auf. Wenn Aron seine Ruhe wollte, nahm er sich ein Brettspiel und spielte gegen sich selbst, dabei war es gleichgültig, ob die Kinder um ihn herumtobten oder ein Streit ausbrach. Er war dann so in sich versunken, dass er von seiner Umwelt nichts wahrnahm. Und er war stur. Wenn er sich zu etwas entschlossen hatte, ruhte er nicht, bis er es erreicht hatte. Genau diese Sturheit schien Daníel von seinem Vater geerbt zu haben. Emma hatte es aufgegeben, ihm noch die Brust anzubieten. Die ersten Tage waren fürchterlich gewesen.

Auch wenn sie Daníels Protest mithilfe von Emblas kühlenden Quarkwickeln inzwischen körperlich überwunden hatte, schmerzte es. Es war, als wollte er sagen: Ich brauche dich nicht mehr. Ich weiß, an wen du denkst.

Obwohl die Regenwolken sich über ihnen zusammenballten und dem sowieso schwindenden Tageslicht noch mehr von seiner Intensität nahmen, pflanzte Emma neue Blumen in ihrem Garten. Besonders die Herbstastern mit ihren blauvioletten Blüten, die roten Tagetes und die gelben Chrysanthemen waren schwer zu bekommen gewesen. So verwandelte Emma den Bereich vor dem Hof in einen bunten Willkommensgruß, den sie vor den drei älteren Kindern verteidigte. Sie warteten nur darauf, in einem unbeobachteten Moment die Blüten abzupflücken.

Wie jeden Tag schnitt sie auch an diesem Vormittag die welken Blüten aus dem Beet in der Hoffnung, dass die Pflanzen zusätzliche Knospen trieben.

Als sie aufsah, entdeckte sie ihn: Jón. Er lehnte abseits des Hofs rauchend an einem der Felsen, hatte die Beine gekreuzt und beobachtete sie aus der Ferne. Emma blickte sich um. Alle anderen waren drinnen, bereiteten das Essen vor. Sie zögerte, dann klopfte sie sich die Erde von den Händen und ging zu ihm. Emma lotste Jón hinter die Scheune, wo sie ungestört waren.

»Warum bist du gekommen?«, fragte Emma. Obwohl ein Wind wehte, glaubte sie, die Wärme seines Körpers zu spüren.

»Das weißt du doch.« Er ergriff Emmas Hand.

Sie sah sich um. Ihre Gedanken überschlugen sich. Niemand konnte ihr etwas vorwerfen, wenn sie einem entfernten Bekannten die Hand reichte. Aber so, wie er ihre Finger streichelte, wurde es ihr abwechselnd heiß und kalt. Jede seiner Berührungen war wie ein Versprechen. Sie hatte sich eingeredet, dass sie nichts für ihn empfand, dass sie keinen Wert auf ein Wiedersehen legte. Nun merkte sie, wie die Distanz, die sie mühsam aufgebaut hatte, bröckelte.

»Du siehst gut aus«, sagte er.

Emma drückte ihn an sich. Sie schloss die Augen. Dadurch spürte sie die Berührungen von Jón intensiver: Wie er ihr über den Nacken strich. Wie er mit seinen Händen ihre Wangen umfasste und sie nur betrachtete, ohne etwas zu sagen. Sie brauchten nicht zu sprechen, sie wusste auch so, was er dachte.

»Ich kann das nicht«, sagte Emma.

»Du musst nichts können. Schließ wieder die Augen.«

Sie tat es. Ihre Finger tasteten über seine buschigen Augenbrauen, seine leicht geöffneten Lippen. Seine kurzen Haare, die in alle Richtungen abstanden. Seine Haut war wettergegerbt.

»Ich weiß nicht …«, begann sie. Ihr Blick traf seinen und für einen Moment war es, als könnte er direkt in ihre Seele sehen. Sah er, wie schwarz es in ihrer Seele war, trotz der Heirat, trotz der Geburt? Erkannte er die wiederkehrenden Zeiten, in denen sie sich aus dem Bett quälte, weil die Erinnerungen sie niederdrückten, weil sie nicht mehr an das glauben konnte, was ihre Eltern ihr immer gesagt hatten: Du bist nicht allein. Alles wird gut. Du musst dich nur anstrengen.

Es war gelogen. So funktionierte das Leben nicht, wenn es auch nicht die Hölle war, die sie in ihren Träumen erlebte. War es nicht schon sehr viel, wenn sie es schaffte, einfach nur ihren Alltag – mit Arbeit, Unterhaltungen, Essen, Schlafen – zu bewältigen?

Jón strich ihr über die Stirn, mit beiden Händen von der Mitte zu den Seiten. Dann legte er seine Handflächen über ihre Augen.

»Stell dir vor, neben uns landet ein bunter Ballon«, sagte er.

Sie wollte neben sich blicken, es war ein Reflex. Er hielt ihr weiter die Augen zu. Mochte er doch nie aufhören zu reden!

»Stell dir vor, wir steigen ein. Wo willst du hinfahren?«

»Ich habe einen Ort, den sehe ich manchmal in meinen Träumen. Es ist eine Steilküste am Meer. Es ist immer warm. Vögel brüten in den Felsen. Der Sandstrand ist menschenleer und nicht breit.« Er schob ihren Rock hoch und sie drückte sich an ihn, um ihm näher zu sein. »An einer Stelle ist der Felsen wie eine Treppe geformt. Wenn man die Stufen emporsteigt, erreicht man eine Höhle. Sie ist ungefähr vier mal vier Meter groß, dort befinden sich ein Matratzenlager, eine Öllampe, Bücher, ein Regal mit Nahrungsmitteln, Kleidung und Kanister mit Wasser.«

»Das hört sich recht einsam an.«

»Ich brauche keine Menschen.« Es klang harsch, auch wenn es gar nicht so gemeint war. Sie wollte ihn nicht zurückweisen. Es war nur eine einfache Tatsache. Am glücklichsten war sie, wenn sie draußen allein war, wenn sie ohne Ziel loslief, den ganzen Tag, wenn sie nicht mehr nachdenken musste und die Schritte sie wie von selbst voranbrachten. Wenn ihr ein paar Pferde folgten, sie in ihre Gruppe aufnahmen wie einen Gast, das war wunderbar. Aber Menschen? Sie erwarteten immer irgendetwas. Verlangten Erklärungen. Konnte man an der Seite anderer Menschen je frei sein?

»Darf ich trotzdem zu dir in den Ballon steigen?«, fragte er und klang dabei so verschmitzt, dass er sie zum Lachen brachte.

»Okay.«

»Dann lass uns nach Südfrankreich fliegen. Dort kenne ich eine Gegend, wie du sie beschrieben hast. Die Höhlen an den Klippen bieten Schutz bei jedem Unwetter. Nur kenne ich keine so gut ausgestattete Höhle, wie du sie beschrieben hast. Aber was nicht ist, kann ja noch werden.« Er streifte sich das Hemd ab und warf es neben sich.

Emma schwitzte, obwohl es draußen nur sieben oder acht Grad waren. In ihr pulsierte es. Er verbarg es nicht, dass er sie wollte, jetzt sofort. Er griff so fest nach ihr, dass sie aufstöhnte. Sie wollte ihn ebenso wie er sie.

Erschrocken über sich selbst legte Emma ihren Zeigefinger auf seine Lippen und lauschte. Alles blieb still. Die anderen waren im Haus oder auf den Weiden. Sie wollte nicht länger darüber nachdenken, was geschehen konnte. Es war nur ein Moment, der ihnen blieb, nicht mehr. Sie knöpfte ihr Kleid auf und ließ es auf sein Hemd am Boden fallen. Während er sie anfangs sanft berührte, packte sie seinen Rücken, zog ihn kraftvoll an sich. Mit ihren Berührungen beschleunigte sie sein Tempo. Sie wollte ihn jetzt oder nie. Schnell oder gar nicht. Emma war nackt, trug nur noch Strümpfe und Schuhe. Sein Körper gab ihr genug Wärme. Mochten sie erwischt werden, mochte die Welt wegen dieser Sünde anhalten, mochte passieren, was wollte, es spielte für Emma keine Rolle mehr.

30

**Bei Blönduós
Donnerstag, 16. Oktober 1952**

Jeden Morgen nach dem Aufstehen schaute sich Emma besonders genau um, wenn sie zum ersten Mal zur Scheune ging. Wenn niemand in Sicht- oder Hörweite war, eilte sie in den ungenutzten Neubau, der sich im Rohbau befand und überdacht war, aber nicht bewohnt werden konnte, solange die Innenausstattung fehlte. Im Erker unter dem Dach war das verabredete Versteck, wo Emma Nachrichten an Jón hinterließ und er auch für sie Zettel versteckte, um die Treffen zu verabreden. Das Geräusch ihrer Absätze auf dem Estrich hallte durch die Flure und Zimmer, obwohl sie sich Mühe gab, leise aufzutreten, ihre Ungeduld zu beherrschen und langsam zu gehen. In den ersten Stock konnte sie über die Treppe gelangen, dann musste sie mithilfe einer Leiter noch höher klettern. Diesmal verharrte sie ein paar Stufen vor dem Dachgeschoss. War dort jemand? Doch das Einzige, was sie hörte, war das Rauschen ihres Blutes, ihr schneller Atem und ein Knirschen des Holzes unter ihr. Auf allen Vieren kroch sie durch die Luke, richtete sich auf und streifte den Steinstaub von ihrem Kleid. Emma wandte sich zügig nach rechts. Schon bevor sie den verabredeten Stein beiseiteschob, sah sie ein Stück Papier aus der Mauerritze hervorlugen. Das war ungewöhnlich. Normalerweise passten Jón und sie auf, keine verräterischen Spuren zu hinterlassen.

Emma zog den Zettel hervor. »Tuesday 8 o'clock. I love you so much. J.«

Sobald sie sein Englisch las oder hörte, war es wie eine Reise in eine andere Welt, die nur Jón und ihr gehörte. Wenn sie Deutsch sprach, dachte sie an ihre Eltern, an ihre Schulzeit, an die Büroarbeit und an Ursula, an Katastrophen, an Verlust und Pflicht. Isländisch, das war die Sprache, die sie mit Aron teilte, die sie an Heimat denken ließ, an ein Zuhause und Geborgenheit.

Heute und dann noch vier weitere Tage ohne ihn. Emma lehnte sich an die Dachbalken. Sie hatte so gehofft, dass sie sich schneller treffen könnten. Die Abstände zwischen ihren Verabredungen wurden immer größer. Anfangs war er es, der dazu gedrängt hatte, dass sie sich täglich sahen. »Ohne dich kann ich nicht leben. Ohne dich ist der Tag sinnlos«, hatte er versichert und ihr war es genauso gegangen. Inzwischen schienen sich seine Prioritäten geändert zu haben. Von Ursula wusste sie, dass er jeden Tag in den Gasthäusern in Blönduós feierte, Karten spielte und Wetten abhielt. Doch so lange wie diesmal hatte sie noch nie auf ihn warten müssen. An wievielter Stelle kam sie überhaupt noch bei ihm? Sie merkte, wie er ihr entglitt. Sie besaß keinen Wagen, konnte zu schlecht reiten, um ihm in die Stadt zu folgen. Wie sollte sie vor Aron und seiner Familie auch eine längere Abwesenheit vom Hof rechtfertigen? Wenn sie sich trafen, musste es hier auf dem Hof sein oder in unmittelbarer Umgebung. Ihr blieb nichts, als auszuharren und zu hoffen.

Von einer Berührung an ihrer Schulter zuckte sie zusammen.

»Ich habe es geahnt«, sagte Aron.

»Wolltest du heute nicht bei deinem Freund übernachten?«

»Ich bin hiergeblieben. Anscheinend hat es sich gelohnt.«

Emma ließ den Zettel unter ihren Gürtel gleiten. Sie spürte, wie ihr die Hitze ins Gesicht stieg. Gleichzeitig begann sie zu frieren. Nur mit Mühe schaffte sie es, den Zettel festzuklemmen, so sehr zitterten ihre Hände.

»Er wird nicht wiederkommen.« Aron schob den Stein wieder an seinen ursprünglichen Platz zurück. »Er hat es noch abgeleugnet, dass der Zettel für dich bestimmt ist. Wollte mir weismachen, dass er in Embla verliebt sei. Embla! Ich kenne sie, seit sie geboren wurde, habe sie, als sie ein Baby war, im Arm gehalten. Sie würde sich nie mit einem solchen Herumtreiber abgeben. Aber du? Warum tust du mir das an?«

In ihrer Vorstellung sah sie die Situation deutlich vor sich: wie Aron im Neubau gelauert hatte. Wie sich Jón erschreckt haben musste, mindestens so sehr wie sie sich in diesem Moment. Wie war es möglich, dass es ihr verborgen geblieben war, dass Aron das Verhältnis geahnt hatte?

Er presste seine Zähne so stark zusammen, dass seine Kiefermuskeln hervortraten. Seine Lider flatterten. Emmas Blick fiel auf die blutige Galle in der Ecke des Raumes.

»Du hast ihm etwas angetan!«, flüsterte sie. Aron, der nichts unternahm, wenn ihm die Lämmer gestohlen wurden, der jedem vorbeiziehenden Vagabunden eine warme Mahlzeit gab, der seine Söhne niemals schlug und in einem Streit eher nachgab, als eine Eskalation zu provozieren – Emma konnte nicht glauben, was sie sah.

»Der Säufer hat sich übergeben. Ich musste gar nichts tun, er war am Ende. Er richtet sich selbst zugrunde.«

Emma atmete hörbar auf.

»Wie lange trefft ihr euch schon?«, fragte Aron.

»Nicht lange.«

»Du hast dich verändert. Du bist nicht mehr die Frau, die ich einmal geliebt habe. Wenn du wenigstens jetzt den Mut hättest, ehrlich zu sein. Das bist du mir schuldig.«

Emma schwieg. Was sollte sie noch sagen? Sie erkannte es an der Art, wie er sie ansah: Er wusste es längst. Und er spürte, was in ihr vorging. So sehr sie sich dafür hasste, sie konnte es nicht abstellen: Sie liebte Jón wie keinen anderen. Mit ihm gab es keinen Alltag, keine Zwänge. Wenn er auftauchte, sprengte er mit seinem Lachen all die Dunkelheit, die sie umgab. Für ihn gab es keine Fesseln. Mit ihm war sie frei, wenn auch nur für kurze Zeit, bis er wieder gehen musste.

»Papa«, riefen zwei Kinderstimmen von unten. »Emma!«

»Geht zu Embla, Kinder. Ich bin gleich bei euch!«, sagte Aron.

Emma lauschte den kleinen Trippelschritten, die sich entfernten.

»Wir sind verheiratet.« Aron ging einen Schritt zurück.

»Ich weiß.«

»Wir haben einen gemeinsamen Sohn. Er braucht dich.«

Emma wusste, dass er recht hatte. Trotzdem. Wer fragte, was SIE brauchte in diesem Alltagsleben, das alles niederwalzte, was über das blanke Überleben hinausging? Wo waren die Träume geblieben? Das Schwärmerische? Das Unbeschwerte? Wo die Ausgelassenheit? Sie würde nicht einfach weitermachen können, als wäre nichts geschehen, als hätte es Jón nie gegeben.

»Du wirst ihn nicht wiedersehen!« Aron schlug mit der Hand gegen einen der Holzpfeiler.

Emma zuckte zusammen.

»Sag, dass du ihn nie mehr wiedersiehst!« Aron wurde lauter.

Emma verstand seine Wut. Sie ahnte, dass sie ihm niemals geben konnte, was er wollte. Es ging nicht nur um Jón. Sie hatte sich so sehr bemüht, alles Vergangene zu vergessen, den Alltag zu bestehen, zu arbeiten, zu schlafen, sich um die Kinder zu kümmern. Den Garten anzulegen. Die Sehnsucht weit wegzuschieben. Sie war gescheitert. Vielleicht war das Leben ebenso wenig für sie gemacht wie sie für das Leben.

Und doch – mit Jón war es anders. Während sie im Alltag laufend daran scheiterte, das Leben so zu akzeptieren, wie es war, konnte sie mit Jón in eine ganz eigene Welt eintauchen. In ihre Welt.

»Ich kann dir das nicht versprechen.« Wenigstens ehrlich wollte sie zu ihm sein. Er hatte es nicht verdient, länger belogen zu werden. Sie mochte ihn. Er bedeutete ihr viel. Sie wollte ihm nicht wehtun und tat es trotzdem immer wieder.

»Ich verbiete dir …« Aron wischte sich die Tränen aus den Augenwinkeln.

Emma wollte ihn berühren, ihn streicheln, ihn irgendwie trösten, obwohl sie wusste, dass es in diesem Moment keinen Trost gab. Er wich vor ihr zurück, als hätte er sich an ihr verbrannt.

»Bitte, wir finden einen Weg«, sagte sie. »Ich bleibe bei dir. Bei Daníel und den Zwillingen. Aber lass mich Jón wiedersehen. Nicht als Geliebten. Als Freund. Laden wir ihn zu uns ein. Ich brauche ihn.«

»Du bist völlig verrückt! Weißt du, was du da von mir verlangst?«

»Er kann uns besuchen, wie Ísak es tut. Wie du dich freust, wenn Ursula kommt.«

Aron taumelte rückwärts zur Leiter. »Du bist unverbesserlich.«

»Warte!« Sie versuchte, ihn aufzuhalten. Sie wollte nicht, dass sie voller Wut im Streit auseinandergingen. Wie sollte wieder Alltag einkehren, ohne dass sie miteinander klärten, was zwischen ihnen stand?

Als sie sich an seinen Arm klammerte, ging alles so schnell, dass sie erst begriff, was geschehen war, als es zu spät war: Die Haut auf ihrer Wange brannte. Er hatte sie geschlagen. Die Leiter war weg. Er war unten, sie oben. Eingesperrt.

»Stell die Leiter wieder her! Lass mich hier raus!« Es war kalt. Es gab nicht einmal eine Möglichkeit, sich hinzusetzen, außer auf den blanken Boden. Sie hatte keine Jacke übergezogen. Es war längst Herbst geworden.

»Wenn du zur Vernunft gekommen bist«, sagte er so kalt, dass sie noch mehr fror.

»Was willst du von mir?«

»Dass du ihn nie wiedersiehst.«

»Ich sehe ihn nie wieder.«

»Du lügst.«

Sie versuchte vergeblich, sich vorzubeugen und die Leiter zu packen. Die Leiter lehnte an der Wand, ungefähr eineinhalb Meter von der Öffnung entfernt. Zu weit. Es gab keine Möglichkeit, nach unten zu springen, denn unter ihr befand sich der Treppenschacht. Sie würde sich alle Knochen brechen bei dem Versuch, den Dachboden zu verlassen.

»Aron! Lass mich hier raus!«

Er antwortete nicht. Seine Schritte wurden leiser. So schnell sie konnte, rannte sie zum Dachfenster. Der Griff klemmte. Es ließ sich nicht öffnen. Sie hämmerte gegen die Scheibe, rief nach Aron. Es war unmöglich, dass er sie nicht hörte, aber er reagierte nicht.

Emma hoffte, dass Aron bald zurückkehren würde, um sie zu befreien oder ihr zumindest etwas zum Essen und zum Trinken zu bringen, doch nichts geschah.

Am Mittag erwärmte die Sonne den Raum, sodass Emma weniger fror. Dafür wurde ihr Durst unerträglich. Jeder ihrer Schritte wirbelte Steinstaub auf. Es knirschte zwischen ihren Zähnen. Sie nahm ihren Spitzenkragen ab und benutzte ihn als Taschentuch, um wenigstens die Nase freizubekommen. Von einer Ecke aus beobachtete Emma die Staubpartikel, die in der Sonne tanzten.

Dann wurde es dunkel. Sie war gerade vor Erschöpfung eingeschlafen, als sie von dem Geräusch aufwachte, mit dem die Leiter an die Öffnung knallte.

»Du kannst runterkommen«, sagte Aron.

»Nein.« Welchen Grund gab es, zu den anderen zu gehen? Warum sollte sie überhaupt noch aufstehen? Warum essen? Warum trinken? Warum nicht einfach auf all das verzichten und das beenden, was sowieso keinen Sinn hatte?

»Du wirst krank, wenn du weiter oben bleibst. Es wird Frost geben in der Nacht.«

Mechanisch bewegte sie ihre Beine. Ihre Gelenke fühlten sich steif an. Als sie heruntergeklettert war, sah sie sich suchend nach Aron um. Er war weggegangen, ohne auf sie zu warten. Emma taumelte zur Haustür des alten Hofgebäudes. Aus den hinteren Räumen strahlte warmes Licht in den Flur. Doch sie ging nicht zu den anderen. Stattdessen öffnete sie die Tür zu ihrem Schlafzimmer. Wie erwartet war weder Aron dort noch Daníel. Auch das Bettzeug der beiden war weg. Ohne sich umzuziehen, kauerte sich Emma auf ihrem Bett zusammen. Wenig später schlief sie ein.

31

Bei Blönduós
Samstag, 1. November 1952

In den letzten zwei Wochen hatte Aron jeden Schritt von Emma entweder selbst verfolgt oder – wenn er Erledigungen nicht verschieben konnte – seine Eltern beauftragt, auf sie achtzugeben. Aron hatte sie nicht wieder eingesperrt, doch sie kam sich trotzdem wie eine Gefangene vor.

»Ich breche auf«, sagte sie und ging vor die Haustür, um das Pferd zu satteln. Seit Wochen hatte sie schon davon gesprochen, Ursula zu besuchen. Seit dem Zwischenfall in der Scheune hatte sie Aron keinen Anlass zur Eifersucht oder zu Zweifeln gegeben. Nun würde er sie gehen lassen, da war sich Emma sicher. Nichts war verfänglich daran, ihre Cousine und beste Freundin zu treffen, um gemeinsam gesponnene Wolle aufzuwickeln und dabei zu plaudern.

»Warte. Ich ziehe mich nur noch um«, rief Aron.

Emma schloss für einen Moment die Augen, um nicht zu schreien, auch wenn sie innerlich aus der Haut fuhr. »Was ist mit den Kindern?«

»Embla passt auf sie auf.«

Emma ließ den Sattel sinken. Sie stellte sich vor, sich einfach in ihr Bett zu legen und nicht mehr aufzustehen. War es das, was Aron wollte? Würde er dann sein Misstrauen ablegen?

Es dauerte nur wenige Minuten, bis Aron mit einem zweiten, gesattelten Pferd auftauchte.

»Hier bin ich. Soll ich dir helfen?« Er nahm ihr den Sattel ab.

»Wir müssen lernen, uns zu vertrauen. Wie sollen wir sonst je wieder glücklich werden?«, fragte sie.

»Du warst diejenige, die das Vertrauen zerstört hat.«

»Du hast mich geschlagen. Mich eingesperrt.«

»Dafür habe ich mich entschuldigt.«

Sie wusste nicht mehr, wie oft sie diese Diskussion in den letzten zwei Wochen geführt hatten. Unzählige Male. Er brauchte nichts weiter zu sagen, sie sah an seinen zusammengepressten Lippen, der gerunzelten Stirn und seinen in der Tasche geballten Fäusten, was er dachte. Er prüfte den Sitz ihres Sattels und half ihr aufzusitzen. Emmas Pferd folgte dem von Aron. Schweigend ritt sie hinter ihm her. Nur an seiner leicht gebeugten Haltung – wie er zu Boden sah, anstatt wie sonst in die Ferne zu blicken – merkte sie, dass auch er mit der Situation haderte. Er war sich seiner Sache nicht so sicher, wie er vorgab.

»Lass mich wenigstens allein zu Ursula gehen, wenn wir da sind. Du kannst beide Pferde wieder mit zurücknehmen, Ísak wird mich mit seinem Wagen bringen«, sagte sie.

Aron reagierte nicht.

»Aron?«, rief sie.

»Nein. Und daran wird sich nichts ändern. Wir machen es wie abgesprochen.«

»Du zerstörst den letzten Rest von Liebe, der zwischen uns ist. Merkst du das nicht? Willst du mich wie eine Gefangene behandeln?«

Aron schüttelte den Kopf. Sie beschleunigte ihr Pferd, um zu ihm aufzuschließen. Auch wenn sie noch unsicher war beim Reiten, schaffte sie es, seine Hand zu nehmen.

»Wir wollten etwas Gemeinsames erschaffen. Im nächsten Jahr wird unser neues Haus fertig. Wir haben einen Sohn. Meinst du, das alles bedeutet mir nichts?«, fragte sie.

Aron zog seine Hand zurück und umklammerte fest die Zügel.

»Da hinten ist es schon«, sagte er.

Emma betrachtete die gelblich braune Landschaft. Von dem Gras war nichts mehr übrig außer verwitterter Reste, die teils mit Raureif bedeckt waren. An diesem Tag war es so neblig auf der Höhe, dass die Sonne auch am Mittag nicht richtig durchkam. Bald würde die lange Zeit der Dämmerung beginnen und anschließend die Wochen der fast vollständigen Dunkelheit. Die Kinder liebten diese Zeit, wenn sie durchs Haus tollen konnten, wenn immer jemand für sie da war, der ihnen vorlas und mit ihnen spielte, wenn die Erwachsenen nicht auf den Feldern arbeiten mussten. Für sie war der Winter wie eine einzige Party. Emma hasste besonders die Übergangszeit. Sie hatte gedacht, dass sie sich irgendwann daran gewöhnen würde, aber das Gegenteil war der Fall. Inzwischen wusste sie, was auf sie zukam, und es war wie ein Besuch beim Zahnarzt. Je genauer man sich vorstellen konnte, was einen erwartete, umso schlimmer wurde es. All die Formationen, die draußen sichtbar wurden: das Meer, das sich wie ein großes Wesen aufbäumte, die Nordlichter, die manchmal wie Hände aussahen, die nach den Häusern griffen, die Felsformationen, die mit einem Mal wie lebendig erschienen, und die Geschichten, die sich die Leute erzählten von Naturgeistern und anderen Geistwesen, all das weckte Emmas innere Dämonen. Sie versuchte, den Gedanken an den nahenden Winter beiseitezuschieben, was ihr nicht gelang.

Aron half Emma beim Absteigen. Er band die Pferde an und klopfte.

»Hallo ihr beiden.« Ursula klang herzlich und unbeschwert wie immer. Längst musste sie von dem gehört haben, was zwischen Emma und Aron vorgefallen war, denn Geheimnisse ließen sich in einer Umgebung, wo die meisten der Bewohner miteinander verwandt oder befreundet waren, nicht verbergen.

»Lass uns reingehen«, sagte Emma auf Deutsch. »Dann können wir in Ruhe plaudern.«

»Meinst du, das ist hilfreich in deiner Situation?« Ursula antwortete auf Isländisch. Sie sah abwechselnd von Emma zu Aron.

»Was soll ich tun? Mir bleibt keinerlei Privatsphäre. Ich muss einmal für mich sein. Wie würde es dir an meiner Stelle gehen?« Es war Emma egal, dass es Aron zusätzlich aufregte, dass sie ihn von der Unterhaltung ausschloss, wenn sie weiter Deutsch sprach. Wollte er es nicht so? »Ich kann nicht mehr. Irgendetwas muss sich ändern. Das, was passiert ist, tut mir leid. Aber ich kann es nicht ungeschehen machen.«

»Ach, Emma! Was machst du nur für Sachen?« Nun wechselte auch Ursula ins Deutsche.

Emma setzte sich auf die Küchenbank, während Ursula Wasser am Ofen erhitzte. Aron blieb in der Tür stehen.

»Sag mir, was ich tun soll. Ich bin nicht der Teufel, für den mich hier alle halten. Manchmal kommt die Liebe dann, wenn wir gar nicht mit ihr rechnen. Sie erleuchtet wie ein Blitz für einen Moment das Leben, erhellt, was wir nie gesehen haben, zeigt uns, was sein könnte, was wir uns immer gewünscht haben.«

»Und was hast du dir immer gewünscht?«

Emma wandte Aron den Rücken zu. Sie unterdrückte die Tränen, die ihr in den Augen brannten, dabei versuchte sie, ihrer Stimme einen beiläufigen Klang zu geben, damit Aron nicht ahnte, worüber sie sprach: »Erst dachte ich, es wäre der Krieg, der irgendetwas in mir kaputtgemacht hat, dass da nichts mehr ist als Trauer. Als Kinder waren wir beide anders, oder? Damals gab es viele Gelegenheiten, die mich herausgerissen haben aus dieser Tretmühle des Alltags. Feiern mit Klassenkameraden. Urlaub an der See. Die Fahrten mit meinen Eltern ins Wochenendhaus. Ich habe es früher geschafft mit dem Glücklichsein. Jetzt ist da nichts. Gar nichts. Am Anfang, bei unserer Ankunft in diesem Land, war es wie ein Aufatmen. Ich hatte gedacht, dass mein Mann nicht nur zwischen Pflicht und Arbeit wechseln würde. Das war ein Irrtum. Dann kam der, der völlig entgegengesetzt ist. Du weißt, wen ich meine. Er hat Träume. Mit ihm ist es, als wäre ich endlich wieder lebendig. Er hat mich gerettet aus dieser stumpfsinnigen Traurigkeit und aus dieser Leere. Gerne würde ich noch einmal neu beginnen, aber sag mir: Wie soll das gehen mit einem Mann, der mich anscheinend für die Lasterhaftigkeit in Person hält?«

Ursula nickte. »Du machst es nur weiter kaputt, wenn du nach den Sternen greifen willst. Dir geht es doch gut. Wir haben hier keine Not, haben alles, was wir brauchen.«

»Ich brauche mehr als bloßes Überleben.«

»Was ist mit deiner Familie? Warum hast du geheiratet, wenn du nicht liebst? Warum einen Sohn bekommen, wenn deine Verantwortung für ihn dich nicht von der Unvernunft abhält?«

»Wenn es nur so einfach wäre, wie du es siehst!« Emma fuhr die Linien im Holz des Tisches nach. Sie war auf Ursula mindestens ebenso wütend wie auf Aron. Es war, als hätten sich alle gegen sie verschworen.

»Erklär es mir. Damit ich es verstehe«, sagte Ursula.

Emma schwieg. Erklärte es sich nicht von selbst? Sie hatte mehr als einen Fehler begangen. Trotzdem rechtfertigte es nicht die Forderung, ihr gesamtes Leben, ihr Wünschen und Wollen aufzugeben. Sie war Arons Ehefrau. Aber nicht seine Sklavin.

»Ich sollte gehen.« Aron drückte Ursula zum Abschied. Dann ging er, ohne Emma noch einmal anzusehen.

»Es tut mir leid, ich habe ganz vergessen, dass du da bist!« Ursula wechselte wieder ins Isländische.

Aron zog die Tür hinter sich zu.

Emma hörte auf seine Schritte, die sich entfernten, wie draußen die Pferde zur Begrüßung schnaubten, als er bei ihnen war.

»Was ist es, das dich so niedergeschlagen macht? Warum kannst du dich nicht an dem freuen, was du hast?«, fragte Ursula.

»Nach den Sternen greifen, so hast du es gerade genannt. Die Sterne sind nicht so fern, wie du glaubst. Manchmal, im richtigen Moment, muss man nur aufstehen und die Arme hochrecken. Sind wir dazu geboren, im Dunkeln zu verharren? Uns im Alltag aufzureiben? Es gibt mehr als das, viel mehr.«

»Was, wenn du bei dem Versuch, mehr zu bekommen, alles verlierst?«

Ursulas Worte waren wie ein kalter Luftzug. Wie Ursula es ausgesprochen hatte, klang es wie eine Drohung. Emma stand auf und nahm einen der gefärbten Wollstränge von dem Haken an der Wand. Sie legte ihn sich über den Arm, damit Ursula anfangen konnte, daraus das erste Knäuel zu wickeln.

»Wenn ich alles verliere? Dann kann ich wenigstens sagen, dass ich es versucht habe«, sagte Emma.

»Was ist mit denen, für die du Verantwortung trägst? Mit denen, die dich lieben?«

»Es gibt nur noch Daníel.« Sie wusste, dass sie Ursula möglicherweise kränkte. Aber so viel ihr ihre Cousine auch bedeutete – sie waren Freundinnen, die unabhängig voneinander waren. Emma würde nicht wollen, dass Ursula wegen ihrer Freundschaft auf Dinge verzichtete, die sie glücklich machten. Freundschaft und auch eine Ehe waren doch keine Selbstaufgabe! »Daníel ist der Einzige, der mich hält. Für ihn stehe ich auf, wenn meine Glieder schwer wie Blei sind. Für ihn lache ich, wenn meine Seele rabenschwarz ist. Ich versuche, ihm jeden Tag zu zeigen, wie schön die Welt ist, obwohl ich längst nicht mehr daran glaube.«

Schweigend wickelte Ursula an dem Wollknäuel weiter, dann begann sie das nächste, das übernächste und das darauf folgende.

Als Emma auf die Uhr sah, waren Stunden vergangen.

»Du bist wütend auf mich«, sagte Emma.

»Das ist es nicht. Wut ist der falsche Begriff. Natürlich macht es mich traurig. Und hilflos. Ich wünschte, ich könnte dir ein Stück von meinem Gefühl abgeben, das mir die Sicherheit gibt: Ich bin angekommen. Genau in diesem Land. Hier ist unser Zuhause.«

Emma schüttelte den Kopf. Würde es je etwas in der Art in ihrem Leben geben? Oder waren manche Menschen dazu verurteilt, auf der Suche zu bleiben, ohne jemals ein Ankommen zu erleben? Sie kannte das, was Ursula beschrieb, nur flüchtig – es währte nur wenige Minuten, wenn sie so sehr in einem Tun, in einem Moment aufging, dass sich die Zeit aufzulösen schien. Ihr Kopf schmerzte. Es war ein Druck, der tief aus ihrem Innern kam und es ihr zunehmend schwerer machte, einen klaren Gedanken zu fassen.

»Wo ist Ísak? Warum ist er noch nicht wieder da?«, fragte Emma.

»Vielleicht kommt er gar nicht. Er ist in Reykjavík und versucht, neue Abnehmer für unseren Schinken zu finden.«

»Es war doch abgesprochen, dass er mich mit dem Wagen zurückbringt.«

»Wir nehmen die Pferde. Ich kann dich begleiten.«

Emma überlegte. Wenn sie nicht auf der braun gescheckten Stute ritt, war sie unsicher. Ein unbekanntes Tier, von dem sie nicht wusste, wie es im Ernstfall reagierte, traute sie sich nicht zu.

»Mach dir keine Umstände. Ich gehe zu Fuß. Aber dann muss ich jetzt aufbrechen, sonst überrascht mich die Dunkelheit.« Emma umarmte Ursula. »Danke für alles!« Sie zog sich ihre Jacke über, steckte das Gebäck ein, das Ursula ihr für die Kinder mitgab, und trat ins Freie.

»Du schaffst das«, sagte Ursula zum Abschied.

Die Kühle tat ihren Kopfschmerzen gut. Emma winkte, drehte sich auf dem Hügel noch einmal um, von wo aus sie einen letzten Blick auf das Küchenfenster werfen konnte, an dem Ursula stand und ihr nachschaute.

Bald waren nichts als Weiden um sie herum zu sehen. Eine halbe Stunde später kam sie zum Gletscherfluss Blanda, der wegen der langen Regenfälle angeschwollen war. Sie hörte das Wasser gurgeln und rauschen. Wenn sie an diesem Ort allein war, verstand sie, warum die Menschen sich von all den Naturwesen erzählten. Es klang, als würde der Fluss etwas erzählen. Wie sich die Äste in der einsetzenden Dämmerung bewegten, wirkte es, als wären sie lebendig und würden nach ihr greifen. Emma zuckte zusammen, als sich nur wenige Meter vor ihr ein Stein vom Weg löste und mit einem lauten Krachen die Felsen zum Fluss hinunterstürzte. Sie schrie auf, als eine Gestalt hinter ihr hervortrat.

»Ich habe so sehr gehofft, dass du allein hier vorbeikommst, so unwahrscheinlich es auch war.« Sie erkannte ihn an der Art, wie er im Englischen die Vokale langzog: Jón.

»Wie lange hast du schon gewartet?«

»Nicht lang. Aron hat auf dem Rückweg einen Abstecher in die Stadt gemacht. Ich habe gesehen, dass er zwei Pferde dabeihatte und nicht wie üblich eins. Du weißt, wie schnell sich Neuigkeiten herumsprechen. Man hat mir erzählt, dass du bei Ursula zu Besuch bist. Ich wusste, dass Ísak in der Hauptstadt ist. Meine Kombinationsgabe hat mich nicht verlassen. Ich habe schon seit Tagen auf eine Möglichkeit gehofft, mit dir zu sprechen.«

»Ist etwas passiert?« Emma versuchte vergeblich, sein Gesicht zu betrachten. Dafür war es schon zu dunkel. Er klang gehetzt, fast ängstlich.

»Ich muss weiter.«

»Was willst du damit sagen?« Sie wollte ihn berühren, doch er wich zurück, als hätte er sich an ihr verbrannt. Seine Bewegungen wirkten fahrig, als er zur Seite ging. Er roch nach Alkohol. »Du trinkst zu viel.«

»Bist du jetzt meine Ehefrau, die meinen Lebensstil kritisiert?«

»Entschuldige.«

Er nahm ihre Hand wie zur Versöhnung. Sie wusste, dass er schnell aufbrauste. Es war zu spät, um die Worte zurückzunehmen. Ja, sie fand, dass er zu viel trank, aber es lag in seiner Verantwortung und nicht in ihrer. Stand es ihr zu, ihn zu kritisieren? Vorsichtig schob er ihren Ärmel hoch und streichelte ihren Unterarm. Er küsste ihren Nacken. Emma schloss die Augen und zwang sich, sie wieder zu öffnen.

»Wir dürfen uns nicht mehr treffen, sonst hetzt Aron alle Männer der Stadt auf mich«, sagte er. »Ich muss fort. Ich habe im Spiel eine Menge Geld verloren und kann nicht für meine Schulden aufkommen. Du weißt, was mit denjenigen passiert, die nicht zahlen.«

»Wo willst du hin?«

»Vielleicht Amerika. Zunächst jedoch nach Köln.« Er lachte. »Es ist nicht weit von deiner Geburtsstadt entfernt, habe ich recht? Dort wohnt ein Freund von mir. Er wird mich aufnehmen, bis ich die Weiterreise geplant habe.«

Emma sah den Rhein vor sich, die Rheinwiesen, die voller Blumen waren, an denen sie als Kind immer gespielt hatte. Die

Schiffe. All die Geschäfte. Die Feiern am Flussufer im Sommer. All das hatte sie schon fast vergessen. Sie merkte erst, dass sie weinte, als ihre Nase so verstopft war, dass sie keine Luft bekam. So gerne sie ihm folgen würde, es ging nicht. Daníel war ihr Sohn. Sie konnte ihn weder bei Aron zurücklassen noch alleine aufziehen. Sie war nicht eine Frau wie Embla, die stolz damit umgehen konnte, dass ihr Kind keinen Vater hatte. Embla war so selbstsicher, dass niemand es wagte, ihr einen Vorwurf zu machen.

»Ich halte die Enge hier einfach nicht länger aus. Ich muss weiter. Raus in die Welt. Ich bin nicht für die Sesshaftigkeit geboren«, sagte Jón.

Emma gab sich einen Ruck. »Und wenn Daníel und ich mitkommen? Lass uns eine Familie sein in Köln. Du, ich und Daníel.«

»Ich kann mir kaum eine Überfahrt für mich allein leisten. Abgesehen davon: So eine Reise ist nichts für ein Baby. Es braucht ein Zuhause. Seine gewohnte Umgebung.«

Emma putzte sich die Nase. Sie hatte sich in ihm getäuscht. Sie rückte ein Stück von ihm weg.

»Ich dachte, du liebst mich«, flüsterte sie.

»Und wie ich dich liebe. Deshalb habe ich auf dich gewartet. Um dich mitzunehmen. Brechen wir zusammen auf! Nur wir beide.«

»Mach es gut, Jón. Ich wünsche dir, dass du glücklich wirst.«

Ohne eine Antwort abzuwarten, stand sie auf und ging weiter. Sie ignorierte sein Rufen, mit dem er sie aufzuhalten versuchte. Sie hatte ihre Entscheidung getroffen, so sehr sie auch schmerzte.

32

Bei Blönduós
Mittwoch, 5. November 1952

Sie erwachte vom Hufenscharren der Pferde. Emma lauschte in die Stille. Draußen war es noch vollständig dunkel. Als sie aufstand, war vor dem Fenster nichts als Schwärze zu erkennen. Emma öffnete das Fenster. Nun konnte sie hören, wie sich die Kühe unruhig im Stall bewegten. Die Gänse, die sich jede Nacht auf der Wiese am Hof dicht zusammendrängten, flatterten auf. Sie kannte die Gewohnheiten und Geräusche der Tiere inzwischen gut genug, um zu wissen: Es nahte keine unmittelbare Gefahr, doch irgendetwas war anders als sonst. Als Wind aufkam, glaubte Emma für einen Moment, Tabakrauch wahrzunehmen. Hatte sie sich nur von der Nervosität der Tiere anstecken lassen? Sie blickte sich um zur Tür. Sollte sie zu den hinteren Räumen gehen und Aron wecken, der aus Enttäuschung über die Affäre mit Daníel noch immer bei den anderen schlief? Emma hörte das laute Schnarchen von Bjarki, einer der Zwillinge sprach im Schlaf. Sie zündete eine Öllampe an. Gerade, als sie sich die Schuhe übergezogen hatte und entschlossen war, Unterstützung zu holen, hielt ein Ruf sie zurück.

»Emma!«

Sie lehnte sich hinaus.

»Jón?« Er kam um die Hausecke. Im Schein der Lampe erkannte sie ihn deutlicher. Er trug zwei Mäntel übereinander. Ein großer Seesack hing über seinen Schultern.

»Ich kann nicht ohne dich sein. Du bedeutest mir zu viel, Emma.«

Sie beugte sich aus dem Fenster, umfasste sein Gesicht. Jóns unrasierte Wange kratzte beim Kuss an ihrer Stirn.

»Das heißt, du bleibst?« Emma atmete auf. Die Vorstellung, ihn nie wiederzusehen, hatte sie nächtelang nicht schlafen lassen. Ihr Verstand sagte, dass sie sich von ihm fernhalten musste, doch ihr Herz ließ sich damit nicht in Einklang bringen.

»Ich kann nicht bleiben. Ich habe Schulden. Und hier in diesem Land keine Zukunft. Ich will nach Köln. Das Schiff geht in zwei Tagen.«

»Du bist nur gekommen, um dich zu verabschieden?«

Er reichte ihr eine Karte. Sie brauchte die Aufschrift nicht zu lesen, sie wusste auch so, um was es sich handelte. Ein Ticket nach Europa. »Für dich. Wirf sie weg oder komm mit mir.«

»Und Daníel?«

»Wir können kein Kind mitnehmen!«

Emma hielt sich am Fensterrahmen fest. Ihre Knie zitterten. Sie hatte das Gefühl, keine Luft mehr zu bekommen, als würde sich die Umgebung um sie drehen, als müsste sie sich entscheiden, ob sie sich entweder den einen oder den anderen Arm abreißen müsste. Sie wollte keinen der beiden verlieren, weder Daníel noch Jón.

»Warum, Jón? Warum tust du mir das an?«

»Ich habe keine Arbeit, keine Wohnung, keine Ersparnisse, nur die zwei Tickets und das, was ich bei mir trage. Wie sollen wir da ein Kind großziehen? Es wird in der ersten Zeit nicht leicht werden, im Gegenteil. Das Überleben wird dir nirgends geschenkt. Daníel wird schreien, wenn du ihn holst, und uns verraten, bevor wir den Hof hinter uns gelassen haben. Mit ihm werden wir nicht einmal das Schiff erreichen.«

Emma war unfähig, etwas zu sagen. Der Wind wehte Kälte herein.

»Hat Aron seine Sachen in diesem Raum?«, fragte er. Ohne eine Antwort abzuwarten, stieg Jón durchs Fenster ein und öffnete eine Kommodenschublade nach der anderen. »Hier ist der Familienschmuck. Den können wir gebrauchen. Für den Notfall. Wenn wir ihn nicht brauchen, schicken wir ihn mit der Post zurück.« Jón ließ den Schmuck in seinen Seesack gleiten, aus dem er einen zweiten Sack für Emma zog. »Pack ein, was du hast!«, sagte er.

Emma zögerte. »Ich kann das nicht.«

»Manchmal ist es einfach zu spät. Du willst dich immer an der Hoffnung festhalten. Aber Aron wird dir nicht mehr vertrauen, sonst würde er dich hier nicht allein lassen. Nachts rückt zusammen, was zusammengehört. Was denkst du, warum er dich so lange wegen der Affäre straft?«

Emma schüttelte den Kopf. »Aron ist nicht, wie du denkst.«

»Bist du glücklich mit ihm?«, fragte Jón.

Sie hielt den Atem an und unterdrückte ein Schluchzen. »Nein.«

»Und wie ist es, wenn ich bei dir bin?«

Emma brauchte nicht zu antworten, sie wusste, dass die Frage rhetorisch war.

»Komm jetzt!« Er begann, ihre Sachen zu packen, stopfte so schnell es ging so viel wie möglich aus den Schränken in den zweiten Seesack.

»Vielleicht habe ich mein Glück verspielt, weil ich von Unerreichbarem geträumt habe. Es ist mein Schicksal zu leiden«, überlegte sie.

»So einen Quatsch habe ich ja noch nie gehört! Du denkst zu viel. Wir müssen los.«

Hastig zog sich Emma ein Kleid über, Strümpfe, Mantel, Mütze, Schal und Handschuhe. Dann folgte sie Jón durch das Fenster hinaus ins Freie.

33

Isabell war unsicher, ob sie die Abbiegung von der Küstenstraße finden würde. Zu wenig Anhaltspunkte gab es, zu gleichförmig war die Landschaft mit dem Meer auf der linken Seite. Die Weiden auf der rechten Seite gingen langsam ins Bergland über. Dann erkannte sie eine Pferdekoppel. Pferde, besonders die Muttertiere mit ihren Jungen, waren ihr beim ersten Mal auf ihrem Weg zur Hütte auch aufgefallen, wie sie zusammen auf einem braunen, kahlen Hügel lagen, obwohl die Grasfläche drumherum viel besser als Ruheplatz geeignet schien. »Dort strahlt eine heiße Quelle Wärme ab«, erinnerte sie sich an Gabríels Erklärung. Sie bog in den Pfad ein, der zwei Minuten später vor ihr auftauchte, um kurz darauf festzustellen, dass es eine Sackgasse war, die zu einem verlassenen Hof führte. Das Dach war eingestürzt. Durch das Fahrzeug aufgeschreckt flog ein Schwarm Vögel auf, so dicht über dem Wagen, dass Isabell trotz der geschlossenen Fenster das Flügelschlagen hörte. Der Regen der letzten Nacht sammelte sich hier in den Schlaglöchern. Isabell musste auf die Wiese fahren, um zu wenden. Auf dem feuchten, schlickigen Gras drehten die Reifen durch, dann machte der Wagen einen Satz.

Erleichtert atmete sie auf, als sie die Küstenstraße erreichte. Die Berghütte zu finden, würde reine Glückssache sein, trotzdem entschied sie, nicht umzukehren, um Anna zu suchen und sie um Hilfe zu bitten. Sie hatte zumindest die Pferde als Anhaltspunkt. Es dauerte nur ein paar Minuten, bis sie auf eine weitere Abbiegemöglichkeit traf. Wieder tauchte eine Erinnerung auf, diesmal bezog sie sich auf die Straße, die sich mit unzähligen Kurven bergauf schlängelte. Aber traf das nicht auf alle Wege zu, die vom Küstenstreifen aus in Richtung Osten führten? Die Umgebung wurde wie bei ihrem ersten Ausflug auf die Halbinsel immer karger und lebensfeindlicher, dann entdeckte sie hinter einer Kuppe Grasflächen. Sie sah die schmale Brücke, den Wasserfall und atmete auf. Dahinter verborgen befand sich die Hütte von Daníel. Geschafft!

Sie parkte den Wagen so dicht am Eingang wie möglich.

»Daníel?«, rief sie.

Niemand antwortete.

Sie klopfte an die Tür.

»Daníel!«

Durch die Scheibe war wenig vom Innern der Hütte zu erkennen, die Nachmittagssonne reichte gerade, um rechts den Kocher und einen Teil der Anrichte zu erhellen. Das Regal blieb ebenso im Dunkeln wie das Sofa. Die eingezogene zweite Ebene war von diesem Blickwinkel aus betrachtet sowieso nicht einsehbar. Nichts wies auf Daníels Anwesenheit hin. Es war aufgeräumt, als wäre schon länger niemand mehr hier gewesen, es stand keine benutzte Tasse herum, es gab kein aufgeschlagenes Buch, kein gestapeltes Geschirr. Die Schale mit Keksen, die sie auf die Kommode gestellt hatte, war verschwunden.

Das Metall der Türklinke ruhte kühl in Isabells Hand. Ein Schloss, mit dem man die Tür abschließen konnte, gab es nicht. Isabell zögerte, dann drückte sie die Klinke hinunter. Mit einem Klacken sprang die Tür auf. Das Quietschen, das ihr vorher nie aufgefallen war, erschreckte sie.

»Daníel?«

Der Kocher strahlte Restwärme ab, die auf ihrer Gesichtshaut prickelte, so stark war der Gegensatz zu der Kälte draußen. Isabell berührte das Metallgitter, das darauf befestigt war. Es war so heiß, das sie zurückzuckte. Das Handtuch, das über dem Griff einer Schublade hing, war noch feucht.

Isabell verließ die Hütte und zog die Tür von außen zu, um auf Daníel zu warten. Innen war es deutlich angenehmer gewesen. Sie sehnte sich nach der Wärme zurück, nach der Möglichkeit, sich eine Tasse Tee zu kochen. Doch sie wollte Daníel nicht verärgern. So setzte sie sich auf einen der großen Steine vor der Hütte, von dem aus sie die Straße im Blick hatte und auch die beiden Pfade, die in die Berge führten.

Das laute Grummeln ihres Magens war nicht zu überhören. Sie dachte an das ausgefallene Mittagessen. Ihr Mund fühlte sich trocken an und der Hunger ließ sie frieren. Isabell rieb sich über die Arme, hauchte ihre Finger an und presste sie sich aufs Gesicht – es half nichts. Es war kalt. Sie war müde von den sechs Stunden, die sie an diesem Tag schon gefahren war. Sie brauchte etwas zum Essen und zum Trinken.

Da der Tank knapp vor der Reserveanzeige stand, wollte sie es nicht riskieren, den Motor anzuschalten und die Heizung aufzudrehen. Um sich warm zu halten, ging Isabell vor der Hütte auf und ab. Als es zu regnen anfing und stärkerer Wind aufkam, flüchtete Isabell dann doch in die Hütte. Sie zog sich die Schuhe aus und stellte sie auf das Brett neben dem Eingang. Der Kocher strahlte weiterhin Wärme ab. Das Lammfell unter ihren Füßen verstärkte das wohlige Gefühl, es ließ sie einsinken, was wie ein Willkommensgruß war. Hier im Innern brauchte sie ihre Jacke nicht mehr. Isabell setzte sich auf das Sofa und lehnte sich zurück. Ihr Blick fiel auf die Keksschale, die nun im Küchenregal bei den Tellern stand, daneben eine Alukanne. Isabell hob die Kanne hoch, die so schwer war, dass sie gefüllt sein musste. Der unverkennbare Kaffeegeruch ließ keinen

Zweifel daran, was sich in der Kanne befand. Ohne lange zu zögern, goss sich Isabell Kaffee in eine Tasse. Sie machte es sich wieder auf dem Sofa gemütlich und legte die Keksschale auf ihre Knie. Bisher war sie niemand gewesen, der die Einsamkeit gesucht hatte. Natur, das war für sie die Schrebergartensiedlung einer befreundeten Klassenkameradin, wo sie als Kind oft die Wochenenden verbracht hatte, um zu grillen oder herumzutoben, dicht an dicht mit anderen Kleingärten. Natur, das waren Klassenwandertage, Landschulheimaufenthalte, was nett war, worauf sie aber jederzeit zugunsten eines Kinobesuchs verzichtet hätte. Doch so eine Hütte, irgendwo am Waldrand oder auf einer Lichtung, die ihr ganz allein gehörte – Isabell lehnte sich bei der Vorstellung weiter zurück. Das wäre wunderbar, auch wenn es in Deutschland kaum solche versteckten Orte wie diese Talmulde mit Bach und Wasserfall gab. Es war eine Mischung aus Märchen- und Traumwelt und doch real. Der Wind, das Rauschen des Wasserfalls und die Rufe der Gänse vermittelten ein Gefühl von Einheit, das Gefühl, dass alles zusammengehörte, dass es so, wie es war, richtig war. In dem Moment verstand Isabell Gabríels Faszination für die alten Erzählungen, die sich mit den unterschiedlichsten Naturgeistern beschäftigten. Es gab Orte wie diesen, wo die Natur den Eindruck entstehen ließ, sie sei nicht nur lebendig, sondern sie stünde mit den Menschen in Kontakt. Trotz ihrer Anspannung beim Gedanken an Daníels Rückkehr merkte Isabell die zunehmende Müdigkeit, die auch der Kaffee nicht aufhalten konnte. Draußen blökten ein paar Schafe.

Gerade, als ihr die Augen zufielen, hörte Isabell ein »Hallo«. Sie richtete sich auf und sah durch das Fenster, wie Daníel um den Wagen herumging. Dann kam er auf die Hütte zu. Die Tür wurde mit einem Knall aufgerissen. Als er sie sah, wich er zurück.

»Was willst du hier?«, fragte Daníel.

»Bitte, lass uns reden.«

»Was sollte es noch zu reden geben?«

Die Keksschale rutschte Isabell von den zittrigen Beinen. Sie stellte die Tasse beiseite und hob die Schale auf. Sie räusperte sich und befürchtete, keinen Ton herauszubekommen. All die Furchen in Daníels Gesicht offenbarten seine Gefühle mehr als deutlich. Er war wütend.

»Es ist besser, du gehst jetzt«, sagte Daníel. »Kehr zurück nach Deutschland. Oder fahr meinetwegen ins Gästehaus. Hier hast du nichts zu suchen und es gibt auch nichts zu finden.«

»Ich habe mit Ursula gesprochen, der Cousine meiner Oma.«

»Ich weiß, wer Ursula ist. Sie ist anders als meine Mutter. Sie ist eine von uns geworden. Aber das Leben ist nicht gerecht, es hat ihr nie etwas geschenkt.«

»Sie hat mir erzählt, was damals passiert ist, dass meine Oma Schmuck und Geld geraubt hat, um mit ihrem Liebhaber durchzubrennen, dass sie dich zurückgelassen hat, weil Jón nie ein Kind mit sich genommen hätte.«

»Merkst du nicht, wie du sie mit deinen Worten in Schutz nimmst?«

»Was tue ich?« Isabells Augen brannten vor Wut. Was für ein lächerlicher Vorwurf. »Ich bin entsetzt über das, was meine Oma getan hat.«

»Dann behaupte nicht, sie hätte mich zurückgelassen, weil ein anderer sie dazu gedrängt hat. Es gab keinen Zwang für sie. Sie hat sich selbst entschieden – gegen mich, gegen meinen Vater. Was passiert ist, hat allein sie zu verantworten. Und jetzt geh. Warum erzählst du mir das überhaupt? Meinst du, ich wüsste nichts von der Vergangenheit? Mein Vater und ich haben beschlossen, ihr niemals nachzutrauern, nie über sie zu reden, nicht einmal daran zu denken.«

Isabell fehlten die Worte. Sollte sie wirklich so schnell wie möglich von diesem Ort verschwinden? Sie wünschte sich so sehr, etwas zu sagen oder zu tun, durch das Daníel begriff, dass sie genauso fassungslos vor dem Geschehenen stand wie er. Sie erkannte die Verletztheit hinter seiner rauen, polternden Fassade, hinter seiner Zurückgezogenheit. Und sie verstand, warum er gerade solch einen Ort für sich als Rückzug gewählt hatte. Diese Hütte war ein Schutzraum, viel mehr, als es jedes Haus aus Stein sein konnte. Die kleine Hütte mitten in der Natur gab ihm ein Gefühl von Geborgenheit und Schutz, was ihm eigentlich eine Mutter – in diesem Fall Emma – hätte geben sollen.

Daníel wandte sich ab, ohne Isabell noch zu beachten. Er holte Wasser, stellte es auf den Kocher. Er spülte die Keksschale und Isabells Tasse, ohne sie dabei anzusehen. Er kochte neuen Kaffee, so stark, dass der Geruch sich schnell im Innern der Hütte ausbreitete.

»Bitte …« Isabell verstummte, als Daníel sie weiter ignorierte. Mit einer Tasse Kaffee in der Hand ging er nach draußen. Wenig später kam er zurück, setzte sich mit dem Rücken zu Isabell an den Tisch.

»Kann ich irgendetwas tun oder sagen, um …«, begann sie erneut.

»Was geschehen ist, ist geschehen. Es geht hier nicht allein um mich. Sie hat meinen Vater als gebrochenen Mann zurückgelassen. Sie hat ihm nicht nur Schmuck und Geld genommen. Vor allem war es die Zuversicht, dass es so etwas gibt wie Gerechtigkeit oder Liebe. Ohne Bjarni und Óskar hätte er wohl nicht mehr weiterleben wollen. Ich habe lange gebraucht, um ihm zu beweisen, dass ich nicht in erster Linie das Kind meiner Mutter, sondern das Kind meines Vaters bin. Das bin ich heute noch. Ich habe nichts mit ihr gemeinsam außer meiner Abstammung. Sie besteht nur auf dem Papier, nicht in meinem Innern.«

»Emma hatte kein Glück. Sie wurde von Jón verlassen.«

»Erwartest du, dass ich jetzt Mitleid mit ihr habe?« Daníel lachte.

»Nein. Aber es ist vielleicht so etwas wie ausgleichende Gerechtigkeit.«

»Ich wünsche niemandem Schlechtes.«

»So habe ich das auch nicht gemeint.«

Isabell schwieg. Alles, was sie sagte, war falsch. Gab es eine Möglichkeit, jemals hinter seine Verletztheit zu dringen? Sie setzte sich auf den anderen Stuhl am Tisch und wartete, bis sich ihre Blicke begegneten. Als er sie ansah, war es fast schmerzhaft, als würde sich etwas in ihr Innerstes brennen. Daníel schien ähnlich zu empfinden. Sein Kinn zitterte, seine Nasenflügel bebten.

»Es gibt etwas«, begann er und stand auf. Er zog die Holzschublade mit dem Besteck darin aus dem Küchenregal, stellte sie auf die Anrichte. Dann zog er aus der Vertiefung, die sich zwischen Schublade und dem darunter liegenden Brett befand, zwei schwarze Hefte heraus. Er legte sie auf den Tisch. Die Hefte waren von außen nicht beschriftet.

»Ich war ein Kind und wusste nicht einmal, was ich da an mich nehme. Damals, als sie weg war, hat mein Vater alles, was ihr gehörte und sie zurückgelassen hatte, vergraben. Es gab nichts, was an sie erinnerte. Ich war vierzehn Jahre alt, als ich das hier fand beim Umräumen des Zimmers. Das Regal stand früher im alten Gästezimmer, dann habe ich es bekommen. An genau diesem Ort, wo ich sie heute noch verstecke, hat auch Emma ihre Hefte versteckt. Ich habe sie bisher niemandem gezeigt. Anfangen kann ich damit nichts. Ich kenne die Sprache zu wenig. Irgendwann wollte ich es übersetzen lassen, aber wie es so ist im Leben, es hat sich nie der richtige Zeitpunkt ergeben. Vielleicht hatte ich einfach Angst vor diesem Schritt, weil uns die Familiengeschichte, wie sie mein Vater erzählt hat, eint. Es ist eine Familie ohne Mutter und ohne Ehefrau. Soll sie überhaupt im Nachhinein durch das, was sie geschrieben hat, ihre Stimme erheben?«

Vorsichtig schlug Isabell das oben liegende Heft auf, dann das darunter liegende. Es waren zwei eng beschriebene Tagebücher.

»Jetzt ist es Zeit, das zu tun, was schon längst hätte getan werden sollen. Die Hefte waren nicht für mich gedacht. Aber ich konnte mich auch nie davon trennen, weil es das Einzige ist, was mir von meiner Mutter geblieben ist. Nimm sie an dich. Behalte sie. Bring sie weg von hier nach Deutschland, so weit, dass ich nie mehr in Versuchung komme, mich mit dem zu beschäftigen, was darin stehen könnte. Ich habe nie eine Mutter gehabt.«

Isabell spürte das Bedürfnis, ihn zu umarmen oder seine Hand zu nehmen. Doch alles an ihm wirkte so verschlossen, dass sie ihre Hände zwischen Stuhl und Oberschenkel klemmte.

»Jetzt geh. Bitte«, sagte er. Seine Stimme hatte all das Harte und Polternde verloren, das sie anfangs erschreckt hatte.

34

Isabell blieb am Tisch in Daníels Hütte sitzen. Sie schlug das Heft auf, in das Emma 1950 begonnen hatte zu schreiben. Jeden Moment wartete sie darauf, dass Daníel aufstand und ging, doch auch er bewegte sich nicht. Vorsichtig blätterte sie von einer Seite zur nächsten. Das Papier hatte an manchen Stellen braune Flecken von Feuchtigkeit, die Bleistiftbuchstaben hatten auf den jeweils gegenüberliegenden Seiten Abdruckspuren hinterlassen, sodass es bei der kleinen Schrift nicht immer leicht war, die Worte zu entziffern.

Sonntag, 2. Dezember 1951, 1. Advent. Ich wusste, was ein Winter in Island bedeutet.

Isabell las erst still, dann übersetzte sie Satz für Satz ins Englische. Sie rechnete damit, dass Daníel ihr sagte, sie solle aufhören. Doch er blieb sitzen. Seine Finger spielten mit den breiten, bunten Keramikperlen seiner Kette.

Noch letztes Jahr lag Veränderung in der Luft. Wir wollten uns ein modernes Haus bauen, eines aus Stein und Holz, mehrgeschossig mit Holztreppe und Teppich auf dem Boden.

Jetzt liegt der Bau brach, ist von Schnee bedeckt. Der Verkauf des geräucherten Lammschinkens und der Wollpullover in Reykjavík an die Amerikaner hat genügend Geld eingebracht, um einen gesamten Bautrupp zu bezahlen. Doch das Wetter vereitelt unsere Pläne. Aron trägt alles mit dem für ihn so typischen Gleichmut. Der nächste Frühling wird kommen. Dass aus dem Stall wieder Lämmer verschwunden sind? Selbst darüber macht er sich keine Sorgen. Mein Körper ähnelt durch die Schwangerschaft inzwischen dem eines Walfischs, obwohl noch mehr als drei Monate bis zur Geburt vor mir liegen. In diesem Zustand kann ich mich nicht allein mit einem Knüppel bewaffnet auf die Lauer legen, um Diebe zu überführen.

Dieselbe Kraft, mit der der Frühling und die Verliebtheit uns mitgerissen haben, mindestens genauso stark wirken sich nun der Winter und die bevorstehende Geburt auf uns aus. Melancholie und Gereiztheit breiten sich wie eine Decke über Aron und mich. Während die anderen Frauen an den langen, dunklen Abenden zusammensitzen mit ihren Handarbeiten, singen, musizieren, Geschichten zum Besten geben, lustig sind und es eine Gemeinschaft ist wie bei einer großen Feier, konzentriere ich mich wegen meiner Sprachprobleme auf mein Strickzeug, verstehe nicht wirklich, was sie erzählen, warum sie lachen, warum ihre Stimmen ganz sanft und leise werden, fast andächtig, und sie manchmal nur noch Blicke anstelle von Worten wechseln.

Ich weiß nicht, wie Ursula es macht, dass sie es perfekt schafft, sich in dieser Sprache zu verständigen, in der es mir, wenn alle schnell und durcheinanderreden, nicht einmal gelingt, aus der melodiösen Satzmelodie einzelne Worte herauszuhören. Nun verharre ich hier an einem Ort, der sich in meinen Träumen mit dem Bunker vermischt, an den ich nie zurückdenken wollte. Tausende von Kilometern habe ich zurückgelegt, um dem zu entfliehen, was mich jetzt erneut einholt: die Dunkelheit, die Kälte, die Einsamkeit. Es sind keine Tonnen aus Stahlbeton, in denen ich um mein Leben fürchten muss, es sind dicke Torfschichten, die vor der Kälte schützen sollen. Und doch reicht das Löschen der Lichter, wenn die Schwärze mich umfängt, dass ich nachts schreiend hochschrecke, dass ich nicht mehr weiß, wo ich bin, und denke, sie würden kommen, die Flieger, die Bomben.

Daníel hatte die Ellbogen auf der Tischplatte aufgestützt. Er verbarg sein Gesicht hinter den Händen. Isabell sah, wie sich sein Brustkorb unregelmäßig ausdehnte und wieder zusammenzog, als wäre jedes Ausatmen wie ein innerliches In-sich-Zusammenfallen. Als er sie ansah, waren seine Augen gerötet. Isabell wusste nicht, ob es von Tränen kam oder von der Kraft, mit der er seine Fäuste dagegengedrückt hatte.

»All die Jahre war ich auf meinen Vater mindestens ebenso wütend wie auf die Frau, die mich zur Welt gebracht hat«, sagte er. Seine Worte klangen erstickt. »Warum hat er nie etwas gegen das Unrecht getan? Ich weiß, was Emma meinte in ihrem Tagebuch. Es ging nicht nur um Lämmerdiebstahl. Er schenkte, ohne zu fragen, was er zurückbekam. Wenn jemand Hilfe von ihm wollte, war er bereit – egal, wie dringend er zu Hause von uns Kindern gebraucht wurde. Als Jugendlicher wollte ich ihn dazu bringen, dass er die Deutsche aufspürt, die ihn so gedemütigt hat. Wir hatten genug Geld für eine Schiffsfahrt. Warum hat er sie nicht bestraft? Es ihr nicht heimgezahlt? Ich habe ihn nie verstanden, war doch deutlich zu sehen, wie sehr er unter der Situation gelitten hat. Er konnte sie nie vergessen, hat sogar insgeheim gehofft, dass sie zurückkommt. Er hätte ihr vergeben! Seine Wut auf sie war nur von kurzer Dauer. Später, als ich größer und kräftiger wurde, hatte ich die Idee, mich mit meinen Brüdern zusammenzutun. Wir hätten es tun können: zu ihr fahren, sie mit dem konfrontieren, was sie uns allen angetan hat, wenn mein Vater es schon nicht tat. Mein Vater hat es verboten. Nicht einmal reden sollte ich mit meinen Brüdern über das, was ich wusste. Auch nach seinem Tod blieb sein Wunsch für mich ein Gebot, an das ich mich hielt.«

Isabell erinnerte sich an die verriegelten Fenster in Emmas Haus, an die Schwierigkeiten beim Lüften, das nach einem genau festgelegten Ritual ablaufen musste – immer so, dass niemand eine Möglichkeit gehabt hätte, hereinzukommen. Emmas Fachwerkhaus war gesichert wie eine Festung: Die Kellerfenster waren mit Gittern versehen, die Metallstiege vor der Haustür mit in die Wand einzementierten Riegeln. Es war also nicht der Spleen einer alten Frau gewesen. Emma hatte damit gerechnet, dass Aron eines Tages kommen würde, um sich zu rächen.

»Ich werde ihr Verhalten nicht entschuldigen.« Daníel fuhr sich durch die Haare. »Aber sie war wohl auch nicht nur die egoistische, gedankenlose Verräterin, die Diebin, die ich aus den Erzählungen kannte. Sie ist tot, oder?«

Isabell nickte. »Es ist nicht einmal einen Monat her.« Sie spürte bei Daníel so viel Trauer, Enttäuschung und Sehnsucht, dass sich ihr Magen zusammenkrampfte. Wenn sie nur einen Teil des Geschehenen wiedergutmachen könnte! Wenn sich die Lücke, die Emma aufgerissen hatte, nur irgendwie füllen ließ! Sie wusste, dass es unmöglich war. Sie fragte sich, ob es immer so ist, dass derjenige, der geht, die Macht über diejenigen behält, die er verlässt. Wer verlassen wird, bleibt in einem Niemandsland zurück und ist ein Stück weit abgeschnitten von der Zukunft, weil er mit dem Vergangenen nicht abschließen kann.

35

»Warum liebt der Mensch, wenn es so sehr schmerzt, verlassen zu werden? Wenn es keine Garantie für die Liebe gibt?«, fragte Isabell.

Daníel stellte zwei dampfende Tassen mit Kaffee auf den Tisch. »Du sprichst aber jetzt nicht von Emma.«

Isabell schüttelte den Kopf. Sie dachte nicht nur an Aron und Emma oder Emma und Jonathan – Jonathan, der eigentlich Jón hieß. Viel mehr beschäftigte sie der Gedanke an Gabríel, obwohl sie ihn noch gar nicht so lange kannte. Wenn sie wenigstens wütend auf ihn sein könnte! Doch inzwischen hatte sich ihr Ärger gelegt. Wenn sie die Augen schloss, sah sie ihn vor sich, sein Lachen, die roten Bartstoppeln, wie sich ein paar Locken unter seiner schwarzen Mütze hervorkringelten. Sie wünschte, sie hätte auch so eine einsame Hütte wie die von Daníel, irgendwo in den Bergen, um sich dorthin zurückzuziehen wie ein verletztes Tier.

»Gabríel und ich waren zusammen in Reykjavík. Ich habe Ursula besucht, wollte mich später mit ihm treffen. Dann habe ich ihn in einem Café mit einer anderen Frau entdeckt.« Sie hoffte, dass Daníel ihr erklären würde, es sei bestimmt nur ein Irrtum, doch er schwieg. Sie erwartete nicht, dass er sie tröstend in den Arm nahm. Aber wenigstens sagen könnte er etwas! »Was soll ich denn nur tun?«

»Bitte, lies weiter aus dem Tagebuch vor.«

Erst dachte sie, das könne jetzt nicht sein Ernst sein! Daníel goss noch einmal Kaffee nach. Für ihn schien das Thema Gabríel und Reykjavík damit erledigt zu sein. Bisher hatte sie ihn für einen einsamen Wolf gehalten, der niemanden brauchte, der die Zurückgezogenheit aus Überzeugung wählte.

Mit einem Mal erkannte sie an seinen fahrigen Bewegungen – als er die Kanne abstellte, an seinem unsteten Blick – die Verlorenheit hinter seiner rauen Fassade. Wie sollte er Trost und Unterstützung geben, etwas, das er selbst anscheinend in seinem Leben nie erfahren hatte?

Isabell las weiter.

Lass uns in die Stadt ziehen, nur für den Winter, so wie es Ursula und Ísak tun, nur für ein paar Wochen, habe ich Aron heute wieder vorgeschlagen. Ich muss raus, raus aus der Enge, raus aus der Dunkelheit, der Stille, wo ich mich noch immer nicht richtig verständigen kann.

Wenigstens tut er nicht mehr wie anfangs so, als würde er mich nicht verstehen, aber für ihn ist der Vorschlag so, als verlangte ich von ihm, in ein anderes Land überzusiedeln und seine Familie zu verlassen.

Jeans, Kaugummi, Cola, Jazzclubs, einmal in einer Limousine mitfahren! Musik. Bis zur Erschöpfung auf den Tischen tanzen, Tag und Nacht miteinander verschmelzen lassen, eintauchen in eine Welt, in der die Sprache keine Rolle spielt. Wir könnten einen Stand eröffnen mit unserem Schinken, wie Ísak und Ursula. Wir können reich werden, dort ein Haus kaufen. Aron schüttelt jedes Mal den Kopf, auch heute.

Warum versucht er nicht, mir zu erklären, aus welchem Grund es ihm wie ein Verrat erscheint, in die Hauptstadt zu ziehen oder wenigstens zu pendeln, um dort Geschäfte zu machen? Sein »Nein«

ist für ihn genug. Er ist wie die Alten, die nichts von dem Leben in Reykjavík wissen wollen. Für sie ist es ein Frevel, wenn die Jungen daran denken, dorthin zu gehen. Ist es schlecht, es sich gut gehen zu lassen? Es sind Prinzipien, die ich nicht verstehe. Das Neue ist grundsätzlich suspekt. Das Altbewährte ist gut. Aber sind es nicht all die Veränderungen, der Zuzug, all die Soldaten, die den Wohlstand gebracht haben?

Ich hätte doch gewusst, was mich erwartet, sagt Ursula jedes Mal, wenn ich mich beklage.

Ja, Ursula hat recht, ich wusste von der Dunkelheit in der kalten Jahreszeit, trotzdem dachte ich, Aron würde Träume haben, genau wie ich. Anstatt etwas zu bewegen, herrscht bei ihm inzwischen absoluter Stillstand. Es ist seine Mentalität, die mich zur Weißglut bringt.

Warum unternimmt er nichts gegen den Lämmerdiebstahl? Warum versucht er nicht einmal in Gedanken, eine andere Zukunft aufzubauen? So phlegmatisch ist er anfangs nicht gewesen. Ist es der Winter, der ihn so werden lässt, dass ich nur noch weglaufen will? Oder ist es die Realität des Alltags, die unsere Gefühle füreinander auffrisst? Ist es das Fehlen von körperlicher Liebe wegen meiner Schwangerschaft?

Unsere Tochter – oder unseren Sohn – möchte ich lehren, sich nicht zu fügen, sich nicht bestehlen zu lassen, sondern zu kämpfen, für die eigene Überzeugung einzustehen, auch wenn alle anderen sagen: Das ist unmöglich.

»Weglaufen«, klang es in ihr nach. Es war die einfachste Lösung, die Emma gewählt hatte, und im Grunde war sie selbst auch weggelaufen – vor Gabríel, ebenso wie sie vor Marcel geflüchtet war. War sie nicht ein Stück weit wie Emma? Sicher, sie hatte kein Kind und keinen Ehemann zurückgelassen, sie hatte niemanden bestohlen, trotzdem war das, was Emma schrieb, wie ein innerer Stich. Isabell schluckte. Sie war nicht wie Emma!

Sie würde nicht wie Emma werden! Sie hätte nie so gehandelt! Oder doch?

Isabell schlang die Arme um ihren Oberkörper. Durch das Fenster sah sie nach draußen auf das Grün. Sie hörte auf Daníels gleichmäßigen Atem und auf das Rauschen des Wassers im Hintergrund. Es war wunderschön! Eigentlich.

»Ich darf die Hefte wirklich behalten?«, fragte Isabell.

»Ich stehe zu meinem Wort. Nur will ich im Gästehaus eine Kopie davon anfertigen, bevor du nach Deutschland zurückkehrst. Ich möchte sie für mich übersetzen lassen, was ich schon längst hätte tun sollen.«

Isabell nahm die Aufzeichnungen an sich, dann legte sie sie wieder auf den Tisch.

»Lesen wir sie gemeinsam weiter«, schlug sie vor. »Ich kann übersetzen.« Anfangs war ihr Daníel unheimlich gewesen mit seiner polternden Art und seiner Rauheit. Nun war ihre Angst vor ihm verschwunden. Jetzt aufbrechen, ohne ihn jemals wiederzusehen? Unvorstellbar, fand Isabell. Irgendetwas war geschehen, ohne dass sie es beschreiben konnte. Hatte er sich verändert oder war sie nicht mehr dieselbe?

»Vorher muss ich nur dringend noch etwas erledigen«, sagte sie und war froh, dass er nicht nachfragte. Doch bestimmt wusste er sowieso, was sie nicht zur Ruhe kommen ließ.

36

Koblenz,
Freitag, 30. Januar 1953

Erschöpft kehrte Emma nach ihrem Arbeitstag bei Dr. Bärreiter nach Hause zurück. Eigentlich hatte sie geplant, mit Jón den Abschluss ihrer ersten Arbeitswoche zu feiern. Als sie nach ihm rief, blieb alles still, wie an den Tagen zuvor auch. Emma streifte ihre Schuhe ab und kickte sie frustriert in Richtung der Garderobe. Die Miete für das Fachwerkhaus war niedrig, aber die Fenster waren so zugig, dass es im Innern der Räume deutlich kälter war als auf Arons Hof. Die Wärme des Kaminfeuers reichte nur für das Wohnzimmer, doch wenn niemand da war, der ihn befeuerte, war auch er nutzlos. Emma nahm die dicken Socken, die sie sich schon zurechtgelegt hatte. Sie war vollkommen erschöpft. Nicht eine Minute hatte sie sich während ihres Arbeitstages ausruhen können. Da sie beide von dieser Stelle abhängig waren und es ganz und gar keine Selbstverständlichkeit gewesen war, wieder eine Anstellung als Schreibkraft zu finden, konnte Emma sich keinen Protest erlauben. Wenn Jón ihr wenigstens das Gefühl gäbe, dass er es zu schätzen wüsste!

»Du kannst froh sein, dass dein Mann dich arbeiten lässt«, hatten die Kollegen heute zu ihr gesagt und Jóns Aussehen gelobt, als sie ein Foto von ihm gezeigt hatte. Doch niemand ahnte, wie es wirklich zwischen ihnen aussah.

Emma hasste den Alltag. Jón hielt es sehr schlecht aus, wenn Notwendigkeiten das Handeln bestimmten und er eine Rolle spielen sollte, die ihm nicht gefiel. Er wollte kein sesshafter Ehemann sein, er sei nicht für die Bürgerlichkeit geboren, betonte er. An diesem Tag verbot sie sich rauszugehen, durch die Wirtschaften zu laufen, um ihn zu suchen. Sie wusste nur zu gut, wo er sich befand: in einer der Weinstuben am Fluss, wo er mit anderen das Geld verfeierte, das sie verdiente.

Emma ging in den ersten Stock, um zwischen den Papieren für Dr. Bärreiter den Arbeitsvertrag aus Island herauszusuchen. Er bräuchte das Dokument »für die Vollständigkeit der Personalakte«, hatte er gemeint. Dabei war sie nicht einmal sicher, ob das Papier noch existierte.

Sie verharrte grübelnd vor Jóns Schreibtisch, den er bisher kaum genutzt hatte. Zuerst zog sie die oberste Schublade auf. Darin waren ein Stapel Papiere, Füller, Tinte, Lineale und Bleistifte. Anschließend sah sie im linken Seitenfach nach. Emma sah ihren Pass und darunter den von Jón. Sie stutzte. Anstatt »Jón Hilmarsson« stand dort »Jonathan Hill«. Im ersten Moment dachte sie, es müsse sich um einen Irrtum handeln, doch das Foto in dem deutschen Pass war ohne Zweifel das von Jón. Weiter unten zwischen den Papieren befand sich eine Abstammungsurkunde, auch auf »Jonathan Hill« ausgestellt. Das Geburtsdatum war seines, als Geburtsort war Oslo angegeben, mit norwegischen Vorfahren mütterlicherseits und Vorfahren aus den USA väterlicherseits. Hinter den Unterlagen blitzte ein größerer, metallischer Gegenstand hervor. Als Emma ihn hervorzog und erkannte, was sie gerade berührte, fühlte es sich an, als hätte sie sich ihre Hand verbrannt. Es war eine Pistole. Wie erstarrt ließ sie die Waffe auf den Boden fallen und setzte sich. Es dauerte Minuten, bis sich ihr Atem beruhigt hatte. Was hatte Jón vor?

»Geht es dir nicht gut?«

Emma zuckte zusammen. Jón stand im Türrahmen. Seine Bewegungen wirkten fahrig. Sie roch, dass er getrunken und geraucht hatte.

Ohne eine Erklärung nahm er die Pistole und legte sie wieder zurück hinter die Unterlagen.

»Warum durchwühlst du meine Sachen?«

Emma war nicht fähig, einen Satz hervorzubringen. In ihrem Kopf vermischten sich Deutsch, Isländisch und Englisch zu einer undurchdringlichen Masse an Wörtern, die sich nicht vernünftig zusammensetzen ließen.

»Warum durchwühlst du meine Sachen?«, schrie Jón.

Seine Wut riss sie aus ihrer Erstarrung. »Dr. Bärreiter will den Arbeitsvertrag aus Island haben.«

Jón kramte in der rechten Schreibtischschublade. Ohne langes Suchen zog er das Dokument hervor.

»Ich dachte …«, begann Emma und stockte. Sie wusste nicht mehr, was sie dachte. Wie Jón reagierte, wie er sie ansah, als gäbe es nichts, worüber sie sich aufregen müsste, als wäre ihre Reaktion das einzig Seltsame, brachte sie aus dem Konzept.

»Was dachtest du?« Seine Stimme klang, als spräche er mit einem begriffsstutzigen Kleinkind, langsam und überbetont.

»Wir haben geheiratet. Ich bin deine Frau. Du bist mein Mann. Aber der Pass, der Name … Jonathan Hill …«

»Ich habe den Pass vor der Heirat in Auftrag gegeben. In Köln. Als wir noch nicht hierhin gezogen waren, als nicht klar war, wie es mit uns weitergehen soll. Es war reine Vorsicht, falls die Polizei auftaucht und es Ärger gibt wegen des Schmucks, den wir mitgenommen haben. Es ist nicht schwer, uns aufzuspüren. Amerika war als Option gedacht.«

»Hast du mich bei der ganzen Sache überhaupt eingeplant?« Seine Beschwichtigungen beruhigten sie nicht. Nur seinetwegen hatte sie ihre Familie verlassen. Und er war nicht sicher gewesen, ob er mit ihr zusammenbleiben wollte? Warum hatte er nie offen mit ihr über den Pass geredet? Und vor allem: Wofür hatte er die Waffe? »Dann lass uns den Pass zerschneiden und die Pistole am Abend in die Mosel werfen.« Sie zog die große Papierschere aus dem Fach. Bevor sie sie ansetzen konnte, nahm Jón sie ihr aus der Hand. Er verstaute Pass und Waffe in seinen Taschen und legte die Schere zurück.

»Es muss weg. Tu es für mich. Als Beweis für unsere Liebe«, sagte sie.

»Wir haben geheiratet. Wofür braucht Liebe Versicherungen? Liebe kann man nicht an Äußerlichkeiten festmachen. Wenn man versucht, sie festzuhalten, ist sie schon verloren. Du vertraust mir nicht.«

»Doch, das tue ich. Es tut mir leid.« Ihre Stimme klang brüchig. Warum liefen ihre Diskussionen nur jedes Mal nach demselben Muster ab? Egal, ob es um diesen Pass ging, um sein spätes Nachhausekommen, seine geringen Anstrengungen bei der Arbeitssuche oder um seine Ausgaben in den Winzerwirtschaften und seine häufige Trunkenheit, am Ende stand immer sie als diejenige da, die etwas falsch gemacht hatte, die sich entschuldigte, um die Wogen zu glätten.

»Ich will dich bloß nicht verlieren«, sagte sie.

»Das tust du nicht.«

Warm spürte sie seine Hände auf ihrer Stirn.

»Die Falten stehen dir nicht gut.« Mit den Daumen strich er von der Nasenwurzel ausgehend zu den Ohren.

Emma schloss die Augen. Sie presste sich an ihn, suchte mit ihren Lippen die seinen. Er schmeckte nach Zwiebelmett, Nussbrot und Wein. Als er den Reißverschluss ihres Kleides öffnete, zuckte sie von dem kühlen Luftzug zusammen.

»Wir müssen Feuer machen.« Emma zitterte vor Kälte.

»Komm mit unter die Decke. Es ist spät. Bleiben wir einfach im Bett.«

»Ich habe noch nichts gegessen.«

»Ich hole uns etwas aus der Küche. Wein und Aufschnitt.«

»Wir können doch den Aufschnitt nicht pur essen.«

Er küsste ihre Worte weg, zog sie ins Schlafzimmer und streifte ihr dabei die Kleidung ab.

»Ich will dich. Jetzt«, flüsterte er.

Seine Zunge an ihrem Ohrläppchen hinterließ ein Kribbeln bis zu den Zehenspitzen.

»Du grübelst zu viel«, sagte er.

Die Mischung aus Hunger, Erschöpfung und Lust wirkte, als hätte sie mehrere Gläser Sekt auf leeren Magen getrunken. Sie stolperte rückwärts und lachte, als der Deckenhaufen auf dem Bett sanft ihren Sturz abbremste. Sie hatte nicht mitbekommen, wie Jón sich ausgezogen hatte, registrierte nur, wie er warm und verschwitzt auf ihr lag.

»Ist dir noch kalt?«, fragte er.

»Es ist warm.«

»Das Leben besteht nicht nur aus Pflicht. Wenn du mich nicht hättest, dann würdest du nur arbeiten. Stell dir den Sommer vor. Kommst du mit mir in die Sonne? Legen wir uns auf die Wiese. Spürst du das Gras unter deinen Füßen, wie es kitzelt?«

Emma entspannte sich. Wie konnte sie nur an ihm zweifeln! Seine Worte und seine Berührungen trugen sie weit weg aus dem Alltag, den sie im Grunde genauso hasste, wie er es tat. Die Arbeit im Büro, Feuermachen, Kochen, Putzen, was spielte das alles für eine Rolle?

»Du bist mein Zaubermeister«, sagte sie. Es stimmte. Er brachte sie dazu, dass sich ihr Körper unter seinem aufbäumte, dass es ihr egal war, was die Nachbarn dachten, wenn sie vor Lust schrie. Er schaffte es, dass sich die reale Welt um sie herum auflöste.

37

**Koblenz,
Freitag, 16. Juli 1954**

Emma konnte es nicht glauben, doch der Besuch beim Arzt und die anschließende Untersuchung bei der Hebamme ließen keinen Zweifel. Sie war schwanger. Die Übelkeit, die sie in den letzten Wochen Tag und Nacht begleitet hatte, die Schwere und Müdigkeit und auch die Melancholie waren verschwunden, als hätte sie einen anderen, jüngeren Körper bekommen. Sie hatte das Gefühl, alle Blicke würden auf ihr ruhen, alle würden ihr ansehen, was in ihr vorging.

Monatelang hatte sie es als Strafe Gottes angenommen, dass eine Schwangerschaft ausblieb, als ihr Zoll, den sie zahlen musste, weil sie Daníel zurückgelassen hatte. Nun war es, als leuchtete das Grün der Blätter noch intensiver, als hätte sich die Luft aufgeklart, als schiene die Sonne vom Himmel, um ihr zu sagen: Die Vergangenheit ist abgeschlossen.

Sie lauschte auf die Geräusche im Innern des Hauses, als sie den Schlüssel ins Schloss steckte. Aus dem Wohnzimmer klangen Fernsehstimmen. Zuerst sah Emma Jóns Füße, die er auf den Wohnzimmertisch gelegt hatte. Dann entdeckte sie mehrere leere Bierflaschen. An diesem Tag würde sie keinen Streit deswegen beginnen. Und drei Flaschen Bier waren nicht so viel, dass er betrunken sein würde, beruhigte sie sich.

»Schon zurück?«, fragte er auf Englisch.

Normalerweise hätte sie ihn darauf hingewiesen, dass er sich vorgenommen hatte, Deutsch zu sprechen, um das zu festigen, was er in den teuren Privatstunden gelernt hatte. Doch dieser Tag sollte nicht so enden wie all die anderen Tage zuvor.

»Ich war beim Arzt.« Sie hoffte, dass er es als Entgegenkommen betrachtete, dass auch sie Englisch sprach. So war es für sie beide entspannter.

»Du bist krank?« Seine Stirn legte sich in Falten. Er nahm die Füße vom Tisch und schob die Bierflaschen beiseite. Mit einer Hand klopfte er neben sich.

Emma ließ sich aufs Sofa sinken, in seine Arme. »Ich bin schwanger.«

Sie merkte, wie Jón die Luft anhielt, wie sich seine Muskeln anspannten. Er seufzte. Sein Kehlkopf bewegte sich beim Schlucken auf und ab. Er fuhr sich durch die Haare.

»Bist du sicher?«, fragte er.

»Ich war beim Arzt und bei der Hebamme. Sie hat sogar die Herztöne gehört! Es ist gesund!«

»Ich hätte es mir denken können. Die Übelkeit. Aber so lange hat es nicht … es ist eine Überraschung.«

»Du klingst nicht begeistert.« Sie hatte sich auf dem Nachhauseweg alle möglichen Reaktionen zurechtgelegt, dass er sich freuen würde und sie sich dann gemeinsam in den Armen lagen. Oder dass er Sorgen hätte, wie sie das Kind ernähren sollten, woraufhin sie ihm die Stelle auf dem Bau vorgeschlagen hätte, von der sie heute erfahren hatte. Stattdessen blieb er vollkommen emotionslos. Emma erkannte weder Freude noch Angst oder Verunsicherung, höchstens etwas Skepsis.

»Jetzt sind wir bald eine Familie. Eine richtige Familie. Und niemand kann uns mehr irgendetwas vorwerfen.« All das

Gerede im Dorf, als ob sie es nicht mitbekommen hätte! Nun war es Zeit für eine Veränderung. Mit Kind würden sie dazugehören, Jón und sie, anerkannt und auch eingeladen werden. Emma küsste seinen Hals. Als sie ihm über die Brust strich, fühlte sie einen harten Anhänger, der unter dem Pullover verborgen war. Sie wusste sofort, um was es sich handelte.

»Wolltest du nicht den ganzen Schmuck verkaufen?«, fragte sie.

»Das Wolfskreuz habe ich eben behalten.«

»Warum gerade das?« Sie wollte nicht an Aron und noch weniger an Daníel denken. An ihrer Hand spürte sie einen Stich, als ginge von dem Schmuckstück ein Stromschlag aus. Ihre Augen füllten sich mit Tränen, hinter denen die Umgebung verschwamm. Die Stimmen im Fernseher wurden von einem Dröhnen überlagert, das tief aus ihrem Innern kam. Für einen Moment glaubte sie, Daníel zu hören, wie er nach ihr rief. Sie rieb sich über die Augen, bis sie wieder deutlich sah.

»Was ist daran schlecht? Das Amulett hätte sowieso nicht so viel Geld gebracht«, sagte er.

»Kannst du es bitte wegtun?«

Jón stöhnte auf. Er räumte den Anhänger nicht, wie Emma gehofft hatte, in sein Zimmer, sondern steckte ihn in die Hosentasche.

»Und jetzt?« Jón schüttelte den Kopf.

»Feiern wir die Schwangerschaft!«

»Wie hast du dir das vorgestellt?«

»Ich lade dich ein. In die Gastwirtschaft.«

»Aber sonst stört es dich, wenn ich dorthin gehe. Immer beklagst du dich über die Gasthäuser und Winzerwirtschaften. Und mit einem Mal spielen all die alten Argumente keine Rolle mehr? Billiger ist der Wein dort auch nicht geworden.«

Emma war nicht sicher, ob sie ihn richtig verstanden hatte. Warum ließ er sich so eine Möglichkeit entgehen? Sie brauchten kein Abendessen herrichten. Sie würden zusammen anstoßen, für ihn ein Glas Wein, für sie nur Traubensaft – wegen des Kindes. Sie rüttelte ihn liebevoll und küsste ihn.

»Das ist doch jetzt etwas ganz anderes«, sagte sie. »Wir feiern.«

»Ich bin nicht in Stimmung.«

»Ich bezahle.«

Jón blickte weg von ihr aus dem Fenster. Emma stand auf, um den Fernseher auszuschalten. Sie sah zum Esstisch, wo noch das Frühstücksgeschirr herumstand, wie eine stille Mahnung an das, was sie erwartete, wenn sie direkt nach der Geburt wirklich auf Jóns Hilfe angewiesen wäre.

»Was ist denn nur los mit dir? Was ist aus dem geworden, was du dir vorgenommen hast? Aus deiner Idee, ein Unternehmen zu gründen, Pferde zu züchten?«, fragte Emma.

»Hast du mich je gefragt, was ich will? Zuerst hast du gesagt, du würdest diesen verdammten Alltag auch nicht ertragen. Du wolltest frei sein. Leben. Unabhängig sein. Dann kam das Büro. Die Heirat. Ich will jetzt kein Kind! Ist das deutlich genug für dich?«

Als Emma merkte, wie sie die Luft anhielt, verbot sie sich, auszuatmen. Konnte man auf diese Weise sterben?

Erst als sie das Krachen der Tür hörte, begriff sie, dass er gegangen war. Mit einem Schrei ließ Emma die Luft aus ihrem Innern entweichen.

»Du Idiot!«, brüllte sie und wusste nicht, ob er sie noch hörte.

38

**Koblenz,
Montag, 19. Juli 1954**

Unruhig warf sich Emma im Schlaf von einer Seite zur anderen. Sie tastete links neben sich, ob Jón gekommen war. Es war nicht die erste Nacht, die er in einer der Weinwirtschaften verbrachte. Gerade in den warmen Sommernächten saß er lange nach Einbruch der Dunkelheit bei Kerzenschein weiter auf den Holzbänken und spielte Karten, trank Wein, redete über Fußball und Urlaub, schmiedete Pläne fürs Leben, die am Morgen vergessen waren. Was sie irritierte, war, dass es diesmal in der Nacht auf einen Montag geschah. Montags mussten alle anderen arbeiten, sodass die Winzer sonntags vor Mitternacht schlossen.

Der Wecker klingelte um halb acht. Noch immer war die Bettseite neben Emma unberührt. Wie betäubt stand sie auf und ging in die Küche, um ein Frühstück herzurichten. Während sie auf das Pfeifen des Wasserkessels wartete, sah sie nach draußen. Sie grüßte Nachbarn mit einem Winken. Schulkinder rannten an ihrem Haus vorbei zur Schule. Anstelle der ledernen Schultaschen trugen viele der Kinder an diesem Tag nur leichte Rucksäcke und kamen wenig später mit ihren Lehrerinnen wieder vorbei, um in Richtung Mosel zu gehen. In der nächsten

Woche würde es Sommerferien geben, doch schon jetzt waren die Kinder ausgelassener als sonst. Die Lehrer nutzten die warmen Tage, um Ausflüge zu unternehmen. Die Luft, die durch das geöffnete Fenster hereinwehte, roch süßlich von all den Blüten und reifen Früchten. Im Stehen aß Emma ein Butterbrot. Dazu trank sie eine Tasse Tee mit Kandiszucker. Sie wusste nicht genau, was sie so sehr aufregte. Jón war ein erwachsener Mann, der sich selbst zu helfen wusste. Trotzdem machte sie sich Sorgen, die ihr den Magen zusammenschnürten und ihr den Atem nahmen. Sie zog ihre Kleidung vom Vortag an, kämmte sich notdürftig die Haare und ging zu den Nachbarn, die ein Telefon hatten.

Ob sie den Apparat nutzen dürfte? Nur kurz im Büro anrufen?

Emma spürte die Blicke der Nachbarin auf sich, während sie wählte. Frau Schulze verschwand in den Nachbarraum, doch Emma ahnte, dass das Telefonat in den nächsten Tagen das Dorfgespräch sein würde, wenn sie nicht vorsichtig mit dem war, was sie sagte.

»Leider kann ich heute nicht kommen. Ich habe mir den Magen verdorben. Lassen Sie bitte die Korrespondenz und neu anfallende Arbeit liegen. Niemand muss sie für mich übernehmen, ich werde morgen eher da sein und bleibe länger, um alles aufzuholen.«

»Gute Besserung«, wünschte die Nachbarin beim Abschied. »Vielleicht sollten Sie zum Arzt gehen? Sie sehen ganz bleich aus.«

»Das hatte ich vor.« Emma ging wirklich in Richtung der Arztpraxis, die in der Ortsmitte lag, weil sich die Weinwirtschaften auch dort befanden. Die ersten zwei Winzerwirtschaften waren geschlossen. Emma rüttelte vergeblich an den Türen. Das Weindorf an der Mosel war übersichtlich, sodass Emma nach zwanzig Minuten alle Möglichkeiten geprüft hatte, wo sich Jón noch aufhalten könnte. Doch er blieb verschwunden.

Mit gesenktem Blick kehrte Emma nach Hause zurück. Sie hoffte so sehr, dass bei ihrer Rückkehr Kaffeegeruch aus der Küche dringen würde.

Die Tür war nach wie vor verschlossen. Ihre Schritte im Flur kamen ihr lauter vor als üblicherweise. Emma zog die Schuhe aus. Ihre Knie zitterten, als sie zu Jóns Schreibtisch ging. Zuerst sah sie nach, wo sich Jóns und ihre Ausweispapiere befanden.

Seine Papiere waren nicht mehr zu finden. Auch die Pistole war weg. Emma musste sich am Tisch festhalten, um nicht das Gleichgewicht zu verlieren, als sie sich aufrichtete. Dann rannte sie zum Kleiderschrank. Dort fehlte nichts. Jón hatte nur die Kleidung bei sich, die er am Leib trug: seine braune Lieblingshose mit Hosenträgern, ein weißes Hemd und ein Jackett. Von seinen zwei Paar Schuhen standen die Braunen noch im Schrank, so wusste sie, dass er die Schwarzen angezogen hatte. Emma zog sich eins seiner Jacketts über. Es roch nach ihm, nach der Mischung aus Tabak und Schweiß, die nicht intensiv war, aber doch deutlich genug, um sie wahrzunehmen. Emma sog den Geruch ein. Sie hatte ihn immer gemocht. Er gab ihr Sicherheit, wenn sie nachts schlief. Wie konnte er abreisen, ohne zumindest etwas Kleidung mitzunehmen? Emma schluckte, als sie ins Wohnzimmer ging und sich umsah. Erst jetzt fiel es ihr auf: Es gab keinen Gegenstand, den Jón gekauft hatte, nichts, was er zu ihren Figuren auf dem Sideboard hinzugestellt hatte. Er hatte keine Bücher, las nur Zeitschriften, die er anschließend wegwarf. Emma schrie, bis sie heiser wurde. Dann kehrte sie zum Kleiderschrank zurück und stopfte alle Kleidungsstücke von Jón in den Seesack, mit dem er angekommen war. Darauf warf sie noch seinen Rasierpinsel, den Rasierer und seine Zahnbürste. Den gefüllten Seesack entsorgte sie in der Mülltonne. Es hatte nicht einmal fünf Minuten gebraucht, um das, was Jón an Besitztümern angesammelt hatte, zu entfernen. Auch wenn sie es sich nie eingestanden hatte, nun war es offensichtlich: Dieses

Haus war nie Jóns Zuhause gewesen. Jón war ein Reisender, der immer auf dem Sprung war. Was mochte er gedacht haben, als sie von der großen Liebe gesprochen hatte? Von Heimat, einer Familie? Von Beruf, Weiterkommen und Urlaub in Italien?

Emma ließ sich auf die Couch sinken. Sie legte ihre Beine über die Lehne, um das Schwindelgefühl zu bekämpfen, das stärker wurde. Von dem stechenden Druck unter ihrem Rücken irritiert griff sie in die Sofaritze und zog das silberne Wolfskreuz hervor. Tagelang hatten Jón und sie danach gesucht, als es plötzlich verschwunden gewesen war. Jón hatte befürchtet, es sei ihm gestohlen worden. Wieder war es, als könnte sie spüren, wie Hitze von dem Amulett ausging. Ihre Hand begann zu brennen. Emma legte das Wolfskreuz auf den Wohnzimmertisch. Sie wartete darauf, dass die Trauer sie mit sich spülte, dass die Wut sie von innen heraus zernagte, dass die Schuldgefühle sie zerrissen wegen dem, was sie denen, die sie liebten, angetan hatte. Aber alle Gefühle waren mit einem Mal wie durch Watte spürbar. Emma kannte diesen Effekt von früher. Sie war Emma und gleichzeitig war sie es doch nicht. Es war, als würde sie sich von außen betrachten. Morgen würde sie wieder zur Arbeit gehen. Es waren die Kleinigkeiten, Alltäglichkeiten, die einen in solchen Zeiten am Leben hielten, jede Einzelne für sich ein Anker. Sie wusste, dass sie sich von Anker zu Anker hangeln musste, um nicht zu versinken. Sie selbst war egal. Aber es gab ein Kind in ihrem Bauch wie ein lebendiges Mahnmal. Brachten Beziehungen und Liebe je etwas anderes als Tränen und Enttäuschungen?

Das Kind würde sie Rita nennen. Niemand konnte Emma sagen, ob es wirklich ein Mädchen war. Aber sie spürte deutlicher als je zuvor in ihrem Leben, dass sie sich nicht irrte. Der Name bedeutete »Perle«, hatte sie gelesen. Oder »Kind des Lichts«. Mochte Rita alle Dunkelheit hinter sich lassen.

39

Als Isabell in die Hofeinfahrt des Gästehauses einbog, sah sie Gabríels Wagen schon dort stehen. Sie nahm noch einmal ihr Handy heraus. Keine Anrufe, keine Nachrichten in Abwesenheit. Sie machte sich nicht die Mühe, in die enge Lücke zwischen den Wagen einzuparken, sondern stellte das Auto quer vor den anderen Autos ab. Für einen Moment schloss sie die Augen und atmete tief durch. Dann stieg sie aus. Ohne zu zögern ging sie um das Gebäude herum, aus dem Stimmen klangen, Rufen und Lachen, Poltern und Türenknallen – das typische Durcheinander, wenn eine Gruppe abreiste oder gerade ankam.

Sie brauchte an Gabríels Tür nicht zu klingeln, sie war geöffnet. Er saß im Flur und putzte seine Schuhe. Isabell blieb stehen. Sie wartete, bis er zu ihr aufsah.

»Du hier?«, fragte er.

Seine Stimme verstärkte ihre Traurigkeit über das, was in Reykjavík geschehen war. Noch immer spürte sie das Prickeln, wenn er sprach, das wie ein Wärmeschauer war. Sie würde vielleicht wie Emma als Gescheiterte in der Liebe zurückkehren, aber still und heimlich würde sie nicht gehen!

»Ich habe euch beide in dem Café gesehen. Sie ist hübsch.« Isabell versuchte, bei den Tatsachen zu bleiben und ihre Gefühle außen vor zu lassen.

»Du hast mein Rufen nicht mehr gehört, oder? Ich habe versucht, dich einzuholen. Aber du warst in der Menge der Touristen verschwunden.«

»Du brauchst mir nichts zu erklären. Du bist mir zu nichts verpflichtet.« Sie wollte seine Rechtfertigungen nicht hören. Darum ging es nicht. »Ich habe dich geliebt.« Sie zwang sich, in der Vergangenheit zu sprechen. »Zwischen uns, das war etwas Besonderes, auch wenn wir erst dabei waren, uns kennenzulernen. Ich ...« Sie stockte und schob all die Bilder beiseite, die vor ihrem inneren Auge auftauchten: Gabríel und sie an seinem Küchentisch nach dem Essen, als Anna gegangen war. Sein gleichmäßiger Atem, als sie nachts in der Hütte nebeneinanderlagen. »Aber jetzt spielt es wohl keine Rolle mehr, was ich dachte.«

Er schwieg. Seine Stirn legte sich in Falten.

»War das mit uns für dich nur ein Zeitvertreib, weil gerade niemand anderes da war? Warum?«, fragte Isabell.

»Es stimmt, ich hätte dir von Karen erzählen sollen.«

Isabell merkte, wie sie die Luft anhielt.

»Wir haben in den letzten zwei Jahren meines Studiums zusammengewohnt. Wir wollten uns etwas aufbauen und ja, wir haben uns geliebt. Das Stadtleben war für mich nicht das Richtige und sie konnte sich nie mit dem Gedanken anfreunden, mit hierherzukommen. Eine Beziehung hätte bedeutet, dass wir entweder pendeln und nirgends ein Zuhause finden, oder dass einer von uns beiden das Leben aufgibt, das er sich gewünscht hat. Ich habe das Stadtleben jahrelang ausprobiert, auch wenn ich dabei immer nervöser wurde und am Ende gar nicht mehr wusste, was ich eigentlich wollte. Karen hat es hier nur wenige Tage ausgehalten. Es sei ihr zu viel Familie, hat sie gesagt, zu viele Absprachen, zu viele Rücksichten, der Einzelne bekomme von den anderen eine Rolle zugewiesen und könne nicht mehr frei bestimmen. Sie wollte nicht nur ein Teil in einem Familiengefüge sein wie ein Puzzleteil in einem Bild. Es gab unzählige Diskussionen, einige Trennungen und Versöhnungen. Wir sind zusammen nach England und Schottland geflogen. Doch Urlaub ist nie Alltag. Inzwischen weiß ich nicht mehr, wie oft wir festgestellt haben, dass es mit uns nicht funktioniert. Trotzdem konnten wir den anderen nie freigeben.«

Isabell erinnerte sich, wie die beiden miteinander umgegangen waren. Es war nicht nur Freundschaft, es war etwas, das tiefer ging. »Danke, dass du wenigstens jetzt so ehrlich bist«, sagte sie.

Nun war es Gabríel, der den Kopf schüttelte. »Ich war immer ehrlich zu dir! Von außen betrachtet ist es nur kompliziert und ich weiß, wie töricht diese On/Off-Beziehung auf dich wirken muss. Was ich die ganze Zeit erklären will: Wir haben uns endgültig voneinander getrennt. Es ist vorbei, aber das war es eigentlich schon lange. Nur wollte ich ihr persönlich sagen, dass ich wirklich nicht zurückkehren werde.«

»Was für einen Sinn macht eine Freundschaft zwischen uns«, begann sie, »wenn ich nur der Anlass bin, aus einer frustrierenden Beziehung auszusteigen? Das funktioniert nicht auf Dauer.«

»Ich könnte sagen, dass es nur die Recherche nach deiner Großmutter war, die dich hierherkommen ließ, dass ich für dich nur eine Art unbezahlter Touristenguide war.«

»Du weißt, dass das nicht so ist!«

»Du weißt, dass es bei mir auch nicht so ist, wie du es mir vorwirfst!«

Isabell setzte sich auf die Treppenstufe vor dem Haus. Es war völlig windstill, sodass die Sonnenstrahlen eine fast sommerliche Kraft entwickelten. Sie schloss für einen Moment die Augen. Es war so viel geschehen, die Tage in Island waren so intensiv gewesen, dass sie das Gefühl hatte, es wären Monate seit ihrer Ankunft vergangen. Alles, was sie gedacht und geplant hatte, war über den Haufen geworfen worden. Sie spürte eine Bewegung dicht neben sich, fühlte die Wärme von Gabríels Körper, als er den Arm um sie legte. Vorsichtig lehnte sie den Kopf zur Seite, an ihn.

»Wenn es doch nur so einfach wäre«, sagte sie. Loslassen. Nicht an das denken, was passiert ist, und auch nicht an das, was kommen wird.

Als er sie am Hals küsste, spürte sie das Kribbeln bis zu den Fußspitzen.

»Gibt mir etwas Zeit«, flüsterte Isabell und stand auf. Die Begegnung mit Ursula, was mit Emma und Aron geschehen war, das Tagebuch, Daníel – es war zu viel, was ihr durch den Kopf ging neben der Frage, was sie sich konkret von Gabríel wünschte, was sie wollte.

»Aber versprich mir, dass du nicht heimlich mitten in der Nacht aufbrichst und wegfährst!«

»Versprochen.« Nein, das würde sie nicht tun! Isabell drückte Gabríel an sich, verabschiedete sich von ihm und wandte sich in Richtung des Haupthauses.

Eigentlich hatte sie vorgehabt, sich nur kurz hinzulegen, dann ans Meer zu fahren und in einem der alten Gasthöfe an der Mündung der Blanda etwas zu essen, anschließend ein paar Schritte an der Küste entlangzuspazieren oder sich einfach einen Ort zu suchen, wo sie allein war und ihre Gedanken ordnen konnte. Stattdessen war sie sofort eingeschlafen.

Als sie vom Summen ihres Handys aufwachte, war es acht Uhr am nächsten Morgen. Isabell sah die Nummer ihrer Mutter auf dem Display. In Deutschland war es zwei Stunden später, vergegenwärtigte sie sich. Ihre Mutter hatte bestimmt längst gefrühstückt und würde sich bald auf den Weg machen, die

Samstagseinkäufe zu erledigen. Sie wollte das Gespräch annehmen, doch das Läuten hatte schon wieder aufgehört. Kurz überlegte sie zurückzurufen, dann schaltete sie das Handy aus und legte es beiseite. An diesem Tag wollte sie ihre eigenen Entscheidungen treffen, mit niemandem vorher darüber reden, nicht irgendein Für und Wider abwägen – wobei sie nicht einmal wusste, was es abzuwägen galt.

Sie brauchte nur zehn Minuten, um zu duschen, die feuchten Haare zu einem Zopf zu flechten und sich neu anzuziehen. Als sie sich der Küche näherte, hörte sie eine aufgeregte Diskussion. Dadurch, dass sie nicht verstand, worum es in dem Streit ging, klang es noch bedrohlicher. Sie erkannte die Stimmen von Anna und Gabríel und die von Annas Eltern. Alle redeten auf Anna ein, die sich in der Defensive zu befinden schien. »Los Angeles« hörte Isabell immer wieder heraus.

Auch als Isabell im Türrahmen stand, sah niemand zu ihr herüber. Sie klopfte an die Tür, woraufhin die anderen verstummten.

»Ich möchte nicht stören«, sagte Isabell zu Gabríel. »Ich fahre nach Blönduós und bin am Mittag zurück.«

»Du störst nicht.« Gabríel nahm ihre Hand. »Komm, setz dich zu uns. Du willst doch nicht ohne Frühstück aus dem Haus, oder? Willst du Kaffee oder Tee?«

Isabell sah vorsichtig von einem zum anderen. Gabríel kochte Rührei, Annas Mutter legte Aufbackbrötchen in den Ofen und Annas Vater richtete Aufschnittplatten her. Nur Anna stand dicht am Fenster und starrte hinaus.

»Kann ich irgendetwas helfen?«, fragte Isabell. Die Anspannung war so deutlich spüren, die Luft im Raum knisterte förmlich – wie kurz vor einem Gewitter.

»Das musst du nicht. Du bist unser Gast«, sagte Gabríel.

Isabells Blick fiel auf ein Holzbrett, auf dem eine angeschnittene Banane und ein Messer lagen. Ohne abzuwarten, begann Isabell, die Bananen in fingerlange Stücke zu schneiden und in die bereitliegende Glasschale zu legen.

Anna verschränkte die Arme vor der Brust, woraufhin ihre Mutter sie auf Isländisch zurechtwies. Dann verließ Anna schimpfend den Raum. Ihre Eltern folgten ihr.

»Was ist denn passiert?«, fragte Isabell.

»Das Obstschneiden ist Annas Aufgabe gewesen«, meinte Gabríel. »Es geht darum, dass sie sich für ein Stipendium in Modedesign beworben hat an einer privaten Akademie in Los Angeles. Sie wurde angenommen. Eigentlich ist das ja toll, aber sie fliegt schon übermorgen. Die Sache an sich ist keine große Überraschung. Nähen, Kleidung entwerfen, das war schon immer ihre Leidenschaft. Die Zusage kam vor drei Monaten und sie hat niemandem von uns etwas davon gesagt.«

Isabell nickte. Sie dachte an ihren überstürzten Aufbruch aus Deutschland. Manchmal war es einfacher, mit einem Knall das eigene Leben über den Haufen zu werfen, als lange zu grübeln, abzuwägen und sich abzusprechen.

»Ihr wird es auch nicht leichtfallen zu gehen«, sagte Isabell.

»Darum geht es doch gar nicht! Sie wird hier gebraucht! Wie sollen wir auf die Schnelle einen Ersatz für sie finden, jemanden, der ihre Aufgaben übernimmt? Ohne sie bricht alles zusammen!«

»Jetzt helfe ich ja.«

»Was ist morgen? Was übermorgen? Was mit der Hochzeitsgesellschaft, die nächste Woche kommt? Sechzig Gäste, für die wir schon ein zusätzliches Festzelt bestellt haben. Das Essen ist geplant und dann ist Anna nicht mehr da. Du kannst nicht dauerhaft für sie einspringen.«

»Warum nicht?« Isabell sah ihn direkt an. Es war keine spontane Idee, auch wenn es in dieser Situation so scheinen mochte. Zum ersten Mal hatte sie es sich vorgestellt, als sie mit Gabríel in der Hütte übernachtet hatte: Was, wenn sie einfach bliebe? Jetzt standen sowieso die Semesterferien an und danach würde sie weitersehen. Isabell sah nach draußen. Aufbrechen. Einmal etwas Verrücktes tun, eine Chance ergreifen, sich von Zwängen frei machen. Sie tat es unabhängig von allem, was andere dachten. Es spielte keine Rolle, ob sie dafür gelobt oder verspottet würde: Sie wollte es.

Gabríel wandte sich wieder seiner Arbeit zu.

»Es ist mir ernst«, sagte Isabell. »Klar, du musst das mit deinen und Annas Eltern abklären, aber ich möchte bleiben. Ein vollständiger Ersatz für Anna bin ich nicht, ich habe auch keine Ausbildung in der Gastronomie. Ich kann nur mittelmäßig kochen, kenne mich eher mit Fertigspaghettipackungen aus als mit der Zubereitung von Gemüse. Aber ich bin lernfähig.«

»Bist du dir sicher?«

Sie war bei keiner Entscheidung in ihrem Leben sicherer gewesen! »Mit so etwas scherze ich nicht.«

»Da brauche ich die anderen gar nicht zu fragen, ich kenne die Antwort schon. Wegen der Bezahlung –«

»Das regeln wir später«, unterbrach Isabell ihn. Sie sah ihm an, dass er sich genauso freute wie sie sich auch. Isabell nahm seine Hand, die er ihr entgegenstreckte, und zog ihn zu sich heran. Während sie ihren Kopf in seiner Halskuhle vergrub, hörte sie in sich hinein, ob dort nicht von irgendwoher wenigstens eine Andeutung von Zweifeln auftauchte, von Angst vor der eigenen Courage. Aber da war nichts, nichts außer der Sehnsucht, er möge sie endlich küssen.

Nachwort

2013 hatte ich die Idee zu dem Roman und ich weiß nicht, ob ich ihn geplant hätte, wenn ich vorher geahnt hätte, was auf mich zukommt. Ohne das deutsch-isländische Netzwerk auf Facebook wäre ich nicht einmal über das Entwurfstadium herausgekommen. Als das Manuskript zur Hälfte fertig war, bin ich für einige Zeit nach Island gereist und konnte in Reykjavík und Blönduós viele interessante Kontakte knüpfen.

Wer mehr über die Entstehung des Romans, über die historischen Hintergründe erfahren möchte, oder wer sich Fotos von den im Roman beschriebenen Orten anschauen will, ist auf meiner Webseite dazu herzlich eingeladen. Auf dem Blog gibt es ein Special:

http://auf-lose-blaetter.de/category/island-special/

Während der Reise ist das passiert, was eigentlich beim Schreiben ein Supergau ist: Wenn man wirklich in Island ist, das Wetter spürt, den Blick über die Landschaft schweifen lässt, mit den Menschen spricht, dann ist alle Planung nur bloße Theorie. Hier möchte ich dem Team von Amazon Publishing danken, besonders Franz Edlmayr, für all die Unterstützung, als ich von

Island aus geschrieben habe, ich müsse den Roman noch einmal ganz neu beginnen.

Danke Ilka und Carola, dass ihr beide als meine Island-Spezialistinnen mir von Anfang bis zum Ende mit eurem Rat zur Seite gestanden habt. Danke meinem Mann und meinen Kindern für all die Geduld und das Verständnis für die so häufig abgeschlossene Tür mit dem »Bitte nicht stören«-Schild.

Danke, Marketa, für deine konstruktiven, kritischen Hinweise beim Lektorat.

Drei Jahre von dem ersten Entwurf bis zur Veröffentlichung, es war ein weiter Weg für alle Beteiligten, danke euch, die ihr mich dabei begleitet habt, auch wenn ihr nicht namentlich erwähnt seid. Alleine hätte ich es nie geschafft!

7246697R00138

Printed in Germany
by Amazon Distribution
GmbH, Leipzig